U0899306

The Lord God Made Them All

万物刹那又永恒

James Herriot

（英）吉米・哈利 著

种衍伦 译

九州出版社
JIUZHOUPRESS

图书在版编目（CIP）数据

万物刹那又永恒 / （英）哈利著 ; 种衍伦译. -- 北京:九州出版社，2014.12（2022.5重印）

ISBN 978-7-5108-3439-4

Ⅰ. ①万… Ⅱ. ①哈… ②种… Ⅲ. ①长篇小说－英国－现代 Ⅳ. ①I561.45

中国版本图书馆CIP数据核字(2014)第308535号

著作权合同登记号：图字：01-2014-7989

万物刹那又永恒

作　　者	（英）吉米·哈利 著　种衍伦 译
出版发行	九州出版社
策　　划	双螺旋文化
责任编辑	陈春玲
特约编辑	唐　浒 李　丹
装帧设计	友　雅
地　　址	北京市西城区阜外大街甲 35 号（100037）
发行电话	（010）68992190/3/5/6
网　　址	www.jiuzhoupress.com
印　　刷	固安兰星球彩色印刷有限公司
开　　本	880 毫米 ×1212 毫米　32 开
印　　张	9.25
字　　数	160 千字
版　　次	2015 年 3 月第 1 版
印　　次	2022 年 5 月第 9 次印刷
书　　号	ISBN 978-7-5108-3439-4
定　　价	52.00 元

目录

雷先生的承诺

当门楣从头顶掠过的时候,我知道自己真正回到家了。

我可以毫不费力地就追忆起进入皇家空军服役前的那些日子。我还依稀记得最后一次到雷家是去“捏小牛”——那是雷普莱先生在电话里用的词句。说得正确一点,我是去阉割他家的小公牛的。挂上电话后,我知道这趟差事又要耗掉我一个上午了。

去雷家出诊就像探险一样,因为那栋老房子坐落于一条蜿蜒于山脊的泥巴路的尽头,而且,你还得通过七道门才能到达目的地。

庄门是乡间兽医的拦路虎,在拦牛的铁网还没有问世以前,身为兽医的人最痛恨那一道道横挡在路中间的铁门了。通常要我们下车开个一两扇门我们也就认了,可是七道门确实也太过分了一点。雷家的门不仅多,而且还怪异。

头一道铁门设在一条窄窄的路上。就外观上而言,这道门除了满是铁锈之外大致还算正常。可是当一推动它的时候,门轴就会立刻发出不堪入耳的尖叫声。值得感激的是至少这扇门还可以旋转——事实上，它是雷家惟一能够保有这项优点的门。其他的六扇门全是木头的，约克郡谷地的农夫们称之为“肩门”。当我抬起其中的一扇并用肩膀顶起上沿儿的横木以便将它推开的时候，我由衷地体会出这个名字取得有多恰当。

即使是开一扇正常的门，所要做的工作还是很多。你必须停车，走出来，开门，将车子开过去，再停车，然后回头把门关好。可是要通过雷家的七道关卡，你所花的体力就不止这么多了。好久没有去雷家，那几道门的情况又恶化了许多。我喘着气，将那辆嘎嘎作响的老爷车驶向第七道门。

这最后一关也是最难缠的一关——这扇门具有邪恶的本质。尽管数十年来，它已经被无数的木匠修补过，但它的危险性却丝毫没有降低。

我停下车向前走了几步。这扇门和我是宿敌，因此我们静悄悄地对峙了好几秒钟。过去，我和它搏斗过好几回合，而毫无疑问，它的积分已经遥遥领先了。

这道门除了松动摇晃之外，最恐怖的是它只有一个在中部的铰链。这么一来，当你顶着它推动它旋转的时候，那种平衡的效果就可想而知了。

我小心翼翼地走到门边解开固定于外侧的麻绳，然后迅速地一把抓住门框。可是我已经迟了一步，那扇门一旦解脱了束缚之后立刻晃动了一下，于是我的脚踝正好被弹起的下沿儿击中。当我试图更正它的姿势以求保持平衡时，它的上沿儿又砸向我的脑袋。

结果跟前几次一样，在我用肩顶着它的横梁一次一寸地将它慢慢推开的过程中，它不断地借着摇晃的机会上下袭击我，而我却毫无招架之力。

虽然雷先生站在农庄的走廊上用慈祥的眼光看着我，但那对我毫无帮助。终于，我把那扇门完全推开了，他的烟斗中也袅袅升出了满意的青烟。他以完美的姿势站在原地，静静等候我拖着蹒跚的步伐走到他的面前报到。

“哈利先生，你是来捏小牛的吧。”显然，他觉得我们的友谊并未受到影响，因为他的笑容在满是短须的脸上画出了两道皱褶。雷先生每个礼拜只有在赶集的那天才刮一次胡子。

我弯下腰去按摩瘀血的脚踝。“雷先生，那扇门真是一大威胁!还记不记得上次我来的时候，你诚恳地答应我立刻改进。事实上你早该换一扇门了。”

“不错，小伙子，我是答应过你。”雷先生点点头表示最诚挚的赞同，“可是你也知道，越简单的事总是越懒得去做。”说完，他开心地笑了起来，可是当我卷起裤管展示脚踝上的伤痕时，他的表情立刻转为真挚的怜悯。

“我真可耻！就这么决定了，下礼拜那儿将是一扇崭新的门。小伙子，我向你保证！”

“可是雷先生，上回我的膝盖淌着血的时候你也说过完全一样的话。”

“是啊，是啊，我记得。”他用拇指填塞了些烟草，“我的记性总是那么糟，所以你一走我也忘了。不过这次不会了，小伙子，今天我得到了教训。我真的为你的脚感到抱歉,下次那扇门再也不会让你烦心了。”

“好吧,好吧。”我跛着脚走回车子里拿工具,“你的牛呢?”

“就在这儿。”雷先生不慌不忙地穿过空地并打开牛棚隔板上的半扇门。

顿时,我吓得呆站在原地,因为隔间板上出现了一列巨大而毛茸茸的牛头,它们正以冷峻的眼光瞪着我。我伸出颤抖的手:“你是指这些牛?”

“对,就是它们!”那农夫愉快地点点头。

我向前迈了几步,好看得更清楚一点。牛棚里共有八头牛,它们不是在跟我对瞄就是踢着身后的草堆。我转过来面对那农夫:“你又犯了,对不对?”

“犯什么?”

“你在电话里叫我来捏小牛,可是它们根本不小,它们是大公牛。上回也是这样。你还记不记得那些巨兽几乎要了我的命,事后你发誓说以后一定要在小牛三个月大以前就动手。”

雷先生轻快地点点头。他对于我说的每一件事都是百分之百的赞同。“不错,哈利先生,我是向你保证过。”

“可是这些牛至少已经一岁了!”

“我说过我很健忘,不是吗?”雷先生耸耸肩。

我回到车里拿出局部麻醉剂。“好吧,”我边用针筒吸药剂边咕哝着说,“如果你能抓住它们的话,我愿意试试。”那农夫从墙上的钩子上拿下了一捆绳子朝一头巨牛走过去。他轻而易举地就揪住它的耳朵,然后将绳子穿过鼻环绕过牛角,再将绳头系紧在墙上的铁环上。

“好了,哈利先生。这样安全多了,不是吗?”

我什么也没说,等会儿遭殃的是我而不是他。我等于是在生死边缘工作,因为我的岗位在那牛后腿的射程之内,只要对我的手术不满意,它随时可以给我一点教训。

无论如何,该做的终究要做。我边用手臂抵挡小规模的攻击,边完成了给所有的牛打麻药的工作。下面才是真正的手术——最新的“无血去势法”。这无疑是医术上的一大进步,因为以往的阉割法都是操刀切除小牛的睾丸,但这种方法是用钳子夹断输精管。

然而面对这样的巨兽,这种手术还是挺艰巨的。首先,你必须找到输精管,然后将钳子以正确的角度卡住它。最后,你得以极缓慢的速度和极大的力气将钳臂慢慢合拢。

麻药总算有点功效,因为牛并没有感到非常疼痛的样子。汗水顺着鼻尖往下滴,而我只能专心致志地将钳臂慢慢合拢,直到钳齿毫不留情地密合在一起并发出“咔哒”一响为止。

我必须将一条输精管捏断两次。钳断了头一个睾丸的输精管后,我靠在墙上喘了几口气,然后又开始朝另一个睾丸进军。

要想完成八头牛的手术的确很花时间,当只剩最后一头牛的时候,我觉得两眼发胀,喉咙干涩。突然,脑海中浮现了一个想法。

我站直身子,绕到牛的身旁。“雷先生,”我喘着气说,“你为什么不来试一次呢?”

“我?!”那农夫一直在冷静地观赏我动手术,但我的建议显然使他变得不知所措。“为什么呢?”

“你瞧,只剩一头了,我觉得你应该有机会了解一下刚才这半天我都在忙些什么,所以我要你来一次。”

“那谁来抓住这头野兽呢?”他想了很久。

“这没关系,”我说,“咱们将它绑在铁环上,我替你看好它,然后你就可以安心地动手。”

他像是还在犹豫的样子,但我很温文有礼地将他推到牛的屁股后面。我用钳子卡住牛的输精管,然后将雷先生的手指扣在钳臂上。

“好啦,”我说,“你可以开始了!”

他深吸了一口气,鼓足了勇气慢慢将钳臂压拢,但什么也没发生。

我观赏了几分钟,发现他的脸先是变成红色,随后又变成紫色;他的眼睛涨得比我的还大,额头上的筋脉则鼓得像田埂似的。最后,他惊叫了一声,跪在地上。

“不行,小伙子!不行,我没有办法。”

他缓缓地站起来,一副筋疲力尽的样子。

“雷先生,”我把一只手搭在他的肩上笑着说,“可是你却期望我能完成这项工作。”

他傻愣愣地点点头。

“算了吧,”我说,“我也只是想让你知道等小牛都变成大公牛的时候,做起手术来会有多累人。如果它们都才三个月大的话,只要几分钟就可以结束了,对不对?”

“对!对,对!哈利先生,我保证以后不再发生这种事了。”

我觉得很兴奋,因为我总算叫雷先生尝到了这种滋味。凭着兴奋所带来的力量,我很快就完成了全部的手术。走向车子的时候,我觉得全身都在发光。那农夫将身子弯着靠在车窗上的片刻,我的满足感升到了最高点。

“谢谢你,哈利先生,”他说,“今早你给我上了一课。下次再来的时候你会发现我的门是新的，而且我永远也不会请你来捏这种野兽了。我保证！”

以上都是我入伍之前最后一次去雷家所发生的事,现在想想那也是很久以前的事了。如今,我又恢复了平民的身份,并重新开始体验我几乎忘却的生活方式。电话铃响的时候,我正在品尝生活中最重要的一部分——海伦烧的菜。

那是周日的午餐时间,桌上摆着传统的烤牛肉与约克郡布丁。我太太正在为我盛又浓又纯的炖肉汁,那扑鼻的肉香味正是我在军旅中梦寐以求的。度过了一个典型的乡村兽医东奔西走的早上之后,我已经觉得饥肠辘辘了。我时常想,要是有几位外国的美食家想要尝尝真正的英国菜的话,我一定把桌上的这些推荐给他们。

约克郡谷地的农夫总是在饭前先喝一碗又稠又浓的黄褐色的肉汤,然后吃一个约克郡布丁——这固然是很怪异的搭配,但那滋味却是无与伦比的。我把头一勺布丁送进嘴里后,心里觉得舒爽极了。等我吃完布丁后,海伦会再替我盛满一盘烤牛肉、炸薯块和今早刚从院子里摘的青豆。

然而那尖锐的电话铃声打断了我的美梦。我提醒自己,任何事都不能破坏我这顿美食,即使是最急的急诊也得等到饭后再说。

可是拿起话筒后,我的手开始发抖,因为那一端传来的声音惊恐而急躁。那是雷先生!噢!拜托,不要这么残忍!他家的路遥远又颠簸。

那农夫的声音像雷声一般灌入耳里。他还是那种通话距离稍远一点就大声喊叫的人。

“兽医吗？”

“是啊，我是哈利。”

“你退伍啦？”

“不错。”

“我要你立刻过来一趟，我的一头母牛病得很糟。”

“什么病？很急吗？”

“当然急！我猜它的腿可能已经断了。”

我把话筒拿离开耳朵。雷先生越说越大声，以至于我的脑袋里全是嗡嗡作响的回声。“你为什么认为它的腿已经断了？”我问。

“因为它用三只脚站着，”那农夫嘶喊道，“而另一只脚却吊着。”

老天，他并没有胡说！我难过地看着盛满一盘子的佳肴：“好吧，雷先生，我这就过去。”

“你是立刻来吧？”他的声音如雷贯耳。

“是的，我立刻去！我放回听筒，揉揉耳朵然后朝海伦走过去。

海伦的眼光从桌上的布丁移到我身上：“你不会是当真现在就要去吧？”

“抱歉，海伦，这种事等不得。”我几乎可以看见那头母牛正在痛苦地呻吟着，“而且电话里的那个人急得要命。我不得不去。”

我太太的嘴唇开始颤抖：“好吧，我把菜温在炉子上等你。”

离去的时候，我看到她端着盘子走向厨房。我们俩都知道这顿午餐已经结束了。约克郡布丁的美味不可能残存到等我回来。

我加速通过德禄镇。市场前的广场在周日的骄阳下沉睡着；石板铺成的人行道上空荡荡的;一扇扇紧闭的门后都是正在享用午餐的镇民。出了镇区后,我把脚踩到底。当车子终于到了雷家的岔道口时,我的恐怖感不禁又油然而生。

这是我退伍以后头一次到雷家来，因此我猜想情况也许会有一些改变。可是那道旧铁门依旧毫无愧色地屹立在路中，所不同的是它比从前锈得更厉害了。我以愈来愈接近死亡的心情将拦阻在面前的门一扇一扇地用肩顶起,再慢慢将它推开。终于,我又来到第七扇门的面前。

它不但还活着,样子也一点都没变。我踮起脚轻轻走过去的时候不断地告诉自己:这不可能是真的！自从我入伍后一切变了——我在另一个世界里行进、出操、学习飞行……最后还亲自驾驶飞机;可是眼前的这道门却一点也没变。

我仔细地打量它。那根松动的横木,那条麻绳,还有那独一无二的铰链……它们都还是老样子,不过与过去略有不同的是雷先生显然是为了防范牲口顶撞门的基部,而在门的下沿儿缠上了铁丝网。

也许这扇门已经随着时日的增长而成熟些了,它该不会还像过去那么邪恶吧。我谨慎地解开麻绳,心里正要为它的痛改前非感到高兴时,它又摇摆起来。

我的前胸先感到重重的一击，接着双腿又遭到门框下沿儿的砍劈,它那缠绕的铁丝网毫不迟疑地扎进我的裤管。我愤怒地用力把门推开,它又故伎重施上下袭击我。慌乱之中,我失去重心,跌倒在地上。我的背部刚着地,门后就传出一声木头断裂声——那扇门僵直地砸了下来。

我和它搏斗过好几次,虽然每回我的积分都落后,但毕竟我还是通过了重重考验。然而这一回,我长久以来一直惧怕的事终于发生了。我蠕动着身子想从门板下挣脱出来,可是铁丝网上的钩子把我网得死死的。我完全不能动弹了!

我把脖子从门板下伸出来张望。农庄就在五十米之外,可是那儿一个鬼影子也没有。那位焦急的雷先生上哪儿去了?!我以为他会扭着手忐忑不安地在门口踱步等着我的,可是极目远望,但见一片空荡。

我一度想到要高呼救命,可是在这空旷的牧原上又有谁会听得到?我用双手托住上沿儿的横木,然后慢慢把门向上撑起。当我的衣裤发出清脆悦耳的撕裂声时,我只好试着关闭自己的听觉。我撑住门板,再轻轻地把身子挪出去,逃脱了死亡陷阱。

通常,我都会把门关好再离去,可是这回我决心让它躺在那儿。

我重重地敲着农庄的门,过了好一会儿雷太太才打开门来。

"哈利先生,天气真好。"她漫不经心地笑笑。

"是……是……是啊。我是来看你们的母牛的。你先生不在家吗?"

她摇摇头:"他去猎狐酒吧还没有回来。"

"什么!"我瞪着她,"猎狐不是在财富村吗?我以为他找我来是有很急的事。"

"他只是去那儿打电话,咱们这儿没有电话。"她的笑容又比刚才明显了一些。

"可是……从他打电话到现在也有一个小时了,他早就该回来了。"

"不错。"她点点头,"可是他会在那儿碰到一些老朋友。他们每个礼拜天中午都会在猎狐聚会。”

“雷太太,我把吃了一半的午餐丢在桌上,就为了赶来这里……”我拢拢头发。

“哦,我们已经吃过了。”其实她根本不用告诉我,因为屋里还弥漫着烤牛肉味。我猜想得出在享用牛肉之前,他们一定先吃过了约克郡布丁。

我愣站了很久,然后深吸一口气:“雷太太,我想我还是先看看牛好了。”

她指指空地另一端的牛棚。

“它就在那儿。”我转身向牛棚走过去的时候,她还补了一句,“你先为它检查一下,我先生马上就会回来的。”

我不禁打了个哆嗦。约克郡的女人说“马上”通常是指两个小时以内,我怎能不毛骨悚然呢!

我推开牛棚的矮门,看见母牛吊着一只脚站在那儿。当我向它走近的时候,母牛不安地在稻草堆上走动起来,而那只受伤的腿也不时地点着地面。

它的腿骨并没有断，因为它走路的姿态和一般骨折的牛并不相同。我不禁松了一口气。骨折是大型牲口的无痛苦屠杀机,再多的石膏也无法使裂口复原。我猜想它的毛病出在蹄子上。不过我不能走上前去抓起它的蹄子查看,我必须等到雷先生回来。

我又走回午后的阳光中。我的视线拂过一片缓坡落在财富村的教堂钟塔上。可视范围内都没有那农夫的影子,于是我忧心忡忡地走到屋前的空地上等待他的出现。

我回头望望农庄,发现眼前的画面使我在焦躁中感到平静。这儿的建筑在几百年前都是贵族的庄园，虽然历经几世纪风雨的摧残，屋顶和烟囱都已经倾斜，但那高雅的门廊及圆形窗户仍然令人心旷神怡。

这种房屋的外围环绕着青草地和矮石墙,农庄的结构也非常合乎比例。过去这儿的草地上都开满了艳丽的小花,可是大多数的农夫都是最差劲的园丁,而今草地上只散乱着一丛丛及腰的荨麻。

我的冥思被雷太太从屋内传出的喊叫声打断。“他来了，哈利先生。”她走出屋子用手指着财富村的方向。

不错,空旷的原野上是有个黑点向这儿移动。我等了十五分钟之后雷先生才从矮石墙的断缝中挤了进来。他的耳后飘出几抹刚从烟斗中冒出的青烟。

我笔直地朝他走过去:“雷先生,我等了好久！你不是要我立刻赶来的吗？”

“我知道,我知道,但是你想我好意思光借用电话而不坐下来喝一品脱啤酒吗？”他偏着头用眯成一丝缝的眼睛看着我。

正想开口的时候，他又接着说了:“后来韩迪克先生请我喝了一杯,我不得不回请一杯;就在我要走的时候,图先生又聊起上礼拜向我买的那些猪。”

雷太太兴奋地插嘴说道:“对了,那个姓图的每个礼拜天都泡在酒吧里。我真想不透他的老婆怎么受得了他。”

“不错,图先生是在那儿泡了一天,不过你猜我还碰到了谁？”他把烟斗在鞋跟上敲敲又重新添了些烟草,“告诉你吧,老丹——那个姓汤的！自从他开刀后我都没有再见过他。老天，他瘦得像只拔了毛的鸡！看来不喝几桶啤酒他是无法恢复从前的身材的。”

“老丹？”雷太太急促地说，“那可真是好消息。我听人家说他永远出不了医院呢！”

“对不起。”我打岔说。

“才不呢，那只是别人胡说。”雷先生接着说，“他只不过是肾结石。老丹的身体可好着呢。对了，他还对我说……”

我举起一只手：“雷先生，我可以去看母牛吗？我还没吃午饭——我太太把菜温在炉子上等着我呢！”

“哦，我出门前已经吃过了。”雷先生安心地笑笑。雷太太也在一旁猛点头，好像要我不要为他们操心似的。

“那好极了，”我冷冷地说，“我真为你们高兴。”我看得出他们没把我暗示吃饭的话当真。讽刺这些人是一点也没有用的。

进了牛棚后，我等雷先生将牛绑住才抬起它的脚。我把牛蹄架在膝盖上，立刻就找出了它的病因——那是一枚被门缝中透过的阳光照得闪闪发亮的大图钉。我用镊子把图钉拔了出来。

那农夫眨着眼看了几秒，然后笑得连身子都晃动起来。“哈，哈，哈，那是我皮鞋上的钉子，一定是给石头刮下来的，幸好我自己没踩到。那天我还对老婆说……”

“雷先生，我该走了，”我打岔说，“别忘了，我还没吃午饭。走之前我再给它打一针破伤风预防针。”

我很快地为母牛注射完，将针筒扔进口袋，然后转身就朝车子走过去。这时，雷先生又叫住了我。

"哈利先生,你有没有带钳子？"

"钳子？……"我停下来回头看看他,"有啊。不过你不会是又要叫我'捏小牛'吧？"

那农夫亮出了一只上古时代的铜制打火机，点燃了细细的火焰。"只有一头,哈利先生,一下子就好了。"

我打开医药箱,拿出夹钳。我已经不在乎我的午餐了。我的约克郡布丁一定结了一层硬皮;牛肉和蔬菜一定干得像木屑。捏不捏这头牛对我都不会有什么差别,反正这顿午餐已经泡汤了。

我才转身,牛棚末端的矮门突然弹开来。一头黑色的巨兽冲到门口,威风八面地四颤一番,前腿不时地向后扒土,尾巴则得意地挥舞着。我瞄了瞄那尖锐的角、那一束束完美的肌肉以及那闪露凶光的眼睛。只要再给我一块红布,我就像置身于马德里的斗牛场了。

"你说的就是这头牛？"我问。

农夫开心地点点头:"对，就是它。我先把它牵进去绑住它的脖子。"

我赶紧走上前,把脸凑近雷先生的脸。

"雷先生，咱们很久没有见面了，你有足够的时间来实践你的承诺。还记得吗,你答应过在小牛长大前就阉割;还有那扇门……现在看看这头巨兽,再看看我的衣服。"

他以真诚关心的眼光看看我那挂满碎布的裤子,又伸手摸摸我袖子上的裂缝。

"这……真不好意思。"他瞥了公牛一眼,"我想它是太大了一点。"

我死盯着他没有说话。过了好半天,那农夫才伸长脖子看着我的眼睛,好像他已经想出了解决之道。

“我知道这样不对,”他说,“可是就请你再帮一次忙。这种事以后绝对不会再发生了！”

“过去你也这么说过,我又怎么知道这回你是说真的？”我伸出一根指头在他眼前晃一晃。

“我保证！”他很严肃地点点头。

奇怪的是这种熟悉而又空洞的承诺居然没有像我预想的那样令我不屑一听。我想大概是我离开约克郡太久了,面对着变化多端的世界之后,再回到一成不变的乡下反倒觉得亲切可爱。我禁不住笑了起来:“啊哈,哈,哈……”很快的,雷太太也被传染了:“嘻！嘻,嘻,嘻……”接着,雷先生把烟斗从嘴里拔出来:“呵,呵,呵……”于是我们三人在周日的阳光下边笑边走向牛棚。那头牛对我的笑声嗤之以鼻。“哈利先生,”雷先生边笑边说,“如果我是你的话,我才笑不出来呢。呵,呵,呵。”

疑神疑鬼的汉弗莱

“呜……呜……呜……呜！”那令人心碎的哭声把我从睡梦中完全唤醒。现在是午夜一点，通常在这种时候接到的电话都是母牛要生产的农夫打来的。然而拿起话筒后，我听到的却是凄厉的哭声。

“哪一位？”我感到有点窒息般的恐怖，“有什么事吗？”

我听到话筒的另一端有个男人边哭边回答道：“我是汉弗莱·科布。看在老天的分上快来看看我的桃金娘吧，我想它就要死啦！”

“桃金娘？”

“是啊，我可怜的小狗。它糟透了……呜……呜！”

我手中的话筒都被那哭声震得发抖。“它怎么啦？”

“噢，它在喘息。我想它快不行了，快来吧！”

“你住在哪儿？”

“杉林屋，在岭头街。”

“我知道。我马上就到。”

“哦,谢谢你,谢谢你。桃金娘活不久了,快来吧。”

我从床上跳起来,伸手抓起披在椅背上的衣裤。在黑暗中,我匆忙把两条腿塞进一条裤管里,于是我坠落在地板上。

海伦早已习惯在夜半听到电话铃声,也培养出“不完全被吵醒”的能力;而我为了避免吵醒她,也学会了不扭开电灯只借用微弱的小灯泡来穿衣服。自从小吉米诞生后,我们屋里就整晚点着小灯。

然而这一回我失误了。总之,我栽倒的声音把海伦吓得从床上坐起来。

“怎么回事,吉米,怎么回事?”

我挣扎着站起来。“没什么,海伦,我刚摔了一跤。”我从椅背上拎起了衬衫。

“你在赶什么?”

“急诊,我必须要快。”

“吉米,像你这样急反而更慢。冷静下来嘛!”

我老婆的话没错。我一直就很羡慕那些在压力下还能泰然自若的兽医。这一点我永远办不到。

我奔下楼梯,穿过漆黑的后院朝车房走去。杉林屋距诊所只有一里路,因此我没有多少时间可以在车上慢慢推敲那只狗得了什么病。不过我粗略地分析了几种可能性:呼吸道阻塞、心脏病猝发或急性过敏症。

我按了门铃后,门廊的灯立刻就亮了。汉弗莱先生打开门站在我面前。他是个又小又圆的人,今年六十多岁。他那秃亮的脑袋把他的身材衬托得就跟枚鸡蛋似的。

"哈利先生,请进,请进,"他边说,两行泪水还直往下淌。"谢谢你从床上爬起来看我的小桃金娘。"

他说话的时候,口中冲出一股股的酒气。我们走进客厅之后,我发现他的脚步有点踉跄。

我的患者躺在厨房中一口土耳其大锅炉旁的篮子里。它跟我的山姆是同一种狗,因此我觉得颇有亲切感。我蹲下来仔细端详着它。它张开嘴吐着舌头,但并不像是有病痛的样子。事实上,当我拍它头的时候,它的尾巴还在地毯上轻快地拍起来。

一阵令人心碎的哭声又在耳边响起。"哈利先生,你找出毛病了吧?是心脏病,对不对?我就知道!噢,桃金娘……我的桃金娘!"他伏在地上,泪水毫无阻拦地淌出来。

"汉弗莱先生,"我说,"我还看不出它得了什么病。先不要太难过,等我仔细检查一下再说,好吗?"

我把听诊器靠在它的胸口,那平稳强健的心跳声立刻顺着橡皮管传到我耳朵里。我又量了体温,温度正常。就在我触诊它下腹的时候,汉弗莱先生又打岔了。

"我真该死,"他喘气说,"我不该疏忽它的。"

"怎么说?"

"我到卡提瑞看赛马、赌博又喝酒,却把我的小桃金娘给忘了。"

"你把它单独留在家里?"

"不是,我的女佣在家里陪它。"

"那么,"我觉得情况渐渐明朗了,"她会喂桃金娘并带它到花园中溜达吗?"

“她会。”他搓着手说，“问题是我不该离开它的，它一定想死我了。”

他说话的当儿，我突然感觉到半张脸在发热。我想我找到答案了。

“你把它放得离炉子太近了。”我说，“它会喘气是因为它觉得太热了。”

他疑惑地看看我：“我们今天才把它搬过来的。”

“那不就结了！”我说，“快把它搬回去，明天它一定不会喘了。”

“可是哈利先生，”他的嘴唇有些颤抖，“它不仅在喘气，它还在受苦，你看它的眼睛！”

桃金娘有对水汪汪的大眼睛，它并没有辜负这对眼睛，因为它看起来总是含情脉脉的。有人说西班牙猎犬的眼睛最富感情，但我认为它们以目传情的技巧都比不上桃金娘。

“汉弗莱先生，这点你不用担心。”我说，“相信我，它很好。”

他还是怏怏不乐的样子：“可是难道你不打算为它做些什么吗？”

干兽医这一行的最怕顾客问这个问题。如果你不“为它做些什么”，他们就会感到失望。在我看来，汉弗莱先生比他的爱犬更需要医疗。我并不打算为了取悦他而给桃金娘扎上一针，不过我还是掏了一颗维生素片塞进它的嘴里。

“这颗药会使它舒服些。”我说。其实我并没有完全骗人，因为维生素片的确对身体有好处。

汉弗莱先生听了我的话显然松了一口气。“对，这样我才能安心。”他领着我走进一间豪华的客厅。“走之前喝一杯怎样？”他摇摇晃晃地说。

“不。谢了，”我说，“如果你不介意的话，我看还是算了。”

“我得沾个几滴稳定一下情绪。我实在太紧张了。”他倒了一大杯威士忌,然后招呼我坐下。

我感觉到床在呼唤我,可是我还是坐着看他喝酒并听他述说自己的故事。他说他是退休的书商,一个月前才到德禄来。虽然赛马已不再和他发生直接的关系,但是每回有比赛的时候他还是要不远千里赶回去观看。

“我坐出租车赶到北英格兰的西骑镇……这一天过得真是愉快!”他回想起这快乐的时光,脸上都散发着光芒。可是突然间,他的脸颊抖动了一下,眉头立刻塌了下来。“可是我疏忽了我的小狗,我把它独自留在家里……”

“我时常看见你牵着桃金娘出去。你常遛它吧?”

“是啊,每天都遛。”

“那它应该过得很愉快,所以你不用担心什么。”

他看了我好半天才说:“嘿,你是个好青年。来,走之前你一定要喝一杯。”

“好吧,我只喝一小杯。”

我们对坐而饮之际,汉弗莱先生的眼光愈变愈仁慈。最后他用慈爱的眼神盯着我。

“吉米·哈利……”他含糊不清地说,“我想比较熟的人都叫你吉米吧?”

“嗯。”

“那我就叫你吉米好了,你也可以叫我弗莱。”

“好吧,弗莱。”我吞下最后一口酒,“不过我真的该走了。”

他勾着我陪我走到街上:“谢谢你,吉米,桃金娘真的是快不行了,所以我才请你来。我非常感激!”

驾车离去后我才突然意识我并没有使他相信桃金娘根本没事——他一定以为我救了他的爱犬。汉弗莱先生是个奇怪而可爱的人,我发现我有点喜欢他。

自从那天深夜之后,我时常看见他牵着桃金娘散步。每次一看到我,他那蛋形的身影就乐得好像禁不住就要在草地上打个滚似的,然而除了不断谢谢我将他的小狗由死神手中救出来之外,大致来说,他的表情还是充满了理性与自持。

不久之后,事情又重演了一遍。那天午夜刚过,我拿起床头的话筒,对方又传来了一阵凄厉的呜咽声。

“呜——呜……吉米,吉米。桃金娘快不行了,你来一趟好吗?”

“这次又是什么毛病?”

“它在抽搐。”

“抽搐?”

“对,好可怕唷。噢,吉米,快来吧,我快急死了。我确信它一定得了犬瘟。”说完,他又痛哭失声。

我觉得头晕目眩,“它不可能得犬瘟的,弗莱,一点都不可能。”

“我求你,吉米,”他好像根本没听到我说的,“快来看我的桃金娘吧!”

“好吧,”我不悦地说,“我马上过去。”

“哦,吉米,你真是个好人,你真是……”

我把话筒放了回去。

我头一次以从容的姿态穿上衣服。走出房间的时候我似乎听见自己在向老天抱怨:天呐！为什么要在午夜?

我在他家的门廊上又闻到冲鼻的酒味。汉弗莱先生领着我走进厨房的时候,不止一次地倒在我身上。他指着屋角的一个篮子说:“它就在那儿,”他搓搓眼睛,“我刚从里奉回来,发现它一直在发抖。”

“又是赛马?”

“是啊,赌马、喝酒,结果把我可怜的桃金娘丢在家里。吉米,我简直不是人……”

“胡说!弗莱,我告诉过你了,把狗留在家里并不会怎样,你不要胡思乱想！对了,你说它抽搐?我看它挺好的嘛。”

“现在好了,可是刚刚我进门的时候它就像这样……”他做出了抽筋的样子。

我咽了咽口水:“可是它也许是在搔痒或赶苍蝇啊。”

“才不呢！我看得出它是很痛苦的样子。不信你看它的眼神。”

我懂得他的意思。桃金娘的眼睛就像两池清水,任何人一看都知道它在想些什么。

我抱着徒劳的心情为桃金娘检查一下,结果跟所预期的相同——正常。可是当我告诉汉弗莱先生他的狗根本没事的时候,他是当然不会相信的。

“你再给它吃一粒上次那种神奇的药丸。”他请求着,“上回一吃就见效了。”

我必须安抚他,因此又给桃金娘塞了一颗维生素片。

汉弗莱先生松了一口气,然后又不可避免地领着我走到客厅的酒柜前。

“我得沾几滴压压惊。”他说，“你也要喝一杯，吉米！”

之后的几个月里，这出短剧不断重复上演。上演的日子都是在赛马后的那天，时间则在凌晨一点到两点之间。由于接触频繁，我渐渐能够了解汉弗莱先生何以会这样脆弱和敏感。

大部分的时候汉弗莱先生还是正常而周到的主人，可是一旦酗酒之后，那原本丰沛的情感就转化成神经质的感伤。每次他打电话来我都不得不去，因为我知道如果我拒绝的话，他会非常难过的。事实上我是去医治汉弗莱先生，而不是去医治桃金娘。

我不止一次地向他表示打电话找我来根本是多余的，然而他却自始至终都深信我的药丸是桃金娘的救星。

顺便声明一点，我并没有排除桃金娘故意用它那对会说话的眼睛使汉弗莱先生难过的可能性。犬类并不是没有心眼的。就拿我自己的狗来说，我几乎上哪儿都带着它，可是当我和海伦出去看电影而把它冷落在家里时，它就会垂着尾巴钻到床底下啜泣，等我们回来后它会在一两个小时之内想尽办法不和我们接近。

当汉弗莱先生告诉我桃金娘就要结婚时，我不禁打了个哆嗦，因为桃金娘的怀孕又不知道要给我带来多少午夜的困扰。

我果然没有白担忧。桃金娘怀孕的九个月之中，汉弗莱先生不断地以酒来压抑自己的惊恐，另一方面却又不时地想象出一些症状要我赶去检查。

桃金娘生了五只小狗后，我心中的包袱终于放了下来。我想，如今总算可以过太平日子了。说实话，我对汉弗莱先生的“午夜怪癖”实在厌烦到了极点。我曾经发过誓决不拒绝午夜出诊,可是汉弗莱先生几乎使我破誓。我心中告诉自己,我迟早要拒绝他一次。

小狗出生几个礼拜之后的一天,我终于破了誓言。那天清晨五点我就赶出去为一头脱肠的母牛医治,然后又颠簸了几个小时的山路,耽搁了午餐,晚上还填写了一大堆表格(我猜想一定填错了很多)。

累了一天之后,我筋疲力尽地在床上躺了半天,却无法把这天繁琐的种种事情抛在脑后。我不知道自己是什么时候才睡着的,不过我猜想那大约是在午夜前后吧。

我常想,干我们这一行的就是每当你最需要睡眠的时候,就会有人打电话来找你出诊。所以当电话铃响声在耳边大吵大闹的时候,我一点也不惊奇。

我伸出柔弱的手抓起话筒。电话旁的夜光钟指着一点十五分。

"喂。"我用低吟声说。

"呜……呜……呜!"这种回答声对我来说最熟悉不过了。

我咬紧牙关。来得正是时候!"弗莱,这回又是怎么回事?"

"噢,吉米,桃金娘真的要死了。这次绝对错不了。快来吧,小伙子!"

"要死了,"我一点也不紧张,"怎么说?"

"嗯……它侧着身子发抖。"

"还有别的吗?"

"女佣说桃金娘一整天都不太高兴的样子。她打开门放它到院子里散步的时候,它的四肢显得很僵硬。你知道,我刚从瑞卡回来。"

"又是赛马?"

“对……所以疏忽了我的狗。哈利先生,我简直不是人。”

我在黑暗中闭上眼。汉弗莱先生的想象力是无边的,他永远都想得出新花样。先是喘气,接着是抽搐,现在又是发抖、四肢僵直,不知道下一个症状会是什么。

可是这次我已经受够了。“你瞧,弗莱,”我说,“每次你叫我去都是白跑一趟。我一再地告诉过你……”

“噢,吉米,别耽搁太久了。呜……呜!”

“弗莱,我不去!”

“不,不,千万别这么说!它真的快死了,我没有胡说!”

“我也没胡说,你老是在浪费自己的金钱和我的时间。上床睡吧,桃金娘不会有事的。”

我钻进被窝后才发现拒绝别人也是件极消耗精力的事。对我来说生平头一次对求诊的顾客说“不”,竟然比出一趟夜诊还累。可是什么事都有第一次,我必须争取一个立足点。

我带着一丝悔恨不安地沉入梦乡。幸好人类的下意识时常能在沉睡的时候发挥功用,否则我真的会懊悔一辈子。两点三十分的时候,我突然惊醒了过来。

“老天!”我瞪着乌黑的天花板,“桃金娘得的是子痫症!”

我从床上滚下来,顺手抓起衣裤。我猜想我的动作一定很重,因为我听到海伦说:“吉米,怎么回事?”

“汉弗莱,汉弗莱先生!”我开始系鞋带。

“汉弗莱……可是你不是说他的电话永远不用急吗?”

“这次不同。他的狗快死了。”我瞥了钟一眼,“事实上,它很可能已经死了。”我把衣领上的领带拉起来扔回椅子里。“去你的，我才不需要你！”我半飞半跳地冲出屋子。

在车上，我努力回想子痫症的病史和症状，再将汉弗莱先生告诉我的情况做个比较。母狗带五只小狗，四肢僵直、侧躺着发抖……这是典型的子痫症，若是不急救的话会迅速死亡。老天，从他打电话到现在已经一个半钟头了——我简直不敢再想下去。

我到的时候汉弗莱先生还没睡。他显然喝了一些酒想压压惊，因为我看见他醉得几乎站不起来。

“吉米，你终于来了。”他含糊地说。

“桃金娘怎样？”

“还是一样……”

我抓起钙溶液和静脉注射器，三步并作两步地冲进厨房。

桃金娘光滑的身子僵直地躺在地上发抖，它喘得很厉害，唾液从嘴角流到地板上，那对已失去原有光泽的大眼睛盯着地板上的某一点。它的表情很可怕，可是它还活着……它还活着。

我把依偎在旁边的小狗抱开，然后将针头扎入母狗的动脉中。钙固然可以医治子痫症，但是并不能阻止患者猝死。

我花了几分钟把注射筒推完后，就静静地等待和观察。我手边备好了麻醉药和吗啡，准备在迫不得已的时候使用它们。时间缓缓地过去，桃金娘的呼吸渐渐缓和下来，肌肉也慢慢放松。当它咽回垂挂的唾液抬头望着我时，我知道它终于战胜了死神。

我正盯着桃金娘的当儿，突然感觉有人在我背上重重拍了一下——汉弗莱先生拿着一瓶威士忌站在背后冲我微笑。

“你非得喝一杯不可，对不对，吉米？”

他根本不用说服我，因为我几乎害死桃金娘的事实还在我心中震荡。我的确需要一杯酒。

我用颤抖的手接过杯子，才沾到第一口的时候，桃金娘已经从篮中爬出来看顾它的小狗了。有些子痫症是慢性的，患者往往要好几天才能逐渐复原。我很感激桃金娘得的是急性的，否则一连几天我都不得心安。

我蹲下去轻轻抚摸它的脖子时，听到后面传来发自喉咙深处的咯咯笑声。“你知道吗，吉米，今晚我上了一课。”他说得很慢，我看得出那是真诚的。

“怎么说，弗莱？”

“我学到了一件事……嘻，嘻，嘻……我发现过去几个月中，我简直是个神经病。”

“你的意思是……”

“你一再跟我抱怨每次半夜到我这儿出诊都是白跑，你还说我说的那些症状都是自己想象出来的，事实上桃金娘根本没事。”他竖起一根指头，像圣贤般地摇摇头。

“是啊，”我说，“你一直都在自寻烦恼。”

“可是我从没有相信过你，对不对，吉米？现在我相信了，你说的没错，我一直在庸人自扰……我要为过去屡次把你从床上拖下来道歉！”

“算了吧，事情都过去了，弗莱。”

他向摇着尾巴的桃金娘挥挥手：“你瞧它的眼神，谁都可以看得出它从来就没有病过。”

路旁的草原并没有栏杆阻隔，所以我的车轮很轻易地就从泥巴路滚上了草地。我停下车子打开车门，走到这片被羊群咀嚼得像天鹅绒般的草原上。

这条公路滑过一片怒放的石南花之后，缓缓地降下谷底。在这儿我可以同时俯视两条山谷——一条是刚才我来的地方，另一条是待会儿我要去的地方。脚下的绿原无际地伸展开来，那上面有吃草的牛群、杂然散布的野花和清浅的小溪。

我靠在车上，让清冷的山风夹着芬芳掠过脸庞。我恢复平民身份才几个礼拜，却已经能将约克郡乡居的情趣完全拾回。过去在皇家空军服役期间，我夜夜梦到眼前的美景，但梦中的我永远无法体会出它有多美。在那遥远的世界里，你品尝不出什么叫恬静，什么叫与自然融为一体。挤在一片身穿土黄色军服的大兵当中，我的想象力无法招来那一片盎然的绿意；置身于酸臭发霉的寝室中，我的嗅觉已经失去了品味花草芳香的能力。

今早我觉得有点沮丧，因为奔波了一上午，我发现我回到的是一个已经蜕变的世界。我不喜欢改变。早上我为一头母牛打针的时候，那位农夫说："哈利先生，现在治病都是打针。"听了他的话，我愕然意识到连我自己也在变。

我懂得那农夫的意思。几年前为牛看病的时候我都会用碗调和药剂，再拎起牛的鼻环，将药水灌进嘴里。

可是医学进步了，你可以将几cc的特效药从针孔推进牛的血管中就治好它的病。那农夫的话提醒了我，这世界上没有永远不改变的事。

何止是医学，农业又何尝没有惊人的进步，老旧的耕种法被科学化的方式所取代了，老一辈农夫终身赖以维生的技艺却遭到新的一代嗤鼻。进步和变迁正无声无息地渗向每一个角落。

在医学界，前所未有的手术如今已广泛地被使用，过去从没听过的药品现在处处可以买得到。而最令人兴奋的是在战场需要的刺激之下，亚历山大·弗莱明爵士发现了青霉素。这种最原始的抗生素的出现使得传统的医疗法被人抛在脑后。

此外，较小农户的人口开始逐渐外流。我们主要的顾客差不多都是这一类仅仅拥有几头牛、几头猪或几只点缀性家禽的农户。过去，他们都是丰衣足食的人家，可是在科学经营方式的冲击之下，他们不得不将产业贱卖给大农户。如今，在我们的顾客中惟一保有祖产的小农户都是一些为工作而工作的老农。我想，他们是依靠传统价值维生的最后一批人；他们那充满乡音的约克郡式对话即将成为这电视和收音机崛起的时代中的绝响。

我长叹了一口气才钻回车里。社会剧烈的变迁使我感到沮丧，可是当我看到车窗外的原野谷地仍像过去那样深远而不可改塑时，我终于略微感到些欣慰。大自然与时间是绝缘的，它永远不会改变！

我又跑了一家才开回诊所吃午饭。

我的诊所也变了。西格——我的合伙人——讨了老婆并搬到德禄镇外几里路的地方；而海伦和我——还有我们的小吉米——则搬到诊所的正房。我把车停在石墙外，从花园到屋顶顺着打量了一下。我和海伦在这栋房子里度过了多少年的婚后生活，而今它已经完全属于我们了。当然这么一栋房子对我们来说是太大了些，但是我们在乎的只是它能够带给我们温馨的祥和。

这栋房子跟我头一次看见它的时候并没有什么不同。只不过在大战的时候政府把家中的铁制品和院中的铁栏杆都收去制武器了，所以我们只好把盘子吊在墙上。

海伦和我住在过去我还是光棍时所住的房间，小吉米住在西格的老弟——屈生——的房间。对了，屈生也离开了我们。战争结束前，他是大英皇家随军兽医队的大队长。战后他娶了老婆并改任农业部不毛之地的调查官。他的离去是我们生命中的大创痕，不过幸好大伙儿还能够定期聚聚。

我一打开门，一股浓郁的香粉味立刻扑到我脸上。那是我们用来调和药剂的香粉，每次闻到那股芳香我就觉得兴奋不已，因为那是象征我职业的味道。

我通过甬道转进配药室。这一小间屋子的意义已经衰退了。药架上列满了一个个美丽的药瓶，那上面高雅的拉丁文药签以悲哀的眼神看着我。这些都是高贵的名字。过去我的脑中一直都充满了它们的影子,我知道碰到什么样的疾病该配哪几瓶药,多大的动物该服多少的剂量……可是今后会有更新的药品问世,而它们也将会逐渐被冷落和遗忘。

我走出配药室的时候差点和西格撞在一起。他像旋风似的从甬道另一端冲进来一把抓住我的胳膊。

"吉米,我正在找你!今早真该死!我在到李斯村那要命的途中把车子的排气管颠掉了。我已经叫修车厂给我配根新的,可是他们不知道哪年才装得好。这下可好,我哪儿也不能去了。"

"没关系,西格,这一阵子你的诊都由我来出好了。"

"不,吉米,我很感激你,可是我不是这意思。你也知道这种事还会再发生,所以我觉得我们需要再买辆备用的车。"

"备用车?"

"对。咱们不必买劳斯莱斯,但好歹也该有辆能暂时应应急的交通工具吧?事实上,我已经打电话给修车厂叫他们替我们找辆车了——他们现在就在外面。"

我的合伙人就是这么急性子。我跟着西格走到门口,看到车厂老板韩先生站在一辆1932年的莫里斯·牛津牌轿车前。

"你说一百镑,韩先生?"西格围着车子绕了几圈才说。他在挡泥板上抠下了一小块铁锈,又将脑袋探进车里打量了一下。"旧一点倒没什么关系,只要性能好就行了。"

"法先生,那你真选对车了。"车厂老板说,"它才跑了两千里,轮胎都还是新的。这辆车电瓶好又省油,最适合跑山路了。"他把眼镜扶正,脸上浮出典型生意人的表情。

“嗯……”西格用脚踢踢后保险杆，车子的避震器立刻发出呻吟声，“刹车怎样？跑山路刹车最重要了。”

“哈！这辆车的刹车系统是一流的。”

我的伙伴缓缓地点点头：“那好。你不介意我驾着车兜一圈吧？”

“不，不，当然不介意。”韩老板笑着说，“随你怎么试。”他像是个对自己的沉着非常满意的人。西格钻进驾驶座的当儿，他也自信地蹦进车里。

“吉米，钻到后座来！”我的合伙人叫道。我打开后门一头栽进后座，车内一股浓重的霉味立刻扑到我脸上。

西格猛然发动引擎，然后兴奋地耸起肩，将这部老爷车呼啸着开上马路。

当车子以左急转弯驶入教堂前的广场时，西格间歇地抖了几抖。他在广场上一连试了几个急转弯，让车轮在石板地上磨出美妙的嘎嘎声。

西格转出广场后又朝着一条直路狂奔而去。在引擎怒吼声中我看见他的双肩又兴奋地耸起。

“我想咱们现在该试试刹车了，韩老板。”西格开心地说完便将车子急速掉回头。当他说要试验刹车的时候，他是绝对很真诚的。我看见他把右脚踏到底，让那部老爷引擎发出惨不忍闻的尖叫声。窗外的街景连成一线向后飞逝，西格的肩头也拱得像两座山似的。

车子经过诊所门口的时候，西格的右脚以高雅的姿态放在刹车踏板上。顿时，我只觉得车子像螃蟹般地横着走了十几米，同时韩老板的脑袋顶着车顶，屁股也腾空了几寸。尽管他是个沉着的人，但是他的脸色还是煞白。

西格在车子停妥后疑虑地搓搓下巴说，“刹车的时候会向右偏。韩先生，咱们得矫正一下……要不，你还有别的车？”

韩老板的眼光不安地左右瞟了一圈，脸色比方才又白了一点。“我……嗯……”他发抖地说，“厂里还有一辆，也许你会喜欢。”

“好极了！”西格高兴地搓搓手，“这样好了，吃过午饭后你把车开过来，咱们再冲刺一回合。”

韩先生的眼珠涨大了一倍：“好是好……法先生，可是下午我还有事。我看我叫个工人把车送过来吧。”

走进诊所的时候，西格搂着我：“吉米，我这么决定也是为了提高效率。”他停了半晌，好像很陶醉的样子，“你知道吗，我对自己刚才的表现还挺满意的。”

我觉得好过多了。什么事都变了，可是山谷绿野没变，而最重要的是西格也没变。

前往苏联

“到苏联去？”我瞪着古约翰。

战争刚一结束，我和西格开始重新经营过去的诊所。这本书里讲的就是我们重返家乡后的故事。古约翰是在1951年来到诊所当助手的，3年后他自己在贝佛利开了家诊所。临别的时候，他用一个空瓶子装了一罐西格诊所的空气留做纪念——这是对我和西格最感人的恭维。在这本书的后面我会详细地介绍古约翰这个人，可是在这儿我必须先跳到1961年，为各位介绍我的苏联之旅。

这件事是古约翰促成的。虽然他已不再和我们一起工作，可是他经常回来聊些在赫尔港担任出口动物随船兽医的趣事，然而惟一能抓住我兴趣的只有他的苏联之旅。

“那一定有趣极了。”我说。

约翰笑笑：“当然，我去过那儿不止一次了。老天，你看到的是真正的苏联，绝非一般观光客所见的样板区。你所遇到的是苏联一般的百姓——地道的农夫与工人。”

“听你说来还挺不错的嘛。”

“而且你还有薪水可拿。”约翰接着说,“比较起来,在那儿的收入比在这儿还要多。”

我叹了口气:“你真幸运。在那儿的收入固定吗?”

“当然。”他仔细地盯着我。我猜想我的脸上一定浮现了渴望的表情。“有机会的话,你愿意去吗?”

“你是当真的?”

“当然。”他说,“只要你愿意,下一船次就可以如愿。”

我用拳头在手掌上击了一下:“约翰,把我登记进去。乡间兽医干太久了,我也想换换口味。”

“那好极了,”约翰站起来,“十月底左右可能有船。我想,那可能会是一艘很值钱的船——船上全是出口繁殖配种的动物,所以保险公司坚持要请一位随船兽医照料。”

从那天起,一连几个礼拜我都日夜盼望着,然而有很多人却未能分享我的兴奋。

一位老农夫用一只眼瞄瞄我。“要是我,才不会去那种鬼地方呢,”他说,“只要你不小心说错一个字,他们就会关你好几年。”

他的话也不是没有道理。当时东西方的关系正达最低潮,因此凡是知道我要去苏联的朋友都劝阻我。事实上,临走前几天当我为史慕伍上校的牛做结核检验时,他还扬起眉头,用阴冷的眼光瞄我。

“哼!总算认识了你。”他低声说道。

可是我觉得航海的狂热在我血脉中扩张,不论别人如何批评,我还是期待着出航的那天。

1961年10月28日

第一天终于来了。我站在赫尔码头上看到了那艘船，它是丹麦籍的艾丽斯号，排水量只有三百吨。头一眼见到这艘船的时候，我着实吃了一惊。因为原先我以为要漂洋过海到这么遥远的地方的船，都该是壮观而巨大的。

我站在码头上看到它从另一艘巨轮的后面驶过来。它的船头和桅杆都很袖珍，可是甲板上高耸的建筑物却顿时混淆了我的臆测。我宽慰自己说，这条船的后半部一定会比较雄伟。可是当整艘船都出现在眼前的时候，我感到无比的惊骇——它根本没有后半部，船身的长度仅止于此。

我的眼珠转了一转，心想这样可爱精致的玩具怎能禁得起汪洋上的惊涛骇浪。

要运出门的羊都弄上甲板后，我也登上了船。我在一间小舱房里见到了船长蓝缪森先生和几名出口公司的高级职员及两位苏联派来检查羊的兽医。

当时，他们正围坐在一张长桌的四周，桌上摆满了丹麦三明治、啤酒、威士忌和各种饮料。他们每个人都正在堆积如山的文件上签字。

其中一位苏联兽医很显然一眼就认出了我是谁，因为他挂着迷人的微笑走过来对我说："兽医。"然后热情地和我握手。而他的同伴只抬头看了我一眼就继续不辞劳苦地签字。

出口公司的一名高级职员告诉我不仅要照料船上三百八十三只附有血统证明的种羊，还要在抵达目的港克莱佩达后和对方收检人员接洽。我必须带着五份签过约的文件回到英国,否则公司将领不到任何费用。

“这些羊值多少钱？”我问。

出口公司的代表把嘴扭到一边:“两万镑。”

我的胃收缩了一下。这么一笔巨款都将系在我一个人的身上。

群众都离散后,舱房里就只剩我和蓝缪森船长两人。他用充满吸引力的声音介绍了自己,那高雅有礼的仪态立刻扣住了我的心弦。蓝船长的身材矮小,头发银白,说得一口标准的英语。

“哈利先生,请坐嘛。咱们聊聊。”他挥挥手要我坐在旁边的椅子上。

我们先聊到个人家中的情况,接着又聊到自己的工作。

“这条船的用途就是专门运送动物的。”船长说,“底下有两层甲板,都是动物的围栏房。或许你想下去参观一下吧？”

走出房间的时候,我发现他有点跛。他看看我那好奇的眼光,笑着说:“几个月以前跌断的。那天海上刮飓风,我从舰桥上摔了下来……真蠢啊。”

这使我不禁怀疑在之后的几周里，我是不是也会遭到这种不幸。我随着船长参观了甲板下的栅栏房。那里面铺满了干草,通风良好,湿度也正常,羊都趴在草堆上打盹儿或嚼着干草打发时间。

离开船长后,我头一次看到了自己的小房间。虽然它远比不上邮轮上的客房,但是屋里的摆设还是令我非常满意。那是间橡木建造的屋子,里面有一张铺着洁白被褥的床、一张书桌、一张沙发、一个洗脸盆、一个衣橱及一个杂物架。

我打开皮箱，里面除了一小部分是个人物品外，大部分的空间都摆满了医疗器材。它们包括：工作衣、钙溶液、抗生素、钳、剪、缝合工具、绷带、注射筒和棉花。

我低头看看自己的装备，心中不禁感到一丝惶恐。也许我根本用不上它们，但也许我会发现自己带的太少了……不过再过几天便可分晓。

晚上八点左右，领航员上了船，一个小时之后，窗外传出动静。我将头探出窗外，看到两名水手正在用绞盘机将锚绞起。

我爬上甲板看着码头渐渐远离。入夜的赫尔简直像座荒城，空洞的码头上除了一两只追逐嬉戏的野猫之外，完全没有任何动静。我们慢慢滑过码头狭窄的出口，悄悄驶向两里外的亨伯河河口。

我可以看到河面上还有其他几条船趁着夜色一起摇向出海口。它们距离我们只有百来米，以优美的姿态和我们并驾漂往河口。

船后赫尔港的路灯渐渐在漆黑的水域外消失。我正看得出神时，一只手落在我的肩上。

那是位年轻的水手。他对我笑笑说："大夫，可不可以请你示范一下如何喂羊？"

我的表情一定很疑惑。他解释道："我常常和牛与猪一起航行，却从未和羊同行过。"

我点点头，和他一起走下甲板。他和其他的水手一样，是位高大的丹麦人，留着一头晶亮的北欧式金发。我在栅栏房外向他说明一餐要喂多少干草和饮水。我对羊的食物感到很满意，因为除了满地的上等干草之外，栏舍的角落还堆了几包名牌的绵羊果。

我边看那水手工作边打量羊群。它们都是纯种绵羊，个个长得浑圆可爱，那一对对迷人的眼珠透过毛茸茸的卷毛不时地从地板的稻草堆上抬起来看我。

回到房间之前，我禁不住又爬上甲板看海景。我的家族中有两位长辈过去都是干船长的，所以大海一直就对我有莫大的吸引力。我在漆黑之中漫步于甲板上，并发觉在一艘长度只有二十五米的小船上散步似乎有点可笑。

月已经上升了，冰冷的银光洒遍每一个角落，使得海面上布满了跳动的碎光。左舷之外遥远的陆地上列了一排闪烁的灯火——那应该是格里姆斯比。右舷三百米处，有条货船一直以平稳的速度划破长夜与我们并行。我看了老半天，发现它与我们的相对的位置始终保持不变。

我回到舱房中，感到船身渐渐开始剧烈地摇晃起来，舱板中的某处也发出嘎嘎的响声——我们现在已经真正进入了汪洋之中。

我试验性地躺在床上，让身体随着船身而左摇右晃。这时，我想到临行前海伦对我说的一些话。她早有先见之明，知道自己不适合航海旅行，因为她连坐车都会发晕。而我呢，想到这一点我不禁莞尔一笑。我一直就想再回到摇篮里睡一睡，而这艘船正好满足了我的心愿。

小吉米的靴子

“喂！喂！”我叫道。“喂！喂！”小吉米也学着我叫。我回头看看我儿子。他今年已经四岁，过去的一年当中，他陪我在乡间四处奔走出诊，而今他俨然一副自己已是老兽医的样子。

我这样喊叫是一种职业上的习惯。当一个兽医抵达农庄后，他常会惊异地发现屋里屋外竟然没有一个人影。有时候你会看到自己要找的农夫远在半里之外的田野里，也有些时候他只是草原上的一个小黑点。不过无论如何，房子里很少有人在就是了。所以，我必须高声喊叫，希望在远处工作的农夫能听到我。

我们常跑的农户中，有几家是永远找不到人的。到了那儿后，你会发现房子的门上了锁，偌大的农庄静得跟座空城似的。碰到这种情形，我们只好沿着谷仓、牛棚一间间地搜索并对着山边的原野发出伴有回声的长啸。西格称这种客户为“下落不明户”，他们要为我们浪费的时间负责。

小吉米很久以前就发觉我时常碰到空巢的农户。很显然他非常珍惜这样的机会,因为这么一来,他可以借此试试他的肺活量。现在,他摇摇晃晃地跟着我走在农庄门口的小碎石路上,每隔几秒就学我发出一声长啸。此外,他还用那双新皮靴在石子堆中乱踢,制造些陪衬的音响。

那双皮靴是他的骄傲,也是他更加深信自己是一名兽医助手的证物。我头一次带他出诊的时候,他的反应是稚气的惊喜,因为他知道跟我出诊可以看到许多动物——尤其是一些刚出生的小动物。

可是曾几何时他的胃口扩大了。光看还嫌不过瘾,他决定要亲身体验。于是我的医药箱成了他的玩具盒,其中最令他激赏的玩意儿就是胃药罐和红白相间的消肿丸。久而久之,他一看到昏倒在田野中的牛就会自动冲回车里帮我拿钙溶液。他不只是位兽医,还是位诊断家。

我猜想他最兴奋的莫过于陪我出夜诊了。他疯狂地喜爱在黑夜里乘车到乡野中兜风,更热衷于帮我拿着手电筒,看我工作。

而农夫们也很乐于见到小吉米,即使是最难沟通的老农夫在看到我们父子一同走出汽车的时候也会咕哝着说:“你真是找到了一位好徒弟。”

可是那些农夫们有一样东西是小吉米羡慕得要死的,那就是他们的大皮靴。一般来说,他只要一看到农夫,眼里就流露出极端羡慕的神色。尤其是他们那宽厚的肩担着十来块大石头,嘴角叼了根只剩屁股的香烟时,小吉米更会兴奋地流出口水来。

不过最让他痴狂的还是农夫们的靴子。

那天在车上的时候,我们像往常一样地闲聊——应该说是小吉米用一连串的问题来烦我，而我只一心在想自己的事。小吉米是世界上最善于追问的家伙，而且他的问题都有一定的公式。

“什么火车最快——蓝彼得号还是飞行人？”

“嗯……我也不敢肯定。我猜是蓝彼得号。”

接着，他更深入了一步。“那蓝彼得号和幻想式赛车呢？”

“这就很难说了。我想想看……也许是幻想赛车较快吧。”

突然，他改变了战略。“刚刚那家的农夫是个大个子对不对？”

“当然是。”

“那他比鲁滨逊先生还大吗？”

我又跌入了他“大个子游戏”的陷阱，不过我已经学会了该如何收场。

“哦，他当然比鲁滨逊先生要大。”

“那他比李先生大吗？”

“当然。”

“那柯先生呢？”

“毫无疑问。”

他瞄了我一眼，沉默了片刻。我知道他要打那两张王牌了。“他比煤气工人还大吗？”

每月按时来诊所抄表的煤气工人高壮得像座水塔，小吉米对他崇拜得如痴如狂，因此我得好好考虑这个问题的答案。

“我想他还是比煤气工人高大。”

“可是……”小吉米的嘴角机警地向一边撅起，“赛先生和他谁大呢？”

这是他的杀手锏——全德禄镇不会有人比赛先生还要高大。赛先生看人的时候是从两米的高空向下鸟瞰的。

我沮丧地摇摇头:“嗯……我必须承认他没有赛先生大。”

小吉米笑着点点头,嘴里开始哼着歌儿,手指还在仪表盘上敲着节拍。可是我立刻就发现他遇上了麻烦,因为他不记得接下去该怎么哼。这孩子最大的弱点就是缺乏耐性,他停停又试试,却始终找不到正确的旋律。我看得出他渐渐感到羞怒了。

“我受够了!”他终于忍不住说,“每次都记不起来该怎么哼。”

“你是在哼《可爱的小百合》吧?”我想了一会儿,帮他哼了一段。

“对,对,对,”他用力一拍膝盖,用最洪亮的高音唱完了那首曲子。他一定为自己杰出的表现感到自豪,因为他得意洋洋地看看我,然后说出了心中的夙愿。

“爸,”他说,“我想要一双马靴!”

“马靴?你不是已经有了吗?”我指着他的双脚说。

他悲伤地低头看看自己的脚:“可是我想要一双跟农夫穿的一样的靴子。”

这是一记正面直拳,我完全无法招架。“可是吉米,小孩子的靴子跟大人的不一样。或许等将来你长大了以后……”

“不,我现在就要,”他有点焦躁,“我要一双真正的靴子。”

起初,我以为他只是一时兴起,可是一连几天他都没有死心的迹象。每天早晨海伦为他套上小皮靴的时候,他就没精打采地垂着头,好像穿这么一双小皮靴对他这样雄赳赳气昂昂的男人来说是一种莫大的侮辱。

有天晚上钻进了被窝之后，我和海伦谈到了这件事。

“农夫的工作靴没有他这么小的尺码吧？”我问。

海伦摇摇头：“我想不会有的。不过我们可以留意一下。”

看来这世界上还不止小吉米一个人有这样的雄心壮志，因为一个礼拜之后，我太太买来了一双我所见过最小的工作靴。

看了那双完美的袖珍工作靴，我忍不住笑了起来。它和真正的大皮靴完全一样：双层的加强底、大圆头、马蹄钉，一列镶有金属环的鞋带孔。

小吉米看到他的新皮靴时并没有笑。他略带敬畏地把靴子接过来，然后小心翼翼地套上脚。从那天起，任何时候你都会看到他穿着斜纹布的工作裤和那双新皮靴在农庄的空地上昂首阔步地散步；而他的“喂，喂，有人在吗”从此也更具权威性。

小吉米并不算顽皮，不过他的精明绝不落人后。他不但坚持己见而且还时常在无意之中戏弄了我。如果我说“不要碰那个”，他就会不情愿地避开那东西；可是稍后，他会用手指轻轻地摸它一下以示自己在家中也是具有影响力和地位的。

此外，他在我处境困难之际常会出些鬼点子整我。有天下午盖先生带着他的牧羊犬来诊所。我把那只跛得很厉害的狗抱上桌子检查的当儿，靠花园的窗户外闪过了一个人头。

我并没有特别注意这件事，因为小吉米常在我为小动物看病的时候从窗外观看，不过我倒希望他既然想看就不如进到屋子里看个清楚。

通常要找出动物跛腿的原因是有些困难的，不过这回我很快就破案了。因为我用手指轻轻刷过那只牧羊犬的肉垫时，它疼得剧烈地抽搐了一下。我发现肉垫的中央有一小块黑紫色的干血。

“盖先生，它的脚上有东西，”我说，“很可能是根刺。我必须给它打一针麻药，切开肉垫取出那根刺。”

我注满针筒，瞥见窗台上露出一个膝盖。我心中涌出一阵不安。小吉米该不会爬紫藤树吧？我曾多次警告过他乱爬树很危险。窗外的那棵紫藤攀满了一墙，虽然靠近地面的枝干较粗且密，可是愈往上就愈细柔。对一个孩子来说，这些密密麻麻爬向屋顶的枝藤当然具有不可抗拒的魅力。

不，我相信小吉米绝不会这么蔑视我的命令，于是我继续专注于眼前的工作。这一针是最新快速的麻醉药，因此一两分钟以后我就可以下刀了。

我拿出手术刀。“把它抓紧。”我对盖先生说。

盖先生撅着嘴点点头。天下他最关爱的就是他的狗，所以我将刀片划过肉垫的时候，他赶紧把头撇往旁边。

如果我能顺利地找到那根刺并将它拔出来的话，那只狗立刻就可解除痛苦。过去我常做这种手术，每次结果都很令人满意。然而再简易的手术都得全神贯注才行。

我小心切开厚硬的肉垫组织，这时，窗外的人影完全出现了。这回我看清楚那确实是小吉米，他正好奇地向这儿打量。

那个该死的小鬼正攀在紫藤树上，可是我除了狠狠地瞄他几眼之外，完全束手无策。我划得更深一点，却并没有发现任何东西。我不想将伤口切得更大，可是照目前的情况来看，我势必要划个十字形的伤口了。我将手术刀以直角再划第一刀的时候,一双吊在窗外的腿出现在我两眼的余光中。我试着专心做完眼前的工作,可是那双吊着的腿不断地摇晃乱踢。几秒钟之后,窗外又是空空如也——这只意味着那双腿的主人已经爬上了危险的区域。我切得更深一点,然后用棉花蘸去汩汩而出的鲜血。

哈!现在我看见了,那是一根小刺,只是扎得很深。我拿出钳子,却瞥见窗外倒吊着个脑袋。

老天,他正倒钩在树枝上跟我挤眉弄眼!我一直在试着忽略窗外的那出短剧,可是现在我不能再视若无睹了。我跳到窗前凶狠地握着拳头。我猜想我的样子一定很吓人,因为窗外的那名表演者立刻就从窗子的上沿消失了。

这并不是好现象,因为愈上面的枝干愈难招架得住一个孩子的重量。我强迫自己又回到手术台边。

"抱歉,盖先生,"我说,"能不能再请你拉紧它的腿?"

他简短地笑了一下。于是我把伤口撑开,用钳子夹住刺的末端,然后轻轻地、慢慢地把钳子抽出来,好极了,那根刺也跟着滑了出来。我成功了。

这是一个兽医生命中又一次小小的胜利。我欣慰地抚摸着我的病人时,窗外传出断裂的声音,接着,我听到一声惨叫并看到一个小身影自上而下掠过。

我扔开手术刀一个箭步冲到房外,发现小吉米坐在地上看着我。我松了一口气却忘了发怒。

"有没有受伤?"我吃惊地问。他立刻摇摇头。

我把他从地上拉起来,他似乎可以自己站着。我全身上下仔细地检查了一遍,发现他并没有受伤。

我拉着他回到屋里。“去!找你妈去!”说完,我转入手术室。

我猜想我的脸色一定苍白得跟死人一样,因为盖先生看到我的时候眼睛瞪得大大地问我:“他还好吧?”

“哦,谢谢你,他很好。很抱歉耽搁了这儿的工作,我实在……”

盖先生把手搭在我肩上:“不要这么说嘛,我也有孩子。”他停了一会儿,说出了一句字字都打入我心坎的话,“不过当父母的有时候也要拿出铁石心肠来。”

稍后,我边喝茶边看着小吉米把一枚煎好的蛋夹在吐司里。谢天谢地,他完全没事,至少他还有胃口吃东西。不过我还是得教训教训他。

“小鬼,”我说,“刚刚你实在太顽皮了。我是不是一再告诉过你不要爬紫藤树?”

小吉米咬了口吐司,两眼空洞地瞪着我。我有喜欢对人唠叨的小毛病,而且至今,小吉米和他的妹妹罗丝在我责骂他们的时候都会发出些不敬的噪音,对我的喋喋不休表示抗议。因此,当时我看得出无论我怎么骂他,他都不会在乎的。

“如果下次再这样,”我接着说,“我就不带你到农庄去。我要另外找一个小孩当我的助手。”

他的咀嚼开始缓慢下来,那对立志要做一名兽医的眼神仿佛受到了创伤。

他把面包放在盘子里。“另一个小孩?”他问。

“对。我不喜欢调皮的小孩,所以要另外找一个孩子来代替你。”

小吉米想了一两分钟,然后无奈地耸耸肩,好像接受了我的安排。他拿起面包继续享受他的食物。

突然,他又停了。这回他的眼睛瞪得很大。“那他是不是也要拿走我的靴子?”他颤抖地问。

充满歌声的夏夜

“老天，有鬼！”

那农夫扔掉手中的奶油饼，惊恐地看着窗外。

当时我正在喝茶，被他这么一叫吓得差点给茶水呛到了。

窗外站着一个高大的东方人，他那对杏眼隔着玻璃威胁地瞪着我们。他的脸上全是麻子，左颊上布满了一道道的疤痕；而最引人注目的是只留了半边的黑胡子。他穿了一件东方式的长袍，双手交叉着插在袖口里。

农夫的太太从椅子里跳起来尖叫，我也给吓得呆坐在椅子里。在约克郡的农庄上突然看到这样类似幽灵的身影的确会叫人毛骨悚然。

那农妇尖叫了半天突然停了下来。她慢慢朝窗边走去的时候，窗外的东方人展露出逗人的微笑，然后抽出一只手模仿奥利弗·哈台，向她摇摇手指。

“是伊果！”她叫了一声，转过身瞪着她丈夫，“你这个死鬼，故意叫伊果扮鬼来吓我！”

那农夫笑得在椅子里翻滚起来，看来他的玩笑完全收到了预期的效果。

伊果是最近大批涌入农庄中的战俘之一。由于战后农村中极需人力，而那些战俘在被重新整编之前也很愿意以劳力换取一顿远比配给粮要丰盛的食物，因此约克郡的田野中时时都可看见一些辛勤工作的战俘。我个人老早就觉得需要个帮手，而现在那些再粗重的活都愿意干的战俘却解决了我的杂务。

当然，这些战俘大多是德军，不过也有极少部分是意大利军。当我头一次在德禄车站看到几百名穿着德军制服的中国人时，我感到大惑不解。稍后，我才获知那些都是苏联境内的蒙古人，他们被德军强迫充军，却又在战争末期被英军俘虏。伊果就是他们之中的一位。

我认识很多农户到现在都还和那些德国战俘保持联络。每年农闲的时候，他们还会举家到德国的友人家去度假。

我笑着离开那农夫的家。当我钻进汽车的时候，那农妇还在死命地骂她丈夫。

我打开出诊单念道：“蒲先生，史格小筑，牛跛。”这段路有二十分钟的车程，我可以先判断那头母牛的病因——可能是蹄中长瘤，也可能是扭伤……任何一种都难不倒我。

我的车刚停妥，蒲先生就把牛牵过来。

母牛看来一副很不开心的样子，它缩着右后腿一步步地晃过来。

“今早才这样的。”蒲先生说，“昨晚还好好的，我实在想不透……”

“蒲先生，不用说了。”我上下打量了母牛一番，“我知道怎么回事，它的大腿骨脱臼了。”我敢这么说是因为它的股骨很明显地顶出了一大块。

“很严重吗？”

“很严重，要想把脱出的股骨推回去还得花很大的力量。即使是只狗，这都是很困难的工作，更何况这是头牛！”

那农夫看起来一副很忧伤的样子。“老天，它是头好牛，每天都挤得出一大缸的鲜奶。要是无法推回去怎么办？”

“那它恐怕一辈子都得跛着走了。”我回答，“通常狗会自动复原，可是牛就很难。事实上很多农夫碰上这种事都宁愿把牛宰了。”

“噢，我决不这么做！”蒲先生猛烈地搓搓下巴，“咱们一定要试着把关节推回去。”

“我也这么想。”我转身走回车子，“我回诊所拿麻醉面罩，你是不是可以尽量召集附近的壮汉，咱们非常需要人力。”

那农夫看看绵延数里却没有第二户人家的山野。“这儿根本没有邻居。不过，我倒有一票援兵。”

他领我走进充满烤肉香味的厨房。屋里坐着四名结实的德军，每人面前的餐盘里都堆满了洋芋、腌肉、香肠和甘蓝菜。

“他们的确是援军。”我笑着说。那些战俘一看到我立刻站起来鞠躬。“你们慢慢享用晚餐吧，”我对他们说，“我半个小时后就过来。”

我回来后，大伙儿把牛牵到一片柔软的草地上。那头母牛走起路来显得非常痛苦而吃力的样子。

我为它套上面罩，并在里面的海绵上滴了一些麻醉剂。母牛吸入药剂所发散出的蒸气后，两眼瞪得大大的，好像察觉自己受骗了。然而为时已晚,它还来不及想太多就倒了下去。

我把一根圆木棍穿过它的鼠蹊,将木棍的两端各交给一名壮汉把持着。然后,我用一根麻绳捆住受伤的那只脚,并将麻绳交给蒲先生及另外两名壮汉。

一切都就绪后,我蹲在母牛的耻骨上,双手按着突出的股骨。它会固执地顶在那儿,还是我会感觉到它慢慢溜回关节腔中?

我深吸了口气。“拉!”我叫道。拉绳索的三人立刻同心协力把绳索拉得紧绷绷的,而木棍两侧的壮汉也不遗余力地将棍子向上用力顶起。

这毫无疑问是项艰巨的挑战。尽管这种方法似乎不太合乎科学原则,但是乡间兽医却一直偏爱这种医术。

当时我并没有心思去想那些医理,我一心只希望双手按着的股骨能慢慢移动。“再拉!”我又大叫了一声。

我咬紧牙关用力往下推——我不相信那块顽固的股骨能抗拒得住这么大的力量。

就在我渐渐感到无望的当儿,我发觉手下的东西在移动,虽然是那么轻微,可是它确实是在移动。于是我疯狂地向下推挤,直到关节发出清脆的一声我才确信我们战胜了。

我高兴地挥挥手:“好了,咱们可以松手了。”我爬到牛头前面取下它的面罩。

我们将它搬正,等它慢慢复苏。母牛很快就睁开眼摇摇头,并挣扎着要站起来。这将是一个兽医最兴奋也是最紧张的时刻。它终于站起来走了几步。好极了!完全没有跛脚的迹象。骄阳下那五张汗水淋漓的脸孔都露出惊喜和激动的表情。虽然我见过这种表情,但它所带给我的温暖和胜利的感觉永远都是新鲜的。

我拿出香烟传给那几名德军,并用生硬的德语说:“谢谢。”

“哪里的话!”他们异口同声笑着说。我相信这件事将会成为他们回到家乡说故事最好的题材。

几天之后,我和西格一起到哈佛农场出诊。我们的患者是一头生性顽劣、向来不与人妥协的大公牛——这也就是我和西格联袂赴医的原因。

农场主人领着我们走到牧原上的一处洼地。那儿共有二十来头牛在吃大头菜。“就是那一头。”他指着一头高大且丰满的野兽说,“那玩意儿就是我在电话中跟你们说过的。”他指指那头牛下腹一个大若足球的肿瘤。

西格看了一眼说:“哈先生,你早就该叫我们来了。”

“我也知道该早点请你们来,可是我总记不住要打电话给你们。”那农夫摘下帽子搔搔脑袋。

“现在已经肿得太大了。”西格咕哝着说。

“我知道,我知道。我一直就希望那个皮球能自己掉下来,因为这家伙实在野蛮,你根本无法接近它。”

“好吧,既然来都来了……”西格耸耸肩,“带根缰绳来,我们把它拖进牛栏里。”

我的伙伴等农夫转身离去后对我说:“你知道吗,吉米,那个肿瘤并不像看起来那么可怕。那是有肉茎的肿瘤,咱们只要在根部打一针局部麻药,再将肉茎扎紧,就可以轻而易举地将它切下。”

农夫回来的时候背了一捆绳子，身后还跟了一个穿着斜纹布工作裤的小矮个。

“他叫阿吉，”他说，“是意大利战俘，不会说英文，可是什么活都能干。”

我看得出阿吉能干些很吃重的活儿。他虽然很矮，但肩膀宽厚得不成比例。

我们说了声“哈啰”，他也歪着头笑了一下。他的脸上充满了自信。

在牧原上追逐一番之后，我们展开了围捕那头名叫“红头”的大公牛的行动。我意识到这是真正麻烦的开始。

红头的块头大得叫人惊讶不说，它的邪恶才真正教人烦恼。这头肥壮的怪物在我们拿着绳索走近的时候，用杀气腾腾的眼光轮着瞄我们。等绳圈飞过来以后，它轻轻地嗤嗤鼻子，以优美的姿态闪开，然后再逗着我们追逐一阵。有一回，它掠过我身边的时候，被我一把抓住鼻环，可是它轻轻一撇头就把我像苍蝇似的扔飞出去。这还不算，它在我落地之前，还及时赶上来用那庞大的屁股顶了我一下。

“这家伙简直像头野象。”我喘着气说，“天晓得咱们怎样才能抓住它。”

阿吉挺着胸膛走上前去，而我和西格却只能默默相顾。

他挥手行了个意大利礼，要我们退让到一边。很显然，他有一套自己的办法，可是谁晓得他要施展什么招数。

他偷偷摸摸地走到牛的背后，再以闪电般的速度揪住它的一只耳朵。那头牛如法炮制地又一甩头，想把阿吉也扔出去。可是阿吉立刻把牛耳转压到它那长长的第二颈椎上。这一招就像汽车的刹车一样有效,因为那头野兽突然扭着头就地立正站好,两眼哀求地看着阿吉。

我几乎可以听到那头牛在大呼:“哎呀,唷嘿!天啊!快放了我的耳朵吧……”

不过我没有时间沉湎于幻想之中。我和西格跳上前去。我们从没看见有人这样制服一头牛过,然而现在我们没有工夫讨论这些,因为机会一去不复返。

我捧着肿瘤好让西格打麻药。当针头滑过又厚又肥的脂肪层中时,红头那强有力的腿扭曲了一下。要是在一般的情况下,我和西格准会给踢飞出去,可是阿吉把它的耳朵揪得转了一团,而且还不时地用动人的意大利语对着耳孔责骂它。因此红头只得乖乖地站着任我们欺侮。

西格用手术刀割断肿瘤的肉茎,顿时,但见一个肉球掉在草地上,而伤口连一滴血也没有流,手术就已经结束了。

阿吉放开牛耳,接受我们的祝贺。他不停微笑和点头,似乎有点不好意思的样子。

三十年后的今天,我和西格还时常谈到他。我们曾多次尝试用相同的方法制服大公牛,但从来没有成功过。到底阿吉是位摔跤家,还是位地道的农夫,要不,在意大利揪牛耳是一种祖传的功夫,我永远无法知道。

一个寂静清凉的夏晚,我在出诊回家的途中听到了美妙和谐的歌声。那和声是这般雄厚饱满,以至于我忍不住停下车摇开窗户。我看到一群战俘坐在点缀着牛羊的草地上唱着他们家乡的歌儿。他们的歌声回荡在最后一抹夕阳照射着的山谷里,使得这典型的约克郡谷地竟也充满了蒙古草原的异国色彩。

他们都是被迫充军的蒙古人。事后我才知道他们相聚高歌并不是偶然的。他们是一支训练有素的合唱团,经常在这片山谷中练唱,让他们和谐动人的歌声飘散在清柔的空气中。

我静坐了好一会儿,等最后一丝光线都消失,而黑夜的寒气都逼近车厢时,才摇上窗子驶向归途。

几年后，我得知这些苏联人回到家乡后不是被处死就是被判入狱。至今,每当我想到这些战俘的命运时,我就不由得想起那个充满和声的夏夜——它使得约克郡沉睡于和平之中。

苏联游记1

1961年10月29日

“哈利先生，吃早餐啦！”

我听到侍者敲门叫我——这只是这一天的头一次。后来我还听到：“吃午饭啦，哈利先生。”“吃晚餐啦，哈利先生。”“用点心时间到啦，哈利先生。”他是位满面红光的十七岁少年，对我的服侍可以算得上是无微不至。

我匆忙赶到饭厅，却惊讶地发现那儿竟没有一个人。我看见餐桌上摆了咖啡，一大条黑麦面包及可口动人的冷肉拼盘。我算了算，桌上共有九份不同的餐盘。

这的确是顿不平凡的早餐，我浏览了一遍桌上盛大的阵容，立刻就开始享用。我倒了杯咖啡并尝了几片冷肉和腌肉后，侍者笑着搁了两个煎蛋到我盘子里。

感谢上帝，我是个不会晕船的人。虽然船身摇晃得很厉害，但我依旧能快乐地享受这一餐美食。

吃到一半的时候,大副蓝先生和轮机师韩先生也走进了餐厅。蓝先生与船长同姓,身材很像汽油桶;韩先生的皮肤黝黑,有一张幽默的脸孔。

尽管他们两人的英语都不灵光,但是我们还是聊了很多话题。饭后,我到下层甲板查看我的动物。大致来说,它们都挺愉快的,不过我发现有只羊在走向稻草堆的时候脚有点跛。我检查了它的蹄子,看到蹄缝间有点溃烂。我听说苏联兽医验收动物的时候一向很谨慎,没想到这回他们漏了一只。我给它打一针土霉素,心想,往后几天只要再打几针就可以痊愈了。

另外还有只羊在我经过它身边的时候一直痛苦地向我眨眼,我发现它的眼睛红肿而且在流泪。由于其他的同类并没有相似的症状,我判断它的眼睛可能在赫尔港的时候进了异物。我为它挤了几滴眼药水并确定没有得眼疾的可能后才离去。

午餐前,船长请我到他的房间里喝一杯。起初,我以为船长是个很不拘小节的人,因为他拿起酒瓶就直接往嘴里灌。(不过,他还是给了我一个杯子。)可是稍后,我发现这是全船共同的习惯。

我们正在对饮的当儿,船身突然剧烈地晃了一下,使我连人带椅翻了过去并滚到桌子底下。我的酒杯砸得稀烂,一杯刚斟满的好酒也洒了一地。

船长急忙走到我身边,伸出救援之手,“哈利先生,你没有伤到吧?”我说过,他的英语字正腔圆,听了让人觉得很舒服。

“不,不,我很好。”我笑着回答。我坐回椅子上,又倒了杯酒。这回,我把膝盖顶着桌脚,以免再出一次洋相。我已经开始在学习如何做个水手了。

稍后,我们一起绕经厨房走向餐厅。船上的厨房非常拥挤,里面挂满了各种容器和餐具。我实在佩服那位能在这么简陋的环境中做出如此奢侈的早餐的厨师。

我们才走进餐厅,第一道菜就上桌了。那是芦笋肉丸汤,看起来相当让人心动。第二道是船长特别喜爱的——小牛排外裹着咸肉,四周铺着荷兰芹菜。接着,侍者送来了桃子布丁和丹麦奶酪饼。饭后,我边喝着香醇的咖啡边幻想自己正置身于丽思五星大酒店中。

厨师倪森先生是个常挂着笑容的大块头。我在他走进餐厅的时候夸奖他的手艺。他很显然有些受宠若惊,因为船上的水手好像都认为吃这样的一顿饭是理所当然的。

他的嘴咧得开开的,浑圆的脑袋不停地点着:"谢谢你,谢谢你,谢谢你。"接着,他盯着我看,好像这一生都在期待、寻找我这样的鉴赏家似的。我知道我又交了一个朋友。

下午,我又到栅栏房中查看羊群。这回,我注意到了一个现象,那就是它们此起彼落地在咳嗽。其实健康的羊偶尔也会咳几声,可是自出海以后,它们咳嗽的频率渐渐在增加,而且某些羊的咳嗽声特别粗嘎。——在记忆中,我听过这种声音。

我爬进羊栏里,决心要查个水落石出。我顺着咳嗽声,追踪到了几只咳得最勤快的羊旁边。我想我知道原因了,它们得了寄生性支气管炎。

我为它们量了体温,然后靠在摇摆的墙上读出温度计上的刻度。

很显然它们并没有得并发症。然而，我的药箱中可以治疗寄生性支气管炎的药非常有限。我感觉有点束手无策，不过我还是翻出了所有的药品。

当然，现在我写到这里再回想这件事时，觉得当时我实在大可不必担心的。因为一来羊群已经远离了传染源——草原；二来它们的伙食很好，生活舒适，疾病会自然消失。可是当时我负有重任在身，很难宽得下心。在赫尔验收的兽医也许没有好好检查，可是到了克莱佩达他们可不会这么草率了。

稍后，我和船长在驾驶台度过了最有趣的一个小时。他带我参观雷达幕和几样精密的航海仪器。我从航海图上得知我们的船沿着荷兰海岸向北行驶。

六点半左右，我又被餐桌上奢侈的情况吓了一跳。首先映入眼帘的是堆得跟山一样的烤鸡，上面淋满了我从未见过的辣油汁，四周陪衬着完美的糖醋小黄瓜。第二道菜当然少不了烤乳猪、熏肉、丹麦香肠和各种佐配的蔬菜。

饭后，大伙儿坐着抽烟、喝啤酒和闲聊。我这才知道航海生活的精华是在晚饭之后的这段时间里，这似乎是海员们固定欢聚的时刻。我沉坐在摇摆的椅子里，边喝啤酒边听老海员们有趣、刺激的冒险故事，心中感到温馨与祥和。

“那是海明威说的,对不对?”包曼摇摇头,“不,是司各特·菲茨杰拉德说的。”我没敢争论,因为包曼什么都知道。事实上,他一向就以这一点自豪。我很喜欢兽医系的学生下乡来实习,因为他们会帮我做杂务,开铁门,并在寂寞的旅途中陪我聊天。他们所得到的回报就是从谈话中吸取我们的工作经验。虽然这种回报有些空洞,但对一位只懂理论而无实际经验的学生来说,这些都是无价之宝。

可是大战结束之后,我发现我与这些实习生之间的关系已经起了很微妙的转换,因为我从他们身上学到的跟他们获之于我的竟然一样多。

当然,这主要是由于教学方法上有了重大的突破。那些权威的兽医系教授们不知何时突然领悟到兽医系的学生并不只是马医而应该让他们多方面学习如何医治所有的动物。此外,新的医疗器材与诊断方式问世了,年轻一代的学生所学的尽是我过去闻所未闻的。

包曼就是大四的学生。他除了对兽医有兴趣外,还喜欢多方阅读各种书籍,所以一般说来,他的常识是相当丰富的。

只要不是在工作时,我和包曼的话题大多与文学有关。自从有了他作陪之后,我觉得日子过得迅速而充实。

他让人肃然起敬的感觉远超过一位二十二岁的青年所能表现出来的,然而他的幽默又使他免于流为自大。他是个发育得最完美的大孩子,我从没见过身材像他这么成熟的年轻人。事实上,他已经开始学着抽烟斗了。

虽然他对烟斗还不甚习惯,但我确信有朝一日他会战胜的。我可以想见二十年后，他顶着水桶般的大肚子在炉火边的摇椅上看报纸，口中的烟斗飘出高雅的青烟,他的妻儿子女环聚在四周……那将是个美满幸福的家庭,而包曼也将是个正直、负责又关爱家庭的好父亲。

当一列石墙掠过车窗外时，我们的话题又回到了新的手术方法上。

“你说你们在学校的实习医院里真的采用剖腹生产术？”

“老天,当然。”包曼做了个夸张的手势,嘴里的烟斗还晃了晃。“就像吃顿饭一样地平常。”如果他能及时吐出一大口烟的话,他的话一定会显得更有分量。只可惜他把烟斗塞得太紧了,所以即使他吸得双颊凹陷、两眼涨得像气球,也难以吐出轰轰烈烈的烟来。

“那你真幸运,”我说,“过去这些年来我在牛棚中和难产的母牛搏斗过多少夜晚,好几次都差点给踢死……我想光是接生就不知会折磨得让我少活几年。对了,你能不能再介绍得详细一点？”

他神秘地笑笑说:“其实那也算不了什么。”他又点燃烟斗,沉思地摇摇头，“快得很，一个小时就结束了，而且毫无痛苦。”

“真伟大。”我羡慕地摇摇头，“我真是生不逢时。我猜想这种手术也可以用在母羊身上吧？”

“哦，当然。”包曼装腔作势地低声说，“母羊、母牛、母马，还有母猪……哪样都可以。手术过程简单得就像给母狗切除卵巢一样。”

“你们这一代真幸运。我想你看了很多这种手术，将来自己亲自做一定也没问题了。”

“当然。”他慷慨地摊开双手，“不过这种手术只适用于难产。我还是很喜欢传统的接生术。我很欣赏教科书里描述的方法。”

我点头表示同意。包曼的课本又厚又重，里面重要的叙述都划了红线。将来他毕业考的时候必须把这本书啃得滚瓜烂熟。

这天是八月的头一个礼拜天，几乎所有的商店都关门休息了。车子掠过镇上的时候，我羡慕地看着街边闲坐休憩的人们。这年头在礼拜天还要工作的人实在不多了。

我把包曼送回他的住处后才回到诊所。我才坐下来喝了一口茶，电话就响了。海伦走过去拿起听筒。

“是无花果农庄的布家，”海伦挂上电话时对我说，“他们家的母牛要生产。”

“该死！我的周日之夜又泡汤了。”我放下杯子，想了想又笑着说，“不过包曼倒会很兴奋，因为他可以亲自体验一下真正的传统接生法了。”

他的确是很兴奋。我又开车去接他的时候，他乐得直搓手掌。

“刚刚我正在念诗，”他在车上对我说，“我从小就喜欢诗，因为诗中的文句时常可以用于日常生活中。就好比现在我正期待着一些有趣的事时，这句诗文就可以用得上——‘希望是心中不息的涌泉’。”

“那是亚历山大·蒲柏的《人论》。”我说。

“嘿，你也不错嘛。”包曼笑着说。

“你使我想起了另一首诗，”我说，“这句诗应该可以与刚才那句匹配——‘来到这儿的人都该放弃希望’。”

“当然，那是出自但丁的《炼狱》。不过我不会这么悲观。”他拍拍我肩膀笑着说。

庄上的农夫领着我们走进牛棚。我看到一头母牛趴在稻草堆上焦急地看着我们。它头顶的木板上写了它的名字——蓓拉。

“它还很小嘛，布先生。”我说。

“什么？”布先生用疑惑的眼神看看我，我这才想起来他患了重听。

“它还很小。”我叫道。

“是啊，可怜的家伙，这是它的头一胎，可能会有点麻烦。不过这次生了以后奶水就会比较多了。”农夫耸耸肩。

我脱下衬衫，在双臂上抹了抹肥皂。这头牛的阴道很窄，我深吸了口气，心中默默祈求一切能顺利。

农夫用脚轻轻踢踢母牛的屁股，并吆喝着要它站起来。“它不肯动，哈利先生。”他说，“它大概痛了一天，没有力气了。”

这下可好。如果它死也不肯站起来的话，我们就得趴下去迁就它。我看看它那无精打采的眼神和摇摇欲坠的脑袋，决定委曲求全。于是我的胸口贴着地上的碎石子，心中开始抱怨布先生为什么不把牛棚里全铺满稻草。可是当我把手伸入母牛的子宫里后，我立刻忘记了痛苦。

它的阴道很窄,而在我手指的尽端则是两只扭曲在口鼻之间的巨大的蹄子。我又向里伸了几寸并摸到了两块突出的肩骨——感觉就像瓶颈中的软木塞,卡得死死的。

我抽回手坐在地上。“布先生,那里面是一头象。”

“什么?”

我提高声音:“小牛大得跟象一样,拖不出来的!”

“可不可以切开再拉出来?”

“不可能。小牛还是活的,而且根本没有空间下刀。它把母牛的子宫塞得满满的。”

“那可糟了。”布先生说,“它是头好乳牛,我可不愿意把它送到屠宰场去。”

我也不愿意。我连想到这一点都觉得难过。不过我在迷蒙中似乎看见了曙光——这是历史性的关键。我转过去面对包曼。

“包曼,时机到了——你说的剖腹产,怎么样?”

我又兴奋又紧张,因为那实习生迟疑了一下才点点头。

我转回去一把抓住农夫的手臂,“布先生,我愿意为你的牛做剖腹产。”

“做什么?”

“剖腹生产。就是切开子宫,取出小牛。”

“你是说就像他们有时候用在女人身上的?”

“对。”

“这可能有点危险吧。”他的眼珠转了一圈,“我还不知道你也会这种手术。”

“放心，”我得意洋洋地说，“科学进步得很快，这是最新的方法。”

他搓搓手：“我也不知道。我总觉得如果你用刀切开它的肚子，它是必死无疑的——这样还不如送它上屠宰场。在它还没死之前送过去也许可以卖得贵一点。”

我可不能坐视这大好机会悄悄溜走。“你看它瘦的这副样子能卖多少钱。布先生，只要手气不太糟，我们应该可以顺利取出小牛。”

我犯了生平的一项大忌——永远不要向农夫推销自己的手术或药品。可是这回应该算是情有可原。布先生看了我好半天，才勉强点点头。

“好吧，你需要些什么东西？”

“两桶热水、肥皂、毛巾。”我答，“如果方便的话，我想在你的厨房里煮一些工具。”

农夫离去后，我拍拍包曼的肩膀说：“太好了。这儿光线充足，小牛又还活着。还有，刚好布先生耳朵不灵光，如果咱们把声音放低，我可以边做手术边问你。”

包曼没有吭声，只是忙着准备手术器材。我把地上的稻草铺平后，拿了一些器材到厨房里煮。

过了一会儿，一切都准备就绪了——针筒、缝合工具、钳子、剪刀、麻醉药、棉花及毛巾都整齐地摆在地上。我在水桶里加了一点防腐剂后对布先生说：“咱们把它翻过来，你帮着压住它的头。我想它很累，可能没什么力量挣扎。”

于是我和包曼顶住母牛的肩将它推翻过来，蓓拉也毫无抵抗地就范了。

我用手肘碰碰包曼轻声说:“我该从哪里下刀?”

包曼清清嗓子:“嗯……嗯……大约是在……”他含糊地比划了一下。

我点点头:“胃部的下沿,我想还要再低一点吧。”我用剃刀刮去了下刀处附近的毛——由于取出小牛需要较大的开口,因此我刮的长度足足有一英尺多。接着,我赶紧扎下麻药针。

虽然我配的剂量是局部麻醉,但母牛并不会感到痛苦。有些暴躁而健壮的牛会因为不舒服而翻身甚至爬起来一走了之,而对于蓓拉,我完全不必担心这些,因为它早已经羸弱不堪了。

我划开表皮、脂肪层和肌肉后,立刻见到一团桃红色的东西。

我用手指按了按,发现那玩意有点硬。那会是小牛吗?“那是什么?”我用气声说。

“什么?”跪在我身边的包曼突然一惊,“你说什么?”

“那玩意儿是胃还是子宫?位置很低,我想应该是子宫。”

包曼连咽了几口口水:“对……对……那是子宫。”

“好。”我放心地笑笑,大胆划下一刀,可是里面却流出了褐色的液体和一团团未消化的草。

“老天!”我吓得喘不过气来,“那是胃!你瞧那些胃液!”那一股股肮脏的黏液源源不绝地滚进腹腔。“包曼,你到底在搞什么鬼?”我突然发现他在发抖。“不要呆跪着!”我叫道:“快穿线,快!快!”包曼从地上蹦起来,冲到旁边取回了针线。我接过穿好线的针,一言不发地把胃又缝合起来,包曼则用棉花把溢进腹腔的脏物拭去,可是大部分的黏液都已渗入深处了。这真是彻底的环境污染。

在尽己所能地做好补救工作以后，我瞪着包曼说："我以为你很了解这种手术的。"

他惊恐地看着我说："在学校里他们并不常做这种手术。"

我狠狠瞄了他半晌："你到底看过几次？"

"嗯……唔……嗯……事实上……只看过一次。"

"一次！我还当你是专家呢！好吧，就算看过一次，你也该大概知道一些吧？"

"可是……"包曼不安地用脚踝搓着地上的石子，"事情是这样的……那次实习我站在最后面……所以……"

我用力哼了一声："所以，你根本没看清楚，对不对？"

"对。"他把头低下来。

"你是个蠢蛋！"我从未说过这么邪恶的话，"你屁也不懂，却跟我卖弄！知道吗，你害死了这头牛。那些污秽的黏液会引发腹膜炎，它必死无疑！现在咱们只能设法救出小牛了。"

这一段对话相当激动，使得用膝盖压住牛颈的布先生奇怪地猛看我们。

我勉强挤出一丝能令他心安的微笑，继续进行眼前的工作。我顺着胃部下沿摸到了子宫——那玩意又硬又大，就像一大袋煤炭一样。

我沿着子宫壁摸出了小牛的形状。面对这么巨大的小牛，我意识到要救活它仍然非常遥远。

我又回过头瞪着包曼："据你在后排所看到的，他们下一步是如何处理？"

"下一步？"他舔舔嘴唇，额头上凝结出晶亮的汗珠，"你应该把子宫取出。”

“取出子宫？”

“对，对。”

“去你的！”我说，“连金刚都拉不动它。你可以试试，看它有多难移动。”

他伸出双手，用力将子宫向外拉。我看见他的眼珠涨得又圆又大，脖子上鼓出了田垄般的青筋。“你说得对，根本拉不动。”他低着头，温驯地说。

“我看只有一个方法——”我拿起手术刀，“在腹腔内切开子宫，把小牛拖出来。”

我把手伸进漆黑的牛体中，摸索着划开子宫壁。几秒钟之后，我探入裂口，摸到了一只毛茸茸的脚。总算有了进展。

我一寸一寸地将伤口划大——我不晓得要割多长才够小牛出来，因此只能全凭直觉和臆测。

无论如何，我迫不及待地想救出小牛，因此我把刀搁在一边，试着用双手拉拉小牛的脚。我立刻就发觉自己面临着另一场噩梦，因为那头小牛重得跟长毛象似的，像我这种体型的人绝不可能拉得动它。如今，我做剖腹生产的时候都会找个彪形的庄稼汉帮我拖小牛，可是当时，我只有包曼可以派得上用场。

“来，”我喘着气说，“助我一臂之力！”

我们俩咬紧牙关，使出每一束肌肉的拉力合力向外拖，直到小牛的另一只脚也挤出子宫壁才停下来喘气。我挥去额头的汗水，感觉到眼前跳跃着可爱的金星。我真希望这一切都不曾发生过。要是我同意布先生把母牛送到屠宰场的话，现在我也许正在郊外轻松地驾着车。而今,我正僵困在这儿折磨自己,完全不知道下一步会发生什么事。

休息够了以后,我和包曼一人抓住一只脚慢慢把小牛拖出来。我们先看到尾巴,接着是腹部、胸部,最后才是肩和头。

“老天！这小子长得真大！”农夫叫道。

我点点头:“是啊，它简直大得不像话。我从未见过这么大的小牛。”我摸摸它的胯部。“是公的。”我说。

我的注意力又转回母牛身上。它的子宫呢,它居然不见了!我的手在腹腔内来回摸索着,却只捞出一团胎盘。我心里一阵悸动——要是找不到子宫该怎么办?

我又搜索了几圈,终于在腹内的器官中摸到了像是压扁了的气球的子宫。我尽可能地把子宫往外拖,并发现原先的伤口已经给小牛撑得更大了。

“针,线。”我伸出手,包曼立刻把我需要的东西递给我。“帮我捏合伤口。”说完,我开始一针针地缝。

我还没缝完的时候,小牛已经能够站起来了。新生动物对这个世界的适应能力时常使我惊讶。小牛摇摇晃晃地走向母牛,将鼻尖靠在它的腹部上来回揉搓。这种本能是人类永远无法解释的。

“看来,它是想再钻回肚子里。”农夫咧嘴笑着说,“瞧这小子多壮啊！”

小牛与母牛依偎了一阵,又衔了一撮稻草往里挤,好像一心想把它塞进腹腔里似的。

我用手肘把它顶开。“你瞧,”我咕哝着说,“它好像还嫌里面不够脏。”

包曼没有吭声，只是张着嘴帮我捏住子宫壁。我不打算再说什么了。这段回忆太罪恶也太可怕。我所要做的只是尽可能缝好伤口，清理腹腔内的污物，最后再缝合肚皮。

我缝好表皮的最后一针后，包曼和我同时缓缓地站起来。我花了好长的时间才把腰伸直，包曼也愁眉苦脸地直接按摩腰部。

布先生离开他的岗位，打量了一下伤口。“缝得真好，”他说，“这种手术真不容易。”

这句话使我觉得羞愧万分。

抗生素虽已问世，但并不是非常普遍；再说，我已断定母牛绝对没有活命的希望。我开了一些磺胺类药物给布先生，尽快地离开了农场。

在车上，我和包曼都默默不语。我驶了几百米后，把车停在一棵树下，将脑袋沉靠在方向盘上。

“老天，”我低吼道，“这简直是儿戏！”

包曼依然没吭声。我又接着说：“你见过这种事吗?!这简直比把帽子忘在牛肚子里还要可耻。”

“我知道……”包曼好像是被人掐着脖子说话似的，“这一切都是我的错。”

“不，不要这么说，”我回答，“是我不该这么唐突就作决定。刚才我骂你是因为我彷徨无助。包曼，我该向你道歉。”

“哦，不，不……”

“不。包曼，我是挂牌的兽医，任何错误都该由我来承担。”我低声说，“再说，刚才我还那样侮骂你……我真该死。”

“不，吉米……你不必……我……”

“这样吧，包曼，”我打断他说，“我把道歉改成致谢好了。你对我帮忙很大，要不是你，我很多事都做不成。走，咱们喝杯啤酒去。”

我们走进村中的一家小酒吧，找了张靠角落的桌子坐下来。在又热又倦的情况下，我们只是默默地对坐而饮。

最后，包曼终于打破了沉默：“你想那头母牛有希望吗？”

我低头想了一下说：“没有。它一定会得腹膜炎。”想到这点，我不禁打了个哆嗦。

尽管我自己已完全否定了蓓拉的生机，但第二天一大早我还是禁不住拿起电话，想问问它的情况。

电话铃声响了很久很久布先生才拿起话筒。

“哦，哈利先生。母牛好得很，它已经能站着吃东西了。”他的口气似乎一点也不惊讶。

我愣了好几秒钟才又开口说：“它没有什么不舒服吗？”

“没有，它像板球选手一样健壮，刚刚才吃完一座山似的干草。天亮之前我从它身上挤出了好几加仑的牛奶。”

我像是在梦中一样，又听到他说：“什么时候可以拆线？”

“拆线……哦，”我的身子摇晃了一下，“再过两个礼拜，布先生，再过两个礼拜。”

拆线的时候，包曼和我一起去。我很高兴母牛的伤口一点也没有肿胀或发炎。我把线剪断抽出来，而蓓拉却站着一点也不在乎地吃着草。

我忍不住又问布先生：“它难道一点都没有不舒服吗？”

“没有。”农夫缓缓地摇摇头，“它好得很。”

这就是我头一次做剖腹生产术的经历。之后的几年内，蓓拉不但没得什么腹膜炎，还生了八头小牛。这是一个我至今都不敢置信的奇迹。

那天离去的时候，我看看邻座挂着微笑的脸孔。“包曼，”我说，“这就是兽医生活之片断。你会感到惊恐，但也会碰上令人惊喜的奇迹。我听说过有些牛天生就对腹膜炎有抵抗力。感谢上帝，蓓拉就是其中之一。”

“这简直不可思议，”他像说梦话似的，“我实在无法形容我现在的心情。我只觉得心中充满了像这样的疑惑——‘有生命之处即有希望。’”

“是啊，”我说，“那是约翰·盖伊的《病人与天使》中的一句，对不对？”

包曼兴奋地拍了一下手：“写得实在太好了！”

“让我想想……”我沉思了几秒，“你看看这句怎么样，——‘奇迹就像凯旋的将军’。”

“好极了，”包曼回答说，“那是出自罗伯特·骚塞的《布伦海姆之役》。”

我点点头：“完全正确。”

“我还有一句更好的。”他说，“‘我们历尽了千辛万苦，终于在乱麻中采获了这朵鲜花’。”

“太棒了，太棒了，”我接着说，“那是莎士比亚的《亨利五世》。”

“不，是《亨利四世》。”我正张开嘴要争辩，包曼就举起一只手说：“没有用，我一定对！这回我确信我是对的。”

苏联游记 2

1961年10月30日

这天早上6点30分，我们到基尔运河。河的西岸有一座小镇，河口有一座闸，我们必须等半个钟头才能驶进闸内。这段期间，一位德国警察和荷兰领航员登上了船。那位德国人的职责是视察我们是不是将动物的排泄物及稻草扔进了河口。他穿着一身黑皮衣，非常有官方气派。我们在客厅中愉快地聊了片刻。他那一口标准的英文甚至使我都感到羞愧。

过了闸口后，船身比在大海中要平稳得多了。我站在甲板上观赏运河中各式各样的船。当我们的船与几艘德国战舰对驶而过时，船上的水兵都热情地向我们挥手问好。

这儿的田野都布满了秋的色调，林间的小屋则铺上又斜又长的屋顶。

大约六个小时之后，我们到达了运河的另一端，在那儿，一位德国移民局的官员上船在每个人的护照上盖了章。我发现自己的名字也被列于船公司的职员之中。在一大串的丹麦姓名中看到“吉米·哈利”四个字似乎使人感到很不对劲儿。

今早羊看起来都很高兴。大部分的羊经过我的治疗后咳嗽都减轻了很多,不过我还是发现有一只眼睛充满怒意的小羊咳得比昨天更厉害。不仅如此,我发现它还在发烧。于是我将它关进隔离的栅栏房并打了一针青霉素。很显然,它受到的感染比我想象的要严重。

船上对我帮忙最大的就是头一晚跟我说话的那位水手。他名叫罗恩,有一头亚麻色的头发和宽大的肩。他有张拳击手般粗犷的脸,但笑起来的时候还是相当迷人的。他是个热情而又喜爱动物的青年。当我们把那只生病的小羊牵进栅栏房内时,罗恩蹲下来亲切地抚摸它毛茸茸的脖子并紧抱着它不肯松手。此外,我还发现他对大如小熊的大羊也是一样爱不释手。他似乎认为羊都有令他不可抗拒的魅力。当然,我非常高兴公司选择他作为我的助手。

出了运河之后,船又慢慢摇入波罗的海。我可以看到基尔镇局促于河口的坡地上,港口泊满了各种船只,沙滩上则散落了一些雅致的小别墅。

船缓缓滑进汪洋中时，我在甲板的一个角落发现了一块可供我跑、跳、运动的好地方。我必须在未来的日子中养成在甲板上运动的习惯,因为除了上下楼梯之外,我的肌肉几乎每天都处于松弛的状态。

我决定每天晚上十点钟为羊们做当日的最后检查。但今天我要找罗恩一起去看羊时,他的伙伴告诉我说罗恩正在掌舵,如果我愿意到驾驶台等他的话,一会儿他就会下班的。

我爬上甲板的时候,船晃得很厉害。我在漆黑之中踩着又湿又滑的甲板,淋着溅起的浪花,一步一步走向舰桥。我告诉自己说,这才是真正的大海。

我跌跌撞撞地走进驾驶台,发现那儿的气氛竟然有些阴森。夜晚的驾驶台是绝对黑暗的,因此,我在门口站了好久才勉强辨认出舵盘的前面有个高大的黑影。

罗恩和我下到栅栏房里后,我先为眼睛有病的母羊涂了些软膏,又为患支气管炎的小羊打了一针。由于船晃得很厉害,羊也跟着东倒西歪。我开始为它们感到担心,因为罗恩告诉我说前面的海面上有暴风。

"管它呢,"这位高大的水手愉快地说,"咱们去喝啤酒就是了!"

"走吧!"说完,我们一起走到水手餐厅。罗恩抽了支烟给我,然后用不纯熟的英文告诉我有关他的故事。他今年二十八岁,但在海上已经度过了十四个年头,现在家中还有老婆和两个孩子。他说故事的时候脸上的微笑一直没有停过。

"大夫,上次我们运了两百头牛到卢卑克,可是到了目的地之后已经死了五头。"

我吹了声口哨:"真糟透了。难道他们没有派随船兽医吗?"

"没有。"他那张粗糙的脸头一次正经起来,"他们找不到牛医。这回幸好有你同行。"

这句话引发了我的深思。看来,我的责任比想象中还要重大。

互道晚安以后,我回到舱房内。在我的房间外有扇门可以通到船尾的平台。每天睡前,我都会走到外面吸满一肚子的新鲜空气。今晚,我在咆哮的风声中只看到螺旋桨下翻起雪白的漩涡。除此之外,船沿外是一片无涯的漆黑。

我看得出前面是有暴风,但我相信船长一定胸有成竹地准备好该如何对付它了。

宅心仁厚的农夫

对任何一位稍具良知的兽医来说，杀害一名患者是极其罪恶的事。我在这里所说的杀害当然不是指以慈悲为出发点的安乐死，我指的是在医疗的过程中犯了无心之过而害死动物。

这种事每一位兽医都碰到过，自然我也不例外。

这个故事始于一位药厂的年轻代表打电话到诊所推销一种神奇的牛蹄药。

牛的腐蹄病一直是使兽医们感到头痛的病症。偶蹄类牲口的两趾间是最容易受到创伤的部分，而一点点的伤口往往又会造成组织的溃烂与坏死。

这种病不会致命，却会使得牛的蹄子蓄脓而瘫痪。一头健壮的牛也会因为持续的疼痛而显得终日闷闷不乐。所以自中世纪以来，腐蹄病就一直很令人困扰。这种病名的由来是因为坏死的组织会发出冒犯人类嗅觉的臭味。

牛类的后腿非常固执，几乎任何情况都难以使之抬高半寸，不过幸好得腐蹄病的多半是前腿。当时农村对付腐蹄病的方法是将盐和焦油涂抹在蹄子上。固然牛都很乐意抬起前脚让人医治，可是它们更乐于挥舞蹄子以示疼痛。

当药厂代表告诉我说只要打一针MB693到牛颈的静脉中腐蹄病就会痊愈时，我根本认为他是在胡吹。

事实上我还嘲笑他说："我知道你们为了生活什么话都说得出来，不过这回你扯的谎实在太大了。"

"我没骗你。"他说，"我们试验过好几回，我发誓绝对有效。"

"你说你根本不必触摸到牛蹄？"

"除了诊断之外，你可以完全忘记世界上还有牛蹄这种东西。"

"那要多久才能见效？"

"几天就好。我向你保证，只要过了二十四小时，情况就开始好转。"

这玩意儿听起来好像真不错。"好吧，"我说，"送一点过来，我先试用一阵子。"

他在笔记本上写了一些字，然后抬头看着我说："不过有一点要注意的是，这种药刺激性很强，因此你千万不可采用一般的皮下注射，否则牛会长脓疮。"

我目送他走出大门的时候，心想，难道这真的意味着过去最令人困扰的腐蹄病即将从此告别这个世界。我对MB公司的药品一向很有信心。他们的确曾在兽医界创造了些奇迹，可是单靠一针静脉注射就能消除脚上的脓肿也实在令我不敢置信。

货送来以后,我发现想说服农夫是件很困难的事。“你在干啥?注射脖子和蹄子有关系吗?”或“就这样就行了吗?你不再开些药给我吗?”这些都是我最常面对的质问,而我的回答却是犹豫不决。

可是过了一些时日后,药力终于生效了,农夫们的态度也立刻转变了。诚如药厂代表所说,牛过了一天就能走动,三天后红肿和疼痛都完全消失。这简直像巫术。

这是兽医界的一大步,也是我个人在医疗法上重大的突破。那天我看到马先生的母牛时,我的成就感到了最高点:红肿、积脓、恶臭、疼痛……这是标准的腐蹄病,也是我最拿手的病症。

这只牛的腐蹄病是我所见过最严重的。不过我一点也不担心,因为我拥有让农夫们目瞪口呆的神药。事实上,我还期望着能有更多的机会让我大显身手。

“看来咱们有的累了。”农夫马先生咕哝着说。他今年将近五十,是位短小而精悍的农夫。他经常出现在各种演讲或会议中,为的是想多学些东西。

“不,马先生,一点也不会。”我满不在乎地说,“我有新药——咱们根本不必碰它的蹄子,只要打一针就可以完全解除它的痛苦。”

“那好呀,”他弯下腰看看肿胀的牛蹄,“可是这么红肿怎么下针?”

“我不打在脚上。”

“不打在脚上,那要打在哪里?”

“脖子上。”

“脖子上?”

我咧着嘴笑了——我永远不会对这种反应感到厌烦。“对,打进脖子的静脉里。”

“老天,科学进步得真快。”马先生笑着耸耸肩,表示无可奈何地接受了。

“来,抓紧它的鼻子,”我说,“把头再压低点……对,就这样。”我揪起牛颈上的血管,将针头轻轻扎进去,然后花了两分钟的时间把针筒中的MB693全部推光。

“好了。”我得意地说。

“没别的了?”

“没有。你什么都不用管了,几天后,牛又会跟以前一样高兴。”

“我真搞不懂,”他半笑着说,“现在的年轻人每天都有新鲜事儿叫我吃惊,我在农庄上耗了大半辈子从没听说过有这么神奇的方法。”

一个礼拜之后,我在农民会议上又见到了马先生。

“你的牛怎样?”我问。

“跟你说的一样——壮得像一座铜钟。肿消了,臭味也不见了……简直像魔术。”

我正感到骄傲的当儿,马先生的表情突然变了。“可是它的脖子上肿了一个硬块。”他说。

“你是说在我下针处的四周?”

“嗯。”

我的兴奋感完全蒸发了。我不喜欢那种口气。我的直觉告诉我,一定是有些药液漏进了皮下组织。可是我记得针头扎下去的时候明明有几丝血冒进针筒里。

“我实在想不透那会是什么原因。”我说。

“我也想不透。不过你走了以后我在牛棚中喷了一些杀蝇药,会不会是药剂跑进了针孔中?”马先生摇摇头。

“不……不可能。我从没听过这种事。明天我再过去一趟好了。”

第二天一大早我就赶到马家去。马先生并没有夸大,母牛的脖子上肿了个小疮,不过疮的位置并不在针孔附近。我捏了捏颈上的筋脉,发现血管都变得很硬。

“它得了静脉炎,”我说,“大概是由于受到了针头的感染。”

“怎么会呢?”

“我也不知道。我确信并没有药液滴进皮下组织,而我的针头又都是消过毒的。”

农夫靠近牛头,仔细打量了一番:“这不是皮肤溃疡吧?”

“不是。”我回答。

“那些一道道通到嘴巴的斑纹又是什么呢?”

“血栓。”

“什么?”

“血栓——血管中凝结的血块。”我很不喜欢这种对话,因为我应负的责任正渐渐被揭露出来。

马先生的眼光在我浑身上下搜索了一番:“那我们该怎么办?”

“通常附属的血管要隔几个礼拜以后才能接掌循环的功能,这段期间我先开些药试试看。”

“也好,反正我看它也满不在乎的样子。”农夫说。

“对,我看它并不痛苦。我想过一段时间它自然会痊愈的。”

马先生捏捏母牛尾巴的根部说:“你想给它洗热水澡,有没有用?”

我用力摇摇头:“我想这样并不会有什么好处。”

我开了些药,带着一身罪恶感离开农庄。毛病到底出在哪儿?西格和我回到诊所的头一件事就是煮针头,因此针头感染的机会应该是微乎其微。是那农夫的杀蝇药跑进了针孔?那简直不可思议。

不过,想到那头牛并不像是很痛苦的样子,我立刻放宽了心。

第二天早上,海伦才把早餐摆上桌,电话就响了。不用说,那一定是马先生。

“牛死了。”他只说了三个字,然后静静地等我回话。

我呆瞪了几秒钟,才笨拙地张开嘴:“死了……”

“对。今早我发现它躺在地上。”

“马先生,我……”我必须不断地清喉咙才能使自己的声音不致太混浊,“我实在很抱歉……我真的完全没想到……”

“到底怎么回事?”那农夫的口吻好像牛死了不足为奇似的。

“只有一种可能。”我说,“栓塞症。”

“什么叫栓塞症?”

“就是凝结的血块被血液冲到心脏里,等到心口的大静脉完全被阻塞时,患者就会立刻暴毙。”

“那就对了,我看得出它是猝然倒下去的。”

“马先生,我实在很抱歉……”我咽咽口水。

“没什么啦……”他停了半晌才说,“这种事在农庄上时常发生。我打电话来没别的意思,只是想告诉你一声……对了,我还忘了向你道早安呢。”

我难过地挂回听筒,然后坐在椅子上呆望着餐盘。

“你不吃一点吗，吉米？”海伦问我。

我看看一大片的火腿肉，“抱歉，海伦，我吃不下。”

“好啦。”她笑着把餐盘推到我面前，“我知道你很难过，可是你总不能不吃饭啊。”

我摇摇头：“我不止是难过……我从未杀害过任何生命。”

我一直信仰拿破仑的一句名言——“当你脱掉衣服也就是你脱掉一身烦恼的时候。”可是对于这件事，我至今都不能忘怀。

我对马先生在电话中的态度感到很疑惑，大部分的农夫碰到这种事一定会破口大骂的，可是他不但没有这么做，连最起码的牢骚都没有发一句。

当然，他大可以上法院告我。可是他真的是位好人，他受了损失还不愿让人知道我是个庸医。

之后的一个月里，我都没有再听到他的消息，因此，我猜想他很可能换了一位兽医。我失去了一位忠实的顾客，这也算是给我的惩罚。

然而，有一天下午电话响了，传来的又是马先生那平稳的声音：“哈利先生，我想请你来看看我的牛，它好像哪儿不对劲。”

我松了一口气。听那口气，他好像完全忘记了前仇。德禄镇有太多善良的农夫，而马先生就是其中一位。我真希望能补偿他。

马先生还是像过去一样地在门口迎接我。

“昨晚下了场大雨，所以到处都长了野草。”他指着屋前的空地说。

那是头巨大的黑白花牛。我一看到它，心就不禁往下一沉。它站在牛棚里，弓着背，两眼直瞪着墙——我最怕看到动物的这种眼神。由于它对我的接近感到很不高兴，因此我只得用手大略地触诊了一下它的胃部。

它的腹部大概受到了创伤,如果它是吞下了铁丝,那我就必须为它动手术。可是我猜在经过了上次那件事之后,这种提议一定很不受欢迎。

我用听诊器检查它的胃部,发现蠕动的功能还算正常。我用手指戳戳它的肩胛骨,而它只回头不愉快地瞄我一眼,并没有表示出进一步的抗议。

“它太瘦了。”我说。

“是啊,”马先生双手插进裤袋里担忧地打量他的母牛,“我也不知道为什么。我喂它的都是全世界最好的食物,可是过去几天之内,它的体重急速减少。”

心率、呼吸及体温都正常……这倒挺有趣的。

“起初,我以为它的腹中有疝气,”农夫接着说,“因为它不停地用脚踢肚子。”

“踢它自己的肚子。”我记得这种动作——那好像是肾脏炎的征兆。就在这时候,那头母牛仿佛要帮我确定自己的判断,而缩起尾巴喷出了一摊混有血和脓的尿。现在我知道它的毛病了。

我转过去对农夫说:“马先生,它得了肾脏炎。”

“肾脏炎。”

“可能受了某种感染而发炎。我担心膀胱也受到了感染。”

农夫搓搓下巴:“严重吗?”

我多希望我能给他一个令人心安的答案!可是毫无疑问的,那是致命的疾病。

“恐怕非常严重。”我回答。

“我早就怀疑它有哪儿不对劲。你可以医好它吗？”

“我愿意试试。”我说。

“我开些磺胺基之类的药给它，”我紧接着说，“得了肾脏炎的牛很少有机会，可是这种药是新出来的，也许它还有救。”

他瞥了我冷静而漫长的一眼：“好吧，咱们就依你的意思。”

“我会再来看它。”说完，我把药粉交给他。

我不但又来看它，而且每天都来。我下定决心一定要救活这头牛，可是四天之后，它的病况不但毫无好转，反而日趋恶化。

每当我走进昏暗的牛棚，看到它那愈来愈明显的肋骨时，我就感到一股莫名的忧伤。它已经成了我所见过最瘦的牛。

我实在不能坐视马先生的牛再次发生悲剧，可是看这光景，死神即将驾临这座牛棚之上。

“我开的药只能勉强维持它的生命，”我说，“可是要想医好它还需要强而有效的药。”

“有这种药吗？”

“有，是青霉素。”

青霉素在当时是最新的药，可是它不能以注射溶液的方式打进体内。那时兽医们对付乳腺炎的方法是把青霉素装在极微小的油脂管中，再把管子插进乳腺里，使药剂自动混入组织。可是我这一生中还没有试过这种法子。

我不是个发明家，但我很能想出变通之道。我回到车里拿出了大口径的针筒，然后将药管插在针头的位置上。感谢上天帮忙，药管和针筒刚好吻合。

我不懂得什么科学理论，所以我不知道这样做有没有效，不过我还是接连打了十二支药管到母牛臀部的皮下组织中。我不知道青霉素会不会被吸收，可是只要药管留在体内一日，它就多一天活命的希望。

我又战战兢兢地过了两天才看见好兆头。

“瞧！”我对马先生说，“它的背已经不再弓了。它一定好了一些。”

“对，它的表情已经没有先前那么痛苦了。”农夫点点头。

母牛现在已经能愉快地打量四周，并不时低头衔起地上的干草。这些微小的动作对我来说却是极大的安慰。

从那天起，我在马先生面前又拾回了从前的胜利感。我继续将青霉素药管打进牛的皮下组织——虽然我根本不知道牛的用剂量该是多少，但我相信只要有抗生素进入体内，它就有活命的希望。

当我确定药物已经战胜病魔的时候，那种兴奋真的是前所未有的。现在我再为它检查的时候，它的蹄子已经具有威胁性，而它的小便也清澈见底了。总之，它的健康恢复得就像当初跌入病魔的深渊那样迅速。

我扔掉青霉素的空药盒，说：“我看它已经没有大碍了。明天我再来为它做最后一次检查。”

“你明天还要来？”

“对，最后一次。”

“好吧，那我要向你发句牢骚了。”农夫的脸突然沉下来。他向前走了一步。

老天，他并没有忘记那件事。在我略微感到成功的当儿提起往事不啻是当头一棒。人性是变化无常的，我不晓得他为什么到现在才浇下这盆冷水。不过我无话可说，无论他说再难听的话我都得接受。

“当然，有话尽管直说。”我发觉我的声音有些颤抖。

“你瞧瞧那牛棚，里面乱得一团糟！”他朝牛棚挥挥胳膊。

我这才发现牛棚的地上全是我用完后随手丢弃的空药瓶和空纸盒。

“老天，我没有注意到……”我结巴着说，“我很抱歉……”

那农夫的爆笑声打断了我的话。

“我是跟你开玩笑的，你医我的牛都忙不过来了，我哪会在乎这一点点的小事？”他用肥胖的拇指戳戳我的肩膀——我知道那是他表达谢意的方式。

这就是我头一次为动物注射抗生素的经历，我承认我的方法很可笑，但它毕竟救活了一头牛而且拾回了我的颜面和信心。

直到二十年后的今天，马先生都未提过那件不愉快的往事。他的行为使我也开始学着原谅别人无心的过失。迄今，我还在试着学做一个宅心仁厚的人。

屈生的胜利

“你知道吗，吉米？”屈生若有所思地拔出口里的香烟说，“我怀疑这世界上还能不能找到另外一个这么喜欢羊屎的女孩。”

在寂静的时刻，我时常会想起过去在西格诊所中大伙都还是光棍的往日。我还记得当时我抬起头看看屈生说：“的确，我也在想这件事。”

我对于那时候每天早晨餐桌上的情形还记得很清楚：何嫂总是把我们的信摆在餐盘旁边；而西格餐盘旁边则巍然竖立着一个惹眼的铁罐——不用说，那里面全是葛兰小姐送来的羊屎。

那是个六寸高的可可罐，而葛兰小姐每天都用同样的容器。我不晓得她是从哪儿弄来这么多的罐子，不过我敢确定的是不管她有多爱喝可可，她消耗的速度都不可能有这么快。

她爱羊如命已是不争之事实——她根本是为羊而活。当然，养羊对一位可以不费吹灰之力就步入影坛的金发美女来说，的确是一种不太正常的嗜好。

另一件怪事是葛兰小姐一直没有结婚。每次我到她家我都会再次深信她的魅力足以让全英国的男人都倾倒。她三十不到,有一副完美的身材和一双高贵的长腿。当她笑起来的时候,那对亲切的大眼睛会散发出具有神力的光芒。她的家里布置得很可爱,所以我猜想她一定很有钱。

葛兰小姐每天都很慎重地收集羊屎,并坚持要我们定期化验,看看羊屎中是否有任何寄生虫。

这些羊屎每天定时交给西格,由他主持化验工作。这档子事原本和我一点关系也没有的,可是自从那天我除去她心爱的比利眼中的谷皮后,她就看中了我。从那天起,那熟稔的铁罐就雄峙在我的餐盘旁边了。不仅如此,铁罐上还贴了张标签,上面写着:献给吉米·哈利先生。

毫无疑问,这是她对我最诚挚的恭维。在古代,贵族的美女将手帕或手套献给武士以示最崇高的爱慕之意,可是我的受礼却是一大罐结实的羊屎。

风水轮流转,当这份荣耀落在我身上后,西格的脸色起了轻微的变化。也许当时我显得有些自鸣得意,可是西格大可不必担心的,因为不到一个礼拜之后,那个铁罐又回到了他的餐盘边。

其实这早在意料之中,因为谈到男性魅力的话,西格稳拿冠军。屈生虽然对追求年轻的小女孩颇有心得,可是他没有成熟的吸引力;而我在这方面更是毫无立锥之地。但是西格就不同了,他是个很容易就让女人发疯的男人。

他根本不用追求女人,因为她们会追他。起初,我并不觉得西格有什么出众之处,可是渐渐地,我发觉他不只是长得高大,他那对幽默的眼睛会发出令女性无法拒绝的力量。因此,那罐羊屎很自然地又回到他身边。

事实上,虽然我和屈生到葛兰小姐家出诊的次数绝不少于西格,可是那罐羊屎一直稳踞于西格的宝座上。我说过葛兰小姐一定很有钱,因为她为一点点小事就打电话请我们去。就生意的观点来说,她算得上是大客户。

然而这天早晨我拿起电话后,我知道这回不是芝麻小事了。因为葛兰小姐的声音非常焦躁。

“哈利先生,迪娜的肩膀给铁钉刮伤了。我希望你能赶紧过来。”

“刚好我今早没事,我马上过去。”

我心中暗自感到满意。这些缝缝补补的工作都是我最擅长的,因此我可以借此机会讨好顾客。此外,我在工作的时候,葛兰小姐还可能会问我一些有关羊的疾病的问题。虽然我对羊懂得并不很多,但我还是可以显显身手。

我正要出门的当儿,屈生从他一天到晚都躺着的椅子里坐直身子说:“去葛兰小姐那儿,我跟你一块去好了,我正想出去转转。”

我笑着说:“走啊。”他一直都是个好伴侣。

葛兰小姐穿着合身的围裙出来迎接我们。她这身居家的打扮反而使她显得更迷人。

“哦,真谢谢你们特地赶来,”她说,“请跟我来。”

紧跟着她走是对的,因为屈生就因为没看见脚下的阶梯而绊了一跤。葛兰小姐匆匆回头看了一眼就推开羊栏的门。

“就在里面，”她用手捂着眼睛，“我不忍心看。”

迪娜是只美丽的大白羊，它的美貌遭到了一枚铁钉的嫉妒，而在它的身上划了一个V字形的伤口。它那莹白的卷毛上渲染出一大片鲜红的血，细嫩的羊皮也翻卷开来。

情况的确很糟，我必须停止站着搓手，而立刻为它疗伤。我仔细打量了一番它的伤口，发现都只是些皮肉伤，我有把握可以恢复它原本美丽的外表。事实上，我已经看见自己蹲在地上缝完最后一针时的景象——葛兰小姐高兴地说：“瞧，它比原来更漂亮了。哈利先生，你的技术真不错。”

“哪里……哪里……” 我会用最职业性的口吻漫不经心地说，“雕虫小技，雕虫小技，不足挂齿。”

葛兰小姐的话打断了我的思绪：“哈利先生，你看它严重吗？你能救它吗？”

“蛮严重的，”我故作忧愁地说，“缝起来可能会很费事，不过你放心好了，我会恢复它原先美丽的外表的。”

“哦，谢天谢地！”她像是松了一大口气，“我这就去拿热水来。”

不一会儿，我已经准备好了。我的针、剪、钳、线、镊子、棉花及消毒药粉都排列在一条干净的毛巾上。屈生已抱住羊头，等着我开工了。

我用温水把伤口洗净，再撒了一些药粉，然后才下针开始缝。葛兰小姐在一旁替我递剪子或拉肠线，显得比我还忙碌的样子。迪娜的伤口不深但划得很长，因此要全部缝完得花不少时间。我边缝，脑子里边思索着想找些话题使气氛能轻松一点。

这时，屈生突然开腔了——显然他和我有同样的想法。“这只羊真漂亮！”他很轻松地说。

“嗯，”葛兰小姐向他展露甜蜜的一笑，“我也这样想。”

“我猜想羊可能是人类最早饲养的动物了，”他接着说，“每次我想到这个世界上有这么丰富的证据显示羊在史前时代就被人类饲养时，我就觉得不可思议。你瞧，在原始人居住的山洞里都有羊的壁雕，而世界最古老的典籍中也记载着有关羊的事。我对羊的历史很感兴趣，因为它们一直是人类忠实的伙伴。”

我蹲在地上抬头瞄了屈生一眼。他的兴趣很广，但我从来不知道他对羊产生兴趣过。

“还有一点，”他继续说，“最妙的一件事就是羊具有神奇的消化能力，它们吃下杂草却能制造出新鲜的羊奶，你能说这种事不令人钦佩吗？”

“是啊。”葛兰小姐说。

屈生笑了笑：“此外，我最欣赏羊的个性。羊是世界上最坚强的动物，它们遇到强敌很少畏缩……还有，它们风餐露宿却从不生病。你看过哪一只羊淋了雨感冒的吗？它们即使吃下了有毒的植物也不会拉肚子。”

“对，它们的确了不起。”葛兰小姐看着屈生，头也不回地把剪子递给我。

我发觉我应该发表一点意见了。

“羊的确是……”我才说了几个字就给打断了。

“你知道吗？”屈生的声音再度充塞于羊栏中，“羊吸引我的地方就是它们多情的本性。它们不仅爱交际，而且极为友善。我想，光凭这点就足以让我疯狂地喜爱它们了。”

葛兰小姐沉重地点了一下头:“对,对,对,这话一点也不假。”

我的伙伴伸出一只手指指羊栏里的干草堆说:“你很懂得喂羊。虽然羊什么都吃，可是它们最偏爱的还是干草。难怪你的羊都这么健壮。”

“哦,谢谢你,”她的脸上泛出绯红,“不过我另外还喂它们吃些谷物。”

“没有去皮的吧?”

“对,没有去皮。”

“那好极了。这样对它们的胃有好处。你知道吗,偶尔吃些谷类可以使羊的胃壁保持高度的PH值。”

“嗯……我不太懂你们的术语。”她盯着屈生,好像他就是个先知似的。

“这没关系,”屈生轻松地说,“这并不重要。反正,你喂食的方法非常正确就是了。”

“请把剪子递给我好吗?”我发觉葛兰小姐大概已经把我遗忘了。

我一边缝,一边听到屈生继续谈到如何为羊盖漂亮的小屋子及如何保持室内的通风与降低湿度。

当我把最后一针缝完时,葛兰小姐似乎并没有注意到。

“好了,看起来还不错,是吧?”我说。然而,这句话并没有引起任何反应,因为屈生和葛兰小姐完全沉醉于讨论羊类不同的品种。

“你真的喜欢安哥拉羊和吐根堡羊?”她问。

“当然。”屈生优雅地点点头,“它们都是最优秀的品种。”

这时,葛兰小姐无意中发现我已经缝完了。她心不在焉地说:“哦,谢谢你,哈利先生。为了表达谢意,我想请二位到屋里喝杯咖啡,如何?”

我们在高贵的客厅中坐定后,屈生又开腔了。这回他长篇大论地谈论羊的各种疾病。过了好半天后,葛兰小姐突然发觉冷落了我,因此她不好意思地转过来看看我。

“哈利先生,有件事很令我担心。我和隔壁的农家共用一块牧地,而我的羊时常和他们家的羊一起吃草。前一阵子,我听说他们的羊得了球虫病,不知道我的羊会不会被传染?”

我慢慢吸了一口咖啡,使自己有较多的时间思考她的问题。“嗯……我……我想……”

我的伙伴毫不费力地就打断我的话,接着说:“这你不用担心。大部分的球虫病菌都不喜欢离开原来的寄主,所以传染的机会很微小。”

“谢谢你。”葛兰小姐又转过来,似乎决定再给我最后一次机会,“那其他的寄生虫呢,哈利先生,会不会有其他易传染的疾病?”

“嗯,我想想看……”杯中的咖啡被我沉重的呼吸吹起汹涌的波澜,“事实上……”

“的确。”屈生的声音又充盈在客厅里,“哈利先生是想说一般的寄生虫是很容易感染的,因此你必须时常喂它们吃打虫药。这样好了,我在这儿为你做个简介……”

我沉坐在椅子里,开始陪着葛兰小姐聆听屈生那冗长的介绍——他几乎把他知道所有的寄生虫的名称都搬出来了。

终于到了我们该离去的时候了。走向车子的途中,我对葛兰小姐说:“十天后我再来拆线。”

她笑着点点头。我发现这是我今天讲的惟一能令她有反应的话。

我沿着公路驶了几百米,然后把车停在路边。

“你什么时候开始喜欢羊的?”我酸酸地问屈生,“还有,你什么时候开始对羊懂得这么多的?”

屈生笑得躺在椅子里翻滚。“抱歉,吉米,”他等自己恢复后才说,“再过几个礼拜我就要考试了,刚好这回的主考教授对羊特别有偏好,因此昨晚我拿出他的讲义死啃了一夜,没想到今天就派上用场了。”

屈生的脑袋吸收起知识就像海绵似的。我相信他只要看过一次就永远不会忘记。而学生时代的我却往往得背个五六遍才能应付考试。

“原来如此,”我说,“回去后把你昨晚看的讲义给我看看。我发现我知道的实在太少了。”

这个故事的完结篇发生在第二天早上。

我和西格一起朝餐厅走去的时候,西格突然停在甬道上瞪着前面餐厅里的餐桌。那个熟悉的铁罐现在已雄峙于屈生的座位前。西格带着不可置信的眼光慢慢走上前去查看上面的标签。——很不幸,葛兰小姐写得很清楚:“献给法屈生先生。”

西格一声不吭地坐在自己的位子上。不一会儿屈生也走进餐厅。他看看铁罐,然后面带微笑地开始用餐。

那顿早餐的气氛很凝重,因为我和西格都给一个不可否认的事实压得抬不起头来——那就是:屈生才是这屋里的胜利者。

1961年10月31日

昨晚要想睡好可真是不容易，因为船分分秒秒都在剧烈摇摆着。我在脱衣服的时候，好几次都被摔倒在地上。

上了床以后，我更是被耍得左翻右滚，完全不能入睡。最后，我想出了一招，那就是伸开四肢，撑着床沿的木板，使不愉快的碰撞事件减到最少。过了半个小时以后，我终于能渐渐沉入梦乡。

凌晨两点左右的时候，我从梦中惊醒，并立刻进入了一个疯狂世界，我只觉得自己像个皮球似的从床上弹起，窗外的浪花和骤雨淋溅在玻璃上，船身发出震耳欲聋的撞击声……然后我听到船上器皿杂物落地的声音。

我扭开灯查看眼前的纷乱世界。我的钱、钥匙、烟斗和烟草都散落在地板上；书桌的抽屉滑脱出来，随着船身摇摇欲坠地晃动着；皮箱和椅子则从屋子的这一边滑到了另一边。

我像酒醉的人一样蹒跚地爬起来,收拾好地上的烂摊子,然后回到床上。剩下的后半夜我都没有睡好,因为不识相的摩擦声和挤碰声还是此起彼落地回应着。

黎明时分,令人兴奋的光线透过窗子照进舱房里。我向窗外瞧了瞧,看见灰绿色的海水上飞溅着白色的水沫。想想这么小的船要滑过这一片邪恶的汪洋,我实在感到担忧不已。波罗的海真的发怒了。

我想到的头一件事就是羊,可是我还来不及再多担忧一点,门外就传来了那熟悉的声音。"吃早餐喽,哈利先生。"

我匆匆走向餐厅,心想我得草草吃几口就去找罗恩。走进餐厅的时候,船长正坐在桌前。

"早,哈利先生。"他打量着我说。

我坐下来等了一会儿早餐就上桌了。今天的主菜是熏肉和腌牛肉,陪衬在旁边的有炸薯条、香肠和煎蛋。我抓了一块面包就往嘴里塞,同时,我还拿起刀子砍向那条大香肠。

"昨晚过得还好吧,哈利先生,"船长把眼睛眯成一丝缝问我。

我衔着可口的食物说:"嗯……还好……谢谢你。"

"你很饿了吧?"

"当然。晃荡了一夜,把我的胃口都激出来了。"

"可是昨晚不止是晃荡。"船长说,"事实上昨天的暴风高达九级。我还以为你会晕船的呢。哈利先生,你是个天生的海员。"我笑着说:"谢谢你。我天生就是这样。""当然,当然……"船长缓缓点点头,"可是你难道没有注意到彼得今早的脸色,"

"彼得?"

“是啊，就是餐厅的侍者。对了，在船上所有的侍者都叫彼得。今早他病得很厉害，事实上只要碰上坏天气他就会这样。”

“噢，可怜的孩子。昨晚他一定受够了。”

“哈利先生，要是回来的时候再碰上这种天气，情况会更糟，因为昨晚是顺风，而回来就得逆风了。”

“真的，我不知道……”

罗恩突然出现在餐厅门口，因此我没把话说完。

“大夫，快来……羊的情况好像很糟！”

我塞了一口香肠，立刻跟他走了出去。

“你瞧，大夫！”罗恩在羊栏门口指着一只大公羊说。

它像是很吃力地站着，四肢张得很开，嘴角垂着一丝唾液。它的眼睛撑得很大，呼吸沉重而缓慢。

顿时，我自上船起就拥有的逍遥感消失得无影无踪。我发现跟那只大公羊病况相仿的有好几只，看来这次的航行并不会像原先预料的那样惬意。

我愈为它们检查身体，心里就愈担忧。它们看起来好像都要死的样子。那些等着接船的苏联人一定不喜欢看到我们运来一船的羊尸。

我又仔细地打量了每一只羊，虽然它们都很不高兴的样子，可是我发现只有大型的羊才有明显的病状。我大致算了一下，看起来有病的一共才十二只左右。换言之，即使发生了什么不幸，这也只能算是小悲剧。

于是，在罗恩的协助下，我为几只病羊量了体温。它们都是41.6度。

我靠在木栏上，试着梳理自己的想法。它们一定是心脏不能适应——这是羊最古典的毛病。我的药箱里有几瓶新问世的可的松,照说明书上所写的,这种药正好适用于眼前的病症。

我回到舱房抓了药瓶又回到羊栏内,那速度快得令我自己都感到吃惊。我用过这种药,不过用来对付心脏衰竭,这还是头一次。

我用颤抖的手把药剂吸进针筒里。由于药量非常有限,而我又不知道还有多少只羊会出现同样的病状，因此我估计每只羊只能分到3cc的量。当我走到那几只病羊身边时,我感到比先前更沮丧,因为十二只羊里面只有三只能够站立,其他的则都瘫痪在地板的稻草堆上。

我为它们打针的当儿,罗恩就轻轻抚摸它们洁白的卷毛,嘴里还一直说些动人的丹麦话。这是我头一次看到他愁眉不展的样子。不过我了解他的感受,因为我也和他一样担忧。

这些都是高贵而值钱的动物，失去它们将是令人非常痛心的事。现在我只能等待,但是我几乎相信它们是毫无希望的。我想到这样一直站在这儿看也不是办法,于是我沿着湿滑的铁梯冲上甲板,再爬上舰桥。

我把羊生病的事告诉船长,起初他也很担心的样子,可是后来他笑了笑。

“不用担心，哈利先生，我相信你的能力。你一定可以医好它们的。”

我并不能分享他的乐观,我猜想他只是想让我安心。为了要分散我的思绪,船长又摊开海图告诉我船的位置。

“我们已经远离航线,”他边说边在海图上比划了一下,“今天一整天你都将看不到别的船只。”

我回头透过驾驶台的大玻璃向外望了望。这儿是欣赏海景的最佳地点。我看见船头突然栽下去顶撞迎面扑来的巨浪，然后又猛然腾起。自从上了船后，我就不时怀疑这么小的船怎么可能在汪洋之中冲破一波接着一波的巨浪。

船长悄悄地陪我观赏了片刻，才开腔说：“我告诉过你，哈利先生，我们现在是背风，要是回来的时候再碰上同样的气候就有好戏看了。”他笑了一下，“所以咱们一卸下货就得立刻回航，留在港内是一点好处也没有的。”

每次我随着船身摇得东倒西歪的时候，我都会奇怪那些站在甲板上叼着烟斗、双手插着口袋的水手们为什么能稳如泰山地站着——即使他们的身体与甲板成四十五度角时亦复如此。我发现干水手必须具有天生的平衡感，像我这样走一步路都要扶着东西的人实在不适合海上旅行。

两个小时以后，我不得不向焦躁屈服而再次下去察看我的患者。我不奢望它们会在这么短的时间内就有起色，只要能确定它们没有继续恶化我就很感激老天了。

我从卧房里拿了工具挣扎着走向羊栏。经过厨房的时候，我向里面打量了一下，发现锅碗摔了一地，厨师倪森正趴在地上用抹布擦拭洒溢出来的汤。他向我笑笑，好像对这种苦差事满不在乎的样子。我猜想这样混乱的局面对他来说就像家常便饭一样。

我加快脚步顺着湿滑的铁旋梯走到关着头一只大公羊的隔离间前。起初，我以为自己走错地方了，因为我看到一个毛茸茸的大头靠在铁栅上漫不经心地嚼着干草。看来，它似乎很满意的样子。

我正呆站着纳闷的当儿，罗恩从大栏舍里的羊群中站起来向我挥挥手。

“你瞧，大夫！”他那张拳击手型的脸兴奋地抖动着。

我顺着他指的方向看看隔离间里的公羊，再看看其他的患者。霎时之间，我怀疑自己是否在做梦，因为它们绝不是“有起色”而已，他们已经完全康复了！

在我的兽医生涯中，我偶尔会由特殊的病况学到一些新东西。这回，我在开往苏联的船上学到了可的松的妙用。

当然，另外还有一个人也和我一样兴奋，那就是罗恩。他在羊群中钻来钻去，不停地呵呵笑。

“大夫，太妙了！短短的两个钟头之内它们竟然完全复原了。老天，你到底怎么做的？”他用毫不掩饰的羡慕的眼光看着我。

我也压抑不住内心的惊喜。当绝望的布幔奇迹般地掀开时，任何一位兽医都体会得出这种感受的。

尽管厨房里乱得一团糟，但我们那位伟大的厨师倪森还是变出了一满桌的美食。我永远也猜不透他在这样的暴风雨中是如何炖出那么香醇的蔬菜汤和烤出香味那么诱人的猪肉串的。

暴风持续了一整天。诚如船长所说，我们完全没有看到第二艘船。下午，船身摇晃的程度丝毫没有减轻。我又察看了羊群好几次，发现有几只羊又有心脏衰竭的迹象，于是我立刻用可的松先解决了麻烦。

今晚的饭后闲聊比昨天更盛大且愉快。船上的高级船员们纷纷把他们家人的相片拿给我看，并向我一一介绍他们去过的地方。稍后，船长竖起一根指头对我笑着说:“你想不想打个电话给太太?”

“你一定是跟我开玩笑吧?”我笑了。

“不,我没有。在船上打通电话并不难。”

船长领着我走到驾驶台,几分钟后,我真的与海伦和女儿罗丝通上了话。她们告诉我小吉米在大学的情形和最近一回足球比赛的结果。这通电话使我这一天过得更有意义。

睡前,我又仔细地检查了羊群。明天到克莱佩达港就要交给苏联人验收了,因此我一定要让它们保持最佳的状况。情形还差强人意,除了原先那只咳嗽的羊还没复原之外,其他的都已经完全康复了。苏联人会相信那只羊是得了支气管炎而马上就会复原吗?如果他们不相信,我又该如何解释呢?明天,这一切就会揭晓的。

淑女狗维纳斯

当那农夫穿梭在牛群中帮我揪住牛尾时，我突然注意到了他的发型。我知道韩哲西又赚了一次工钱。这是个舒爽的周日早晨，所以我实在不该问出这种问题——“昨晚你又去鸡兔酒吧了？”我把温度计插入牛身体时，假装漫不经心地问他。

“对啊，我是去了。你大概一看就知道了。”

“我想这回哲西剪得太多了点，嗯？”

“就是嘛，我早该想到不能挑周末晚上去的。这回真是失策！”

韩哲西是镇上的理发师，他喜欢工作，却更喜欢啤酒。事实上，他对啤酒根本是以身相许。每天晚上，你都可以看到他带着理发的行头出现在镇上各家的酒吧里。他可以在男厕所里摆上一把椅子，为客人迅速地理个发，再用工钱换一品脱的啤酒。

在鸡兔酒吧中，要是你看见一位面无人色的客人坐在厕所里任韩哲西“修理”的话，你大可不必惊奇。以六便士理一次发大概是世界上最便宜的事了,可是贪这么点小便宜的代价是得冒一次险。假若理发师下剪很稳健的话,那么顾客可以安全地理完一次发——在德禄镇这种小地方是不会有人对头发挑三拣四的;反之,要是他下剪像拔草似的,那么可怕的事就会发生了。

韩哲西虽不曾把顾客的耳朵剪掉过,但假如你在星期天和星期一到镇上兜一圈的话,你总会看到一些留着怪异发型的人在街头匆匆掠过。

现在,我再次打量这位农夫的脑袋。以我的经验判断,哲西在给他理发的时候至少已经喝了十品脱酒了。这位可怜的农夫的发型大致是这样的:他两腮的鬓须给剃得高到眉梢,头顶的头发看起来像波涛汹涌的巨浪,而靠近发旋的地方则矗立了几根高耸入云的长毛。我还没看到他后脑的情形,但我猜得出那儿一定更精彩,或许后面扎了一根辫子也说不定。

我确信他的脑袋是出自"十品脱之手",因为若是哲西喝到十二品脱以上时,他一定会采用最干净利落的方法——将被害者的脑袋全部剃光,仅留下额头上的一撮头发。这种意外的后果也没多严重,只是被害者一连好几个礼拜都得戴着帽子出门罢了。

我很庆幸自己一直未遭遇这种毒手。当我的头发需要整理时,我都是直接上哲西的店里,因为在那儿他是个严肃的理发师。

几天后,我坐在他的店里等着理发,我的狗山姆趴在椅子下面。当我注意看哲西工作时,山姆也好奇地研究他。当时隔座是一位壮汉,我由镜子中瞥见他的脸涨得通红、脖子上扎了条白色的床单。每隔几秒,他那结实的身躯就会规则地抽搐一下,原因是哲西不是在剪头发而是在拔头发。

其实哲西的心眼并没有这么坏。这一切都该归罪于他的刀剪过于古老。他的技术相当纯熟而迅速,因而当他配合手中的剪子快速扭转手腕时,客人的头发自然就给连根拧起了。哲西从没有想到过该去买把电动剃刀,所以我怀疑这套独特的手法永远也无法为客人剪出什么好样子。

尽管哲西的技术并不高明,但奇怪的是镇上的人都只愿意去他那儿理发——事实上,镇上另外还有位理发师。我猜想大概是每个人都太喜欢他了。

哲西是个五十来岁的小矮个,有颗又光又圆的秃脑袋。他的脸上常挂着温文尔雅的微笑,眼睛闪露出与世无争的光芒。就凭这两点就已经使他具有不可抗拒的魅力了。

当那位壮汉从椅子上站起来的时候,你可以很明显地看出他确实松了一大口气。哲西围着他煞有介事地左瞧右看,又用刷子在他的脖子四周扫了几下,快乐得像只刚吃了小虫的麻雀。他好像并不是刚为人理完发,而是刚完成了一件神圣而伟大的社会服务工作。

下一位是个高大的农夫,哲西站在他身边显得非常渺小。看哲西那又干又瘦的样子,我真怀疑他的肚子是怎么容得下那么多啤酒的。

提到酒,我不禁怀疑光是约克郡一年就要消耗掉多少酒。或许是我在格拉斯哥长大的缘故,我对约克郡人喝酒的方式非常不能适应。在这儿住了几十年,至今,我已经可以勉强喝两三品脱的啤酒。这么些年来,我简直想不起在约克郡看到任何一个醉鬼。我相信他们天生就有消化酒精的本领,所以他们可以将一杯杯金黄色的液体像瀑布似的灌入喉管中,而事后一点也不会做出什么蠢事来。

哲西就是个好例子。他每天晚上差不多可以灌下八品脱的啤酒,而周末则非喝上个十到十四品脱才罢休。

“哈利先生,真高兴又见到你。”现在,他转过身用慈祥的眼神看着我,“近来还好吧?”

“还好,谢谢你,韩先生。”我说。

他在我的脖子上围了一圈白布。我的小猎犬一个健步蹦进白布里的时候,哲西大笑了起来。

“哈,小山姆,你的老毛病怎么还没改?”他拉拉山姆光滑的耳朵,“说真格的,哈利先生,它真是位忠实的老友,从来不肯离开你的视线范围。”

“是啊,”我说,“我上哪儿都带着它……对了,这两天我好像也看到你带着一只狗。”

哲西停了下来:“你怎么啥事都知道?不错,我是新领养了一只迷途小狗。打孩子们都离家后,我和老婆一直就想养只狗什么的。告诉你吧,它真是高贵极了!”

“什么种的?”

“我想它绝不会是泛泛之辈。”哲西说,“你等一会儿,我去把它抱来让你瞧瞧。”

不久,他捧着一只小狗从楼上下来。“你瞧,哈利先生!怎么样,我没胡说吧?”他用期待的眼光看着我。

我仔细打量了一下这只小家伙。它的毛是浅灰色的,乍看之下,你会以为它是只小山羊。很显然这只小狗的血统非常复杂,不过从它那斯文的喘息及高雅的摆尾方式可以看出，它是只有教养的淑女狗。

“我很喜欢它。”我说，“你真有眼光！”

“我给它取了个动人的名字叫‘维纳斯’。”哲西顺手抚摸着小狗。

“维纳斯？”

“嗯。因为它长得实在太美了。”我听得出他是很正经的。

“噢，当然，”我说，“我也这么想。”

他洗了洗手，重新拿起剪子为我理发。

现在轮到我受苦了。当他手中的大剪子夹起来的时候，我像坐在牙医诊所内的椅子上一样抓紧扶手。接着，我感到头顶一阵刺痛，然后一撮可爱、宝贵的头发就给哲西扯了下来。我还没准备好承受下一次打击的当儿，另一撮头发又离开了根部。我全身的肌肉都缩在一起，脸上泛出美丽的猪肝色，嘴里爆出了凄厉的惨叫声。可是健康快乐的哲西却若无其事地继续埋头苦干。

我记得在那些年里，每当我路过哲西的店门口的时候，都会听到屋内传出啜泣声——那是一种经过最大毅力抑制却还是忍不住脱口而出的声音。这些可怜的顾客，他们的哀鸣惨叫似乎永远不能引发哲西的恻隐之心。

哲西是个非常不自大的人，但是他总认为自己是一位天才理发师。一直到今天，他为我做最后的梳理时，我还可以看到他的脸上充满了胜利的光辉，一再地轻抚我的脑袋，并从各个不同的角度欣赏他的作品。

“好了，哈利先生。”他那充满成就感的声音就像法官宣判般在耳际响起。

“很好，韩先生，剪得很好！”我尽量使自己的声音充满了诚恳和感谢。

他点头回了个礼，高兴地说：“哎！你知道，剪头发很简单，重要的就是技术。”我听他说这话至少已经一百多次了，但我还是忠实地展露出微笑，然后他才肯用小刷子在我脖子上扫一下。

这些日子，我的头发长得很快。但在哲西站在我家门前的台阶以前，我一直抽不出空上他店里一趟。那天我正在喝下午茶的时候，门外响起了一阵急促的铃声。

他的手臂中挽着维纳斯。那可爱的小家伙与我上次看到它时已经大不相同了。它口中垂着唾液，眼皮半翻着，脑袋有气无力地挂在脖子上。

“它快窒息了，哈利先生，你再不想想办法的话，它就要死了。”

“别急，哲西，告诉我到底怎么一回事，它是不是吞了什么东西？”

“噢，它吞了根鸡骨头。”

“鸡骨头，你难道不知道永远不能给狗啃鸡骨头？”

“我知道，我知道……每个人都知道的。但是昨晚我们吃鸡，而它却在垃圾桶里找到了鸡骨头。这个小乞丐，在我阻止它之前，它已经饱餐了一顿了。”他睁大眼，嘴唇微微颤抖着，泪珠在眼眶中滚滚打转，随时准备往下奔流的样子。

“现在冷静点，”我说，“我不认为维纳斯是给卡住了。”

我抓起小家伙的下颚，以食指和拇指将它的嘴扳开。

正如我所料，这只是件普通的偶发事件，而且一定会有美满的结局。待会儿我只消用一根小镊子把鸡骨拔出来，维纳斯就可不药而愈了。

“你不必再担心了，哲西，只不过是一根骨头插在牙缝里。把它抱进诊断室来，我立刻就能除去它。”我将手搭在理发师的肩头。

我领着他走向屋后，并听到他松了一口气说：“感谢老天爷。哈利先生，一切都得看你了。”

“放心，我向你保证，只要花一分钟就成了。”我回头对他笑笑。

进了诊断室以后，我发现五岁大的小吉米也尾随着跟了进来。当我正在考虑该选用哪些工具时，小吉米的两眼瞪得大大的，一副准备参与意见的样子。通常像他这么大的小孩是绝不会对这一类事情感兴趣的。他发觉我在看他时，立刻将手插进裤袋，边摇晃着背，边吹着口哨向旁边走去。

除去狗嘴里的骨刺大概是天下最简单的事了。可是当我亮出手中闪闪发亮的镊子时，小狗和理发师立刻很有默契地一起向后退了几步。维纳斯眼中的恐惧顿时之间连增了四倍。我尽量使自己的声音放轻松。“不会有事的，韩先生，我绝不会伤它一根汗毛。但是你得先帮我把它的头按住。”

这个小矮个深吸了一口气，轻轻把手按在维纳斯的脖子上，然后将眼光使劲转向别处。

“现在，小维纳斯，我要帮你好过些。”很显然，维纳斯完全没把我的话听进去。它低声咆哮着，然后一口咬着镊子不放。就在我们挣扎对抗的当儿，哲西终于沉不住气而抱起维纳斯退离了战场。

“我看咱们换种方法好了。”我小心地说，“这次移到地板上来做，或许它害怕躺在桌上。放开点，这只不过是芝麻小手术。”

那小矮个紧咬着嘴唇,半眯着眼愣了好半天才伸出手把小狗交给我。就在我们移交的当儿,维纳斯在空中用力一挺腰,像泥鳅般地滑脱了手,于是哲西立刻和他的小狗在屋里展开了追逐。这时,我发现小吉米躲在一旁偷笑这一幕。

"韩先生,我看还是给它打麻醉药好了,否则它永远不肯就范。"

哲西的脸色立刻褪成白色。"麻醉药,你是说要让它睡觉,"他焦虑地问,"那它会复原吗?"

"当然,当然,你只要把它交给我一个小时就成了。对了,你何不到街上去逛逛呢?"说着,我把他推出门外。

"你确定不会出问题?"他担忧地看着蹲坐在墙角的宠物。

"放心吧!我这么做只是防止它干扰我工作。"

"好吧,那我就在附近串个门。"

"好主意。"我直等到门关上后,才赶紧准备麻醉药。

我露出和蔼的眼神并吹了半天口哨,才慢慢走近维纳斯。这回我轻轻地将它放回桌上,但它的牙关紧闭,前爪微张摆出攻击姿势,一副不打算做进一步妥协的样子。

"好啦!老小姐,别再装腔作势啦!"我抓住它的前肘,找出了静脉的位置,然后将针头插了进去。几分钟后,它温驯得像个布娃娃似的任你摆布。

"现在没有麻烦了,小吉米。"我对儿子说。我扳开它的嘴巴,很快地就夹住了牙缝中的鸡骨头。

我把骨头放在搪瓷盘里:"儿子,你瞧,事情就这么简单。做事要当机立断,千万不要犹豫不决。"

小吉米象征性地点点头。他只对事情的结局有兴趣。

当韩哲西快要回来的时候，我才把自己得意洋洋的笑容收敛了点。我转身回到桌上准备看看维纳斯是否苏醒了……可是,天呐,它居然停止呼吸了。我赶紧将颤抖的手放在它的胸腔上。我知道现在小吉米一定对他老爸焦头烂额的样子感到十分开心。

我注视着维纳斯,尽量保持镇定地告诉自己,它的体温,心跳都很正常,只是暂时停止呼吸……可是老天,它为什么还不呼吸呢？

我做了几次人工呼吸却一点反应也没有。我又翻开它的下眼皮,发现它的瞳孔正在放大。这时,我瞥见小吉米在一旁很感兴趣地打量着我。他大概只对我的表情和屋里紧张的气氛感兴趣,至于他的老爸发生什么事他是一点也不在乎的。

我捧着维纳斯冲到后院的草地上,开始跪在旁边为它祈祷。

到底出了什么病,是我药量用太多了,还是被我吓的?我抓住维纳斯的后腿用力摇了几下,希望能把它吓醒,可是它还是静静地躺在那儿。我的儿子又赢了一回合,他向我笑笑,然后轻松、安逸地躺在地上。

我拎起维纳斯在空中旋转——这是恢复呼吸的土方法——几分钟后,它的舌头伸出来舔了一圈。接着,它的胸口开始张缩了。我挥去额头的汗珠跪坐在草地上。小吉米失望地看着这一幕——他知道好戏已经演完了。

我才把维纳斯抱回屋子里,韩哲西就回来了——他的宠物也在同时恢复了正常。

“麻药还没有完全消失,不过待会儿就会好的。”

“那它牙缝中的骨头呢,是否……”

“拔出来了，韩先生。你瞧，它嘴里什么也没有了。”

“它有没有带给你什么麻烦？”他感激地看看我。

我的父母告诫我一定要诚实。我何必在乎旁边那敏感的小家伙的嘲笑呢，可是……我能告诉哲西说维纳斯差点翘辫子吗？

“是有一点点，韩先生。”我撒了半个谎。这样不但可以给小吉米作示范，还消除了一身的罪恶感。我咽了咽口水。

韩哲西弯下腰抱起小狗，将手指插在毛里面。过了半晌，他对小狗说：“你是不是在空中发疯般地旋转过，”

“什么？……你怎么会想到说这话的？”我的颈背一阵冰凉。

他转过头用那对无邪的大眼睛看着我说：“我推测刚才它可能在空中旋转过。请别介意，这只是我个人的猜想。”

“对……嗯……” 我觉得还是赶紧结束这个话题较好，“你快带它回去吧，它需要休养几天。”

四天后的一个晚上，我又坐在哲西的理发座上。通常理发总是先用小剪子慢慢修剪，可是这回他一来就用大剪刀在我头上除草。

为了缓和连根拔起的痛苦，我设法用交谈来转移自己的注意力。“维纳斯……噢……还好吧？……哎哟——”我用几乎歇斯底里的声调说。

“嗯，好极了。”哲西在镜中向我温和地笑笑，“只是这一阵子，它有点重心不太稳，走路的时候前后左右都不分。”

“哦……咿……我猜那只是小毛病……噢——”

“哈利先生，我对你有莫大的信心。只要把小动物交给你，一切都会没事的。”

“真谢谢你的夸奖,韩先生。哎哟——”我自满地说,但内心深处的罪恶感又源源不绝地滚出来。

我决定想些无关痛痒的事来转移自己的注意力——这一招是在牙医诊所中学到的。

“我在想西格诊所的花园……对了,那儿的草该修剪了,篱笆也该修补了。过两天有空的时候我得把花园好好整理一下……还有,后院的番茄大概已经熟了。”

“哈利先生,”哲西将手指插在我的发根里,“我也很喜欢园艺。”

我差点从椅子跳起来:“怪了!我刚好在想我家的花园。”

“嗯,我知道,”他继续摸我的头发,“我只要把手插在你的发根里就知道了。”

“啊?”

“我是说你的思想——它们会顺着头发传到我心中。”

“什么?”

“你只要一想什么,你的头发就会把脑波传到我手上。”

“你别开玩笑了。”我神经质地大笑起来。

“我没开玩笑,哈利先生,我干理发师已经四十年了。如果我再告诉你一些我知道的事保准会把你吓死的。信不信由你。”

我心虚地把头尽量缩进白被单里。这固然绝对是荒谬的无稽之谈,但我还是决定,今后绝不在理发的时候去想维纳斯麻醉的那件事。

苏联游记4

1961年11月1日

今早醒来的时候，一切都平静下来了。我感激地松了口气，我们总算驶出了暴风圈。

我爬上甲板，发现船抛锚在一条河的出海口，而几百米之外就是克莱佩达的港区。

我回头向汪洋之中打量了几眼——那儿还是浊浪排空，而这儿却出奇的平静。

我在舰桥上碰到了船长，他那苍白的脸上露出了青青的胡碴。他告诉我说昨晚为了要进港把他折腾了一夜。当船驶近防波堤的时候，他不断地与港区联络，希望他们派位领港上船来，可是他们一直没有理会。最后迫不得已，他只得自己指挥着把船驶入港内。在气候恶劣的黑夜里自己摸索驶入不熟悉的水道，实在是相当危险的事。

他说我们现在正在等领港上来带我们靠码头。过了不久，一位三十来岁的领港终于来了。他穿着件肥大的苏联大衣，头戴厚呢的鸭舌帽。

这位领港是个紧张兮兮的人,一进了驾驶舱之后,他就不时左顾右盼,好像很担心船舷会擦撞到什么似的。当他发出口令,用奇怪的英文叫道“稍左舵”时,掌舵的大块头丹麦人也跟着叫:“稍左舵!”而机房中立刻也传出了同样的口令。

船头上站了几名水手,不时地向舰桥打信号——很显然他们是在探测水深及视察水中的障碍物。

我倒觉得船长比那位苏联人更适合干领港,因为他沉着地站在驾驶台的中央,不时以冷静的口气说:“领港先生,我觉得向右靠一点也许比较恰当吧。”而那位紧张的领港却忙得在驾驶台上东转西转。

我看见远处的岸上都是松林和公寓,而近处则是起重机吊架和码头仓库。

当船靠了岸以后，我立刻急切地打量岸上两位苏联士兵的眼神。他们背着自动步枪,身穿草绿色的长大衣,脚套长筒皮靴,头戴三面翻起的毛皮帽。

我靠在栏杆上向其中一位挥挥手。

“早安。”我笑着对他说。

他的表情一点也没变,只是木然地看看我。

我沿着栏杆走到靠近另一名卫兵的位置。“你好。”我挥手叫道。

结果反应完全相同。我看的只是一对茫然的眼睛和空洞的表情。

这时候天空突然下雨了,于是他们两人把大衣的头罩拉起来。

我意识到苏联可能是个会让人感到不太愉快的地方。我向远处张望，发现每一座起重机吊架下都站着武装士兵——这一点的确叫外来客感到不能适应。

克莱佩达原是立陶宛的海港，自从被苏联吞并后，苏联政府将该地原先的居民疏运至别处，再移居了许多苏联人到这儿，所以我猜想我所见到的都应该是苏联人。

靠岸不久，一大群苏联官员登上了船。我松了一口气，因为他们各个脸上都挂着微笑。他们用带口音的英语向我们问好、握手。这些大都是海关或移民局官员，其中有一位女官员说一口流利的英文。在与船长交谈的时候，他们则都是说德文。

寒暄过后，一位略显肥胖的女官员挥手示意，要我带她下去看看我们喂羊的饲料。船上的饲料有好几吨，而这些东西统统都要免费留送给苏联人。然而这位女官员关心的只是那一袋袋的饲料中是否藏有其他物品。她撕开几袋高级的羊用粟粉并伸手在里面触摸了一番。临离去的时候，她抓了一把饲料说是要带回去化验看看这些东西是否合格。

回到船长室的时候，那些官员们还在填写堆积如山的表格。他们的负责人是一位有礼而非常乐于哈哈大笑的中年人。

我对这些"要人"的衣着很感兴趣。他们都穿着剪裁高雅贴身的黑衬衫，但衣服的料子却极低廉。他们整齐的大衣似乎涂了一层防水胶，此外，每个人的头上都戴了一顶可憎的布帽子。

然而，他们的态度却和蔼可亲。我对苏联人肯上进学习的精神大感钦佩。从谈话中，我得知他们白天上班，晚上还要上夜校。

终于，表格填完了，我所期待的兽医也露脸了。她是位肥胖的女人，跟先前检查羊食的女官员很像。她并不会说英文，但还是笑着对我说：“大夫，你好。”

随后，我领着她和一位穿着蓝色制服的助手去验收羊。那名助手把羊一只只地推到角落，然后由女兽医分别为它们量体温。

她所使用的温度计很古怪，我干了几十年兽医从未见过那么扁的温度计。当我了解那是“两分钟温度计”时，我差点昏倒。一般我们使用的温度计只要三十秒就可以拔出体外，可是这种却要两分钟才能见效——换言之，要把所有的羊都量完差不多要等一个世纪。

我捧了罐凡士林跟着那位女兽医。我很想开口与他们交谈以打破这种沉默的局面，可是他们两位几乎一句英文也听不懂。每当那位女兽医把温度计抽出来的时候，她都要用俄语大叫两个字，然后开心地笑一回合。

过了一个多小时以后，她总算量完了一间羊栏的羊——那只相当于四分之一的总羊数。想到还有四个半小时要熬，我的两腿不禁开始发软。

然而，那位女兽医的确是位令人愉快的好伴侣，她几乎从来没有停止微笑过。有一回，当羊群中传出咳嗽声时，她的笑容突然消失了。她回过头严肃地看着我，眉头吊得半天高，好像等待着我的解释。

除了耸耸肩之外，我还能说什么呢？

她赶紧找出了咳嗽的那只羊并为它量了量体温。还好，它并没有什么问题。可是就在那女兽医准备再次微笑的当儿，羊群中的某处又传出了咳嗽声。

她迅速地扬起眉头，用期待的眼光看着我。

我只好再耸耸肩，报以最可亲的微笑。

又过了一小时，另一位兽医也加入检查的行列。很显然，他是那位女兽医的上司。他穿着深色的风衣，头戴黑色呢帽，颇有中年男人的魅力。

他也不会说英语，因此，当羊群中再次传出咳嗽声时，他睁大了眼看着我。

我摊开手摇摇头。这时，他突然笑了起来，然后向那位女兽医挥手再见后就离开了羊栏。

对于这一点我感到很困惑，可是当我用征求答案的眼光看那位女兽医时，她只是不停地笑。我不必知道什么了，我相信微笑代表的是友善，因此这些羊应该可以通过检查才对。稍后，我觉得双腿发麻，因此我把凡士林交给那位助手，回到舱房休息去了。最后我听说他们一共花了五个小时才完成这项艰巨的工作。

由于我们要停靠的码头上停泊了另一条货轮，因此我们必须等那条船离去后才能靠岸。我一心急着想上岸参观，可是移民局的官员却把我们的护照收走，并表示在未归还之前，任何人不得离船。

护照发还后，我立刻找寻登岸的伴侣，因为水手们曾告诉我不要独自上岸。可是鉴于苏联人与北欧人之间的关系一向不友善，他们似乎都不愿意陪我上去。

最后，船长似乎看出我很失望的样子，因此答应陪我上岸瞧瞧。

我站在甲板等他换衣服的时候，天色很快转暗了。港区后面山区上的公寓也纷纷点亮了灯。

由于天色已暗，而先前上船的苏联官员又推荐我们一定要到海员俱乐部去玩玩，因此我决定今晚就到俱乐部瞧瞧，明天再上街逛。

我们沿着扶梯下了船，把护照交给两名卫兵检查——这是我的脚头一次踏在苏联的领土上。我问其中一名卫兵："俱乐部？"他朝黑暗中含糊地比了一下，脸上并没有任何表情。我对于苏联军人和上船检查的官员在态度上有这么大的差异感到非常困惑。

我透过起重机的支架看到前面的房子里映出了灿烂的灯火，于是我们便朝着那灯光走过去。可是这段路遥远得超乎想象。

"这条路简直没有止境。"我指着前面环绕的铁栏杆说，"看样子前面还有道铁门呢。"

"我想过了铁门不久就会到了。"船长摇摇头。

我一直认为自己是个各方面看法都很成熟的人，可是有时候我也会做出一些傻事。现在就是我糊涂的时候，因为我一心想要抄近路。

我拐进黑暗中，想直接穿过一列停在空地上的卡车，但是才走进黑暗中一步，眼前就突然蹦出了一只凶神恶煞的大狼狗。我瞥见它那血盆大口中排列整齐的白牙时，愣了半秒才转身拔腿逃跑，结果冲了不到五米就给一根铁轨绊倒在地上。

霎时间，我确信一切都完了。虽然我一生的种种没有顿时回映在脑海里，但当时我在心底告诉自己：我——吉米·哈利，一位热爱狗类的英国兽医——即将在苏联克莱佩达港区的停车场上被一只恶犬撕成千万个碎片。

我咬紧牙关等着它咬下第一口，可是，突然我听到铁链绷直的声音。我回过头，发现那闪闪发亮的白牙距离我的腿只有半尺，那只恶犬拉直了铁链，挣扎着做欲扑杀状。

我贴着地爬到船长身边。尽管平常他是个沉着冷静的人,而此刻他还是禁不住在发抖。他一把拉起我,拖着我朝原先的路逃走。

我试着恢复正常的呼吸节奏时,心想,在苏联最好不要乱抄小径,更不要进入黑暗之中;规规矩矩走正路才不会出娄子。

尽管那头黑暗中的恶魔还使我余悸犹存,可是当站在铁门边的哨兵用怀疑的眼光上下打量我们的时候,我心中又浮起了抄近路的念头。他们仔细地检查我们的护照,然后才半信半疑地放我们出港区。我回头朝身后漆黑无际的码头瞥了一眼——真不晓得这个港区中隐藏了多少足以让人丧命的走兽!

出了港区后,我们向一位戴着布帽的年轻人问路。他很热心地把我们带到俱乐部的门口后才离去。

那是间装潢相当奢华的俱乐部。由于苏联人很少有夜间活动,因此俱乐部里几乎没有什么人。

船长和迎接我们的矮个老板握过了手，并用德语向他介绍我们。看那老板开心的样子。好像我们是他失散多年的兄弟一样。

他领着我们参观他俱乐部里的小型戏院、舞厅、酒吧和弹子房。这儿的每一个人脸上都挂着笑容,即使是不认识的人相见也会点个头打打招呼。

随后,老板又带我们参观他的图书馆。进了阅览室以后,我首先朝“英文刊物”的报架走过去,希望能翻翻最新的英文报纸。可是找了半天,只看到《每日工人报》,而且全是两个礼拜以前的旧报。当我正在看英格兰对威尔士足球比赛的新闻时，老板笑着捧了叠书籍和小册子给我。

那些都是印刷精美的英文刊物和杂志，在英国买起来还真得花不少钱呢。此外，老板还送我们一些介绍苏联风景的幻灯片——这些礼物我都要留给女儿罗丝，因为她一直想一睹苏联的风采。

在热情的挽留之下，我和船长走出了俱乐部。我看看前面阴森的码头，又回头望望充满温暖情谊的俱乐部——真不懂为什么两者会形成这么强烈的对比。

今夜，我的床平稳多了。坦白讲，像这样完全不摇晃的床反而使我觉得有些不习惯了。不过累了一天，我相信我只要倒下去就能睡着的。

琥珀

“这就是‘琥珀’,”罗丝修女说,“我想请你为它检查一下。”

我看看那只狗身上蜂蜜色的卷毛,“我知道你为什么给它取这个名字了,我猜它的毛在阳光下一定会发亮。”

罗丝修女笑着说:“是啊,我头一眼看到它时,脑子里就浮出了这个名字。有时候我觉得自己对取名字还蛮有一套的。”

“当然。”我也笑了。罗丝修女是个专门收养无主小动物的慈善家,因此每当有新客搬进来的时候,她就得为它们取名字,久而久之,她也成了此道的专家。

她照顾这些小动物完全是用自己的经费。此外,她在安排它们的去处方面还不知道花了多少时间。我永远也无法想象一个身为护士的修女如何抽得出时间来照顾这么多动物。想到这点,我就不禁更加钦佩她。

“这只是哪儿来的?”我问。

她耸耸肩:“在西柏村发现的无主小狗。”

我压抑不住心中的气愤说:“怎么会有人忍心丢下这么一只可爱的小狗?”

“那些人们常有很多令人吃惊的理由。我想琥珀会遭人遗弃大概是它有一点皮肤病的关系。”

“至少,他们应先带它给兽医看看啊。”我咕哝着打开狗笼。

我跪下来打量它的时候,它的尾巴轻快地摇晃起来。它的耳朵是下垂型的,嘴巴又很长,因此我判断它有猎犬的血统。

“它长得蛮像只猎犬的,”我说,“只是身材不像。你看得出它是什么种吗?”

罗丝修女笑了笑:“我看这永远是个谜。我猜了好久,却始终猜不出来。不过它的祖先中可能有一只是猎狐犬。”

我也感到很困惑。它的体型绝不是一只纯种猎犬该有的。通常猎犬的脚很小,尾巴粗短,而且毛色纯一,可是这家伙不但脚大,还喜欢不时摇晃那根长尾巴——猎犬是绝对没有这种习惯的。

“管它是什么种,”我说,“只要它善良又可爱就不怕找不到主人了。”

“当然,就它的外貌来看,要替它找个归宿是一点儿都不难的。它是个最佳的宠物。你觉得呢?”

“它还年轻,大概才九个月,所以应该会有人收养它的。”我扳开它的嘴看看它的牙齿。

“那就好。”罗丝修女说,“咱们赶紧医好它的皮肤病,然后为它找个主人。我看它得的是湿疹,是吗?”

“可能……很可能……它的眼角处有些脱毛。”皮肤病无论对动物或对人类来说都是很头疼的病，因为要想找出病因是最困难的。我用手指摸摸秃毛的部位，发现那儿的皮肤非常干涩。我不打算让罗丝修女担心，让她烦心的事已经太多了。

“对，很可能是湿疹。”我轻松地说，“每天早晚涂抹一些这种药膏就会好的。”我交给她一瓶药膏。我想只要它的营养不差，而罗丝修女又能每天为它擦药的话，应该很快就会好的。

之后的两个礼拜里，我都没有再听到琥珀的消息。我猜想它的皮肤病一定好了，而且已经找到了理想的归宿。

可是有天早晨罗丝修女的电话又把我拖回现实中。

“哈利先生，琥珀的皮肤病一点都没有好。不但如此，它的毛脱得比以前更厉害。”

“更厉害，都是些什么地方？”

“脸上和脚上都是。”

我突然想通了——老天，但愿我想错了。“我立刻过去。”我抓起显微镜立刻往外走。

琥珀看到我又摇起长尾巴。可是我看到它那张布满不毛之斑的脸却感到触目惊心。

我把它抱过来，用鼻子闻了闻脱毛的部位。

罗丝修女惊讶地看着我：“你在干什么？”

“闻闻看有没有鼠臭味。”

“鼠臭味，它身上有吗？”

“有。”

“那意味着什么？”

“疥癣。”

“噢，老天！”她用一只手捂着嘴，“那很糟，对不对？”接着，她又挺起胸说，“不过以前我也碰过狗长这玩意。我想我有办法，只要用硫磺水给它洗澡就成了。现在我怕的只是它会把疥癣传染给其他的狗。”

“你说的是一般的疥癣，可是我恐怕事情比你想的还糟。”我把琥珀放下来。

“还糟？”

“琥珀得的叫‘犬蠕型螨’。”

“这跟一般疥癣有什么不同？”

“嗯……”我好像中了一枪，“这种医不好。”

“我真想不透，它既不痒也不痛，病情看起来又不严重，而你却说医不好。”

“对，就是这样。”我忧心忡忡地说，“这种病不痒不痛，但却医不好。”

自从我当兽医以来，凡是碰上得了这种病的狗都是给搞得焦头烂额，而病还是一天天地恶化；最后，我只好打安乐针让它们长眠。

我取出显微镜：“不过，我还得再确定一下。用这玩意儿检查是绝对错不了的。”

我用手术刀从琥珀腿部脱毛的地方刮取了一点硬皮在玻璃片上，再在上面滴了几滴氢氧化钾。

罗丝修女在我等待化学变化的时候为我冲了一杯咖啡。稍后，我借着厨房外照进的光线向目镜里观察。没错！我看得非常清楚——那些雪茄型的小虫正在钻动。我的胃缩成一团，因为我看到的不是两三只,而是几百只。

“很抱歉,我的判断并没错。”我说。

“难道……我们完全没有任何方法吗?”罗丝修女的嘴角立刻垂了下来。

“不,我们可以试试。我这儿有种药或许能救它。”我回到车里打开医药箱,“这就是了——灭疥特效药。”我把药交给罗丝修女的时候说:“我教你怎么用。”

要想把药膏抹在患部是相当困难的,原因是琥珀会用舌头把药剂舔去。不过到最后我还是成功了。

“每天就照这样擦,一个礼拜以后再告诉我结果。这种药不一定能救它,但我们可以碰碰运气。”

“我一定尽心照顾它。”罗丝修女毅然地点点头。

她想了一会儿又说:“可是其他的狗怎么办?它们不会被传染吗?”

“说来也怪, 犬蠕型螨是不会传染的——这一点和一般的疥癣大不相同,所以我想你不必担心这件事。”我摇摇头。

“还有,既然不会传染,那当初它又是怎么得的?”

“这是个谜。”我说,“兽医界都相信每只狗身上都会有疥癣菌,至于为什么某些狗会得这种病就不得而知了。一般人以为这和遗传有关,但又找不出合理的证据。”

我把灭疥特效药留给罗丝修女后就离去了。我对琥珀并不抱什么希望,但愿这回是我和犬蠕型螨对抗史中的一次例外。

不到一个礼拜之后,罗丝修女又打电话来了。尽管她每日定时给琥珀擦药,但患部仍在继续扩大。

我匆匆赶到那儿,结果被琥珀的脸孔吓了一大跳。我想起头一次见到它那副可人的样子不禁觉得万分难过。然而,它尾巴摇摆的幅度却丝毫没有减少。

我必须换个法子，因为寄生于皮下的葡萄球菌是它复元的障碍。我为它打了一针葡萄球菌类毒素——这是当时对付皮肤病非常流行的医疗法。

过了十天之后,我开始抱着一线希望。可是那天早餐后,罗丝修女又打电话来的时候,我的希望全化成了泡影。

这回她的声音有些颤抖:“哈利先生,它还是毫无起色。我想……它是不是注定没有救了……”

“不要这么想,这种药往往要过几个月才能见效。我过一个小时就过去看看。”

钻进车子里的时候,我知道刚才我说了一句善意的谎言。罗丝修女最痛恨安乐死,因此我必须说些谎话来安慰她。她是一个会为动物的生存战斗至最后一分钟的人。目前最让她头疼的是琥珀的病若是不好,就没有人愿意收养它。其实何止是罗丝修女,就连我也不时地在为这一点担心。

走进罗丝修女的住处时,我被自己所说出的话吓了一跳。

“我是来接琥珀回去的。你照料的狗太多了，我决定替你照顾琥珀。”

“可是……你是大忙人,怎么可能抽得出时间来呢?!”

“我晚上大部分都有空,白天也时常抽得出时间。放在我那儿我可以每天观察它的进展。”

在回诊所的路上,我还久久不能平息下来。我看到任何生病的小动物都有一种冲动想立刻医好它们,可是却从没有做出像对琥珀这么伟大的决定。它趴在我旁边的座位上,不时伸出舌头舔我的耳朵并在我的身上爬来爬去。我看着它那张愉快的脸,心中突然诚挚地相信它的病一定会好转的。

尽管这件事发生在三十年前,可是我对这一切还是记得非常清楚。我们家里并没有给狗寄宿的设备,因此我为它钉了一个小窝,将它安置在院中的旧马房里。

我决定不要让海伦参与这件事。我记得有一回我们领养了一只叫奥斯卡的猫,可是后来它的主人又把它领回去的时候,海伦整整难过了好几天。我知道海伦一见到琥珀就会喜欢它,但是我几乎忘了自己已经离不开它了。

一个兽医若想在事业上成功,绝不可以与患者产生太深厚的感情。然而,我却已经不知不觉跌入了感情的深渊里了。

我每天亲自喂它并替它上药。白天只要有空,我一定到马房里探望它,晚上下班回到家时,我就用车灯照进去并下车察看它的情况。

每回我打开门的时候,琥珀一定站在门口欢迎我。它的体温一直很正常,每次我为它量体温的时候,它的尾巴就不停地摇着。此外,我为它上药、检查的时候,它也从没有抗拒过。

日子一天天地过去,琥珀的情况一点都没有改进。渐渐地,我开始试用硫磺水与一些以往试过而无效的方法。我用遍了诊所里治疗皮肤病的药,甚至还用海伦的洗发露给它洗澡,为的是希望出现奇迹——或许某些日用品中会含有一些意想不到的杀菌物质。

这种毫无希望的日子持续着，直到有一天晚上我冒着雨到马房中探视琥珀的时候，事情终于演化到了最后阶段。

我打开门时，发现琥珀已经完全走样了——它全身的毛已经脱光，全身的皮肤皱得像沙皮纸似的。我用手捏捏那些皱纹，里面立刻渗出了脓汁。

我颓然坐在地上的草堆里，而琥珀却若无其事地跳上来边舔我边摇尾巴。不管它的病况有多糟，它永远是这么可爱、善良。

然而，我和它已经走到了终点。

我一直到第二天吃过午饭后才鼓足勇气打了通电话给罗丝修女。尽管我试着以最理所当然的口吻说话，但是我还是担心罗丝修女会禁不起这种震撼。

“我恐怕琥珀已经没有希望了，”我说，“我试尽了方法，可是它还是一点起色都没有。现在，我认为让它长眠才是最人道的方法。”

“可是……这不是太不可思议了吗？就因为皮肤病……”很显然，她还是受了震惊。

“我知道，人人都会觉得不可思议，可是这是事实，琥珀现在也许只是觉得有点不舒服，但再过一阵子它就会感到痛苦了。我们不能坐视它受苦，罗丝修女。”

“好吧……我相信你的判断，哈利先生，我知道你不会做不必要的事。”她停顿了好久，我想她是在控制自己的情绪。最后，她冷静地说，“我想再看它一眼。”

“不……”我轻声说，“我觉得你还是不来的好。”

她又停顿了很久才说：“好吧，哈利先生，一切都交给你了。”

那天下午，我还有很多地方要跑，所以我必须把这件事留到晚上回来再办。一下午忙碌的工作并没有使我稍微忘却琥珀。晚上当我把车驶到马房门口的时候，我的心情沉重得难以言喻。

琥珀像平日一样站在门口迎接我。我拿着吸满麻药的大针筒，呆站着看了它好半天，才蹲下去拍拍它的头。

“乖，坐下！”说完，它立刻坐在地上高兴地朝着我，尾巴像汽车雨刷似的在地板上来回摆动。我抓住它的前肘——我不必剃了毛再下针了，因为它全身几乎不剩一根毛。当我把针头扎进去的时候，它好奇地打量我，好像奇怪我又跟它玩什么游戏似的。

我一边哼着歌儿，一边轻轻抚摸它并看着它渐渐昏睡过去。

我走出马房，关掉车头灯。庭院中刮过一股冷风，把秋末的落叶吹得四处翻滚。历经了几个礼拜的奋斗，我毕竟还是失败了。

多少年来，我一直不明白犬蠕型螨发生的原因。直到最近，人们才发现这种病与早产有关。如今，医生们可以用抗生素对抗这一类难缠的疾病，可是三十年前我需要神药的时候，世界上还没有抗生素这名词。

这几年，德禄镇上又有几只狗得了犬蠕型螨。我承认犬蠕型螨至今仍是令人头疼的疾病，可是借着现代的医药，我们已经能够挽救患者，使它们不至于因此而断送宝贵生命。每当我看到那些复原的狗在街上展露它们发亮的卷毛时，我就不禁想起过去在马房中与病魔奋战的日子。我依稀看见琥珀又出现在车头灯前摇着尾巴迎接我。

雪中出诊

“你快瞧！”农夫焦急地说。

“瞧什么？”我正在为一头牛除去胞衣。我的手深埋在母牛的子宫里，像修车工人似的躺在牛肚子下。我回过头的时候，牛的乳房正喷出四道白色的奶柱。

他露出黄板牙笑着说：“这实在是可笑的事，对不对？”

“这没什么，真的。”我说，“这是乳腺的反射作用。每当我为刚生产的母牛清洗子宫时，都会碰到这种事。”

“可是我可爱的甜酒都喂蚯蚓了。”农夫大嚷着，“你的动作最好快一点，否则你的账单上要扣掉几品脱的牛奶钱了。”

那是1947年的事。那年下了场大雪，打我出生到现在我都没有见过那么大的风雪。大雪之后，许多怪事也接踵而至。十二月并没有什么大事，我们度过了一个愉快的圣诞节。但接着，天气愈变愈冷。一月初的时候，从北极直扑而来的西北风吹得让人耳朵都要冻掉了。通常刮风后的几天都会下场小雪，寒冷的天气也会暂时缓和下来。可是1947年老天似乎不愿按常理出牌。

整个一月，天空几乎没有飘下什么雪花，只是成天刮着刺骨的寒风。而真正的好戏直到二月才开始上演。二月初，棉花大的雪片开始密集地坠向地面，平均地洒在每一个角落。看那光景，我们每个人都明白再过个一两天所有的房子都会看不见了。

时间一个礼拜又一个礼拜地过去了，可是大雪丝毫没有休息的打算。在这凶恶的大风雪中，镇上所有的道路都给冰雪掩埋了。

因此，我每天早上起床后的头一件事就是用铲子挖出一条通路，使车子能够驶出车房。出了大门后，我可以沿着一条积雪较少的小路，以十五英里的时速慢慢把车子开出去。可是有天早晨我醒来时，发现院中的雪堆得像座小山——这堆雪铲到明年冬天也铲不完。于是我也放寒假了。

当然，偶尔我也会排除万难，步行出些急诊。可是远水解不了近火，碰上较远的人家动物生病时，我只好放弃了。我相信那一阵子一定死了不少动物。

到了三月中，直升机开始出现在小镇的上空，投下些食物和物资。

这天，金伯特打电话给我。他住在一片荒凉的高地上，上回我见到他还是半年前的事，因此，现在突然听到他的声音，使我觉得非常意外。

“金先生，我还以为你的电话线一定断了呢。”我说。

“天晓得它为什么没断。”这位年轻的农夫的声音还是像过去那样充满了活力。他养了许多刚断奶的牲口，是与贫瘠的土壤奋斗求生的典型农户。

“我有些小麻烦。”他接着说，“波尼刚生了窝小猪仔，可是它没有奶水。”

“那真糟。”我说。波尼是金伯特家中惟一的一头猪。

“那群小乞丐共有十二头，泰丝担心会失去它们。”

“我知道……我知道……”我也正在想泰丝。她是金先生八岁的小女儿，那头猪和她的关系最密切。她千方百计地说服了爸爸给她买了一头猪做生日礼物，所以这窝小猪仔也是属于她的。

“这头小猪叫波尼，”她说，“它是我的——我爹送我的！”

“是呀！我知道，你真是个幸运的小女孩。看来，这位猪小姐也相当优秀的嘛。”

“当然，”小女孩的脸上立刻闪烁着光荣的神采。“我每天都喂它，还给它按摩……你瞧，它的身材多健美！”

“是啊，我也有同感。”

“对了，你知不知道一个秘密？”泰丝故作神秘地说，“三月的时候，它就要有小宝宝了。”

“真的！我怎么一点都看不出来？”我说，“那你就快有一大窝粉红色的小猪仔喽？”我用手比划了一下。“就这么一丁点儿大……一定可爱极了。”她听了，快乐得像只小火鸡似的又蹦又跳。

金伯特在话筒中的声音使我不禁想起了往日的种种。

“你想它会不会是得了乳腺炎，伯特？乳头有没有发肿，吃不吃东西？”

“都没有……它只是把头垂得低低的，一副对什么事都不感兴趣的样子。”

“那可能是得了脑炎，我得给它打一针垂体激素——可是你那儿的交通已经中断好几个礼拜了。”

“我知道，”他说，“也许我可以试着挖通我家门前的路……唉，算了吧，降雪的速度比我挖得还要快，我想那只是浪费时间。”

我想了一会儿才说：“你何不用牛奶喂小猪呢？牛奶中加个蛋比猪奶还要有营养。”

“我试过了，”金伯特可怜兮兮地说，“我甚至喂它们吃布丁，可是它们连看都懒得看一眼。”

他说的没错，世上没有任何东西可以代替母奶。

“如果它们不吃的话，我恐怕它们活不了多久了……唉，那泰丝可不难过死才怪呢！”

突然，一道闪光掠过我的脑际——我想到了好主意。“沿着丁诺银行有条路可以通到你家，那儿地势较平坦，或许我可以滑雪过去。”

“滑雪？”

“对，这一阵子我常滑雪去办事……不过我还没滑过这么远的路，我不敢保证一定到得了，可是我可以试试。”

“那真是太麻烦你了，哈利先生。”

“等着我，金先生，我这就出门！”

我把车尽量驶近丁诺银行，等积雪已经没住车轮的时候才停下车子，改用滑雪。虽然我不时在雪地里跌倒，可是一股职业的冲劲使我又自得其乐地爬起来，继续享受大自然赐给我的考验。

通往金伯特家的路是一条两里长的大道。若是在天气好的时候，你只消走到路尽头再向右转到地势较高的布伦村,就可以清楚地看到伯特农场孤独坐落于山边。可是现在暴风雪像头野兽般地扑向大地,虽然我来过这儿一百多趟了,却还是无法分清哪儿是马路,哪儿是田野。我极目四望,但见一片灰白,完全没法分辨方向。路边的电杆给掩埋得只剩杆头了，近处农家的石墙也给吞没了……我要不是坐着雪橇,可能也会完全陷在雪里。

我猜想这大概是我一生中最不光荣的时刻，因为我才走了半里路,大雪又张牙舞爪地将我围困住。那一片片飞坠的雪花紧密地连接在一起,就像一层难以穿透的雪幕。这时,我开始怀疑要是雪再不停止,我是否能够活着回去。我半眯着眼向上天祷告,希望风雪能立刻停止。说也奇怪,我才祷告完,大雪就很知趣地收工了。我站着环顾了一周,发现了一幅美妙的景象,远处的雪堆后露出了我的车顶。于是我变得像是奥运的滑雪健将,飞快地滑向车子那儿。

我把雪橇塞进后座,然后发动引擎,将车子驶离丁诺银行。当车子驶近德禄镇的时候,我的心跳总算恢复了正常速度。

“伯特,”我在电话里说,“很抱歉,我实在无法到你那里,大风雪使得我寸步难行。”

“幸好你回头了,自从你离家后,我就开始担心。这一阵子有很多人都因迷路而冻死在雪地里,我实在不该让你尝试的。”

他停了一会儿,接着说:“是不是有别的法子可以叫波尼流出奶水来?”

就在他说话的当儿,我的脑海中掠过一幅景象——每当我为母牛洗子宫,而不小心触碰到乳腺时,乳头都会喷出奶水来。

“也许有个法子。”我过了半天才突然说。

“什么法子？”

“波尼快生产的时候，你有没有把手伸进去过？”

“你是说……把手伸进母猪的子宫里？”

“对。”

“不，不，这种事我都是留给你们兽医做。”

“好，那么现在我要你亲自来做。去提一桶热水，两手涂满肥皂……”

“喂，等等。哈利先生，我确定肚子里没有小猪了。”

“我也不认为会有。伯特，你尽管照我的话去做，把手臂涂满肥皂和一些家庭用的防腐剂后，伸进子宫里——它刚生产完，一定很容易伸进去——尽量挤进子宫壁，再用手指轻轻抠几下。”

“这到底是怎么回事，我给你搞糊涂了！”

“这样可以带来奶水。别多问了，快动手吧！”

我放下电话后开始享用我的午餐。当我坐在餐桌上回答小吉米的问题时显得有点心神不定，海伦在一旁直瞄我。她知道我有心事，所以在电话铃响的同时，我像炮弹般地跳起来，她一点也不感到意外。

那是金伯特打来的。虽然他有点上气不接下气，但我知道那是胜利的声音。“成功了，哈利先生！我照你说的去做了，结果每一个乳头都滴出了奶。老天，这简直像魔术一样。”

“小猪仔们都吃奶了吗？”

“正在埋头苦干。它们排得整整齐齐，像两列小兵似的，那画面可爱极了。”

"太好了！"我说,"……不过咱们还没完全打胜,也许波尼明天又断奶了——甚至今晚也有可能，所以你必须不断地把手伸进去抠几下。"

"噢!"他的声音已经没有先前那么得意了,"我还以为那是个一劳永逸的法子呢。"

可怜的金先生果真又做了几次这件苦差事。事实上,波尼的确有点先天奶水不足,不过那窝小猪仔们还是靠着那一点珍贵的母乳捡回了性命。

这场大雪一直下到夏天。四月底的时候,你都还可以在野地里看见一道道的冰脉,不过那时道路已经可以行车了。交通恢复以后,我出诊的头一站就是去金伯特家看一头小母牛。

工作完毕后,泰丝带我去看她心爱的波尼和它十二个子女。

"它们好可爱,不是吗？"她说。

我和她靠在猪圈边看着十二头肥嘟嘟的小猪仔围着母亲玩游戏。

"泰丝,你第一次养猪就这么成功,实在了不起。不过,我想你还得谢谢你爸爸——是他救了波尼一家十二口。"

"我也不晓得自己怎么做成功的，反正人在情急的时候什么事都肯做。"金伯特对我发出会心的一笑,然后低着头沉醉在回忆之中。

苏联游记 5

1961年11月2日

今早我得知我们的船要到晚上才能够靠岸卸货，因为码头上有别的船只停靠着。这样也好，我可以有更多的时间上岸走走。

早饭后，克莱佩达的港务局长到船上来。

他是个脸上常挂着迷人微笑的中年人，配戴着一副深度近视眼镜。据他告诉我，那是由于他常在深夜看书的缘故。

我看得出他是受过良好教育的人，因为他不仅温文有礼，还说得一口好英语。当船上的大副向他表示对苏联教育很感兴趣的时候，我想到了个好主意。

我也不知道是什么原因使我鼓足勇气说出下面这句话，不过我猜想当时我大概有些疯狂了。

“你想我们是否可以参观一下贵国的学校？”我问他。

那对厚镜片后的眼珠直直地瞪着我。过了好半天，他才点点头：

“如果你申请参观许可的话就可以……还有，刚巧我太太是老师，你们可以到苏古拉二号学校找一位朱可雅女士。”

这回我真的等不及要上岸了，可是跟上次一样，我还是找不到自愿的同行者。最后，我只好硬着头皮再去找船长。历经几天暴风雨中的航行及进港后与苏联官员的交涉，船长显得疲惫不堪，不过他是一位不忍心叫别人失望的好人。

他笑着说：“当然，哈利先生。”说完，他披上大衣，扣上厚呢帽，随我走出船长室。

我们通过面无笑容的哨兵，走向码头另一端的大铁门。通过停车场的时候，我想起了昨晚的食人恶犬，不禁又感到毛骨悚然。不过，我决心要解开昨晚的谜，于是我拉拉船长的手臂。

“等等，”我说，“我想看个究竟。”

般长停下脚步，两眼瞪得大大的：“哈利先生，你还想试一次吗？”

“没关系，”我笑了笑，示意他放心，“我只过去看一眼。”

我以最谨慎的步调绕过一辆汽车后面，发现狗不见了，却留下一个空狗屋在那儿。接着，我又发现停车场的四周每隔五十米就有一间狗屋。

我又回到船长身边的时候，他显然松了一口气。可是我们又向铁门走了一段路就碰到几名士兵牵着一群大狼狗。这些庞然巨兽一看到我们，立刻以饥饿凶狠的眼神向这儿直瞄。

我们看看牵着狗的士兵，又看看狗，发现我们并没有被攻击的危险。我猜想这些可能是用来对付夜间的不速之客。

一路上，我们都听到港区内的扩音器不断地在播放节目，不过他们放的不是音乐，而是说话声。我不晓得播音员在说什么，但我意识到那是政治宣传。我对这种疲劳轰炸感到非常厌烦。

出了港区后，我们立刻转往街上。克莱佩达是个十万人的小城，所以我们猜想它的市中心一定还相当热闹。

城郊的道路大部分是泥土路，人行道上也没有铺砖块或水泥。我发现道路的两旁都是三四尺深的大坑，挖出的土堆还堆在坑口。

除了新建的公寓之外，这儿还有很多立陶宛的老式建筑——当然，由于饱经风霜及年久失修，它们的油漆和瓦片都剥落了。许多这一类的建筑在窗子之外都附了一个小阳台。

街上的行人很少，而且个个都像是很匆忙的样子。

不久，我们走到了一条叫作梦第的街道。这儿的马路铺了柏油，人行道也敷了一层水泥。我猜想这一带应该是闹市区，因为街道两侧商店林立。

我们逛了几家书店和体育用品行。苏联人的运动趋向与一般欧洲人显然有些不同，他们似乎对乒乓球和棋类特别偏好。此外，我们还参观了一家食品店与鱼肉店。他们在店门口挂了几条布满灰尘的模型鱼，那光景足以使喜欢吃鱼的人对鱼憎恶好几年。

这些商店的特色就是全部缺乏艺术感。它们的门窗都很脏，货品陈列也杂乱无章，绝对无法引起顾客的购买欲。

城里的汽车很少，除了几辆公车和极少的出租车之外，放眼望去，街上几乎是空的。

市中心里，行人还相当多。我发现这儿的女人穿衣服非常朴素。事实上，自从靠岸以来，我还没有看到过打扮入时的妇女。此外，苏联的女人似乎很能做粗重的工作。我在码头上看到许多女性扛工;而在一处建筑工地上,我也看到几名女孩子把砖块扔给二楼的泥水匠。我想她们的双手一定又硬又粗。

这时,一列孩童由老师率领着通过街道。他们边走边唱着歌,愉快的程度与英国儿童无异,不过奇怪的是他们像军人一样,穿着整齐的制服,戴着同款的布帽。大致说来,他们都还蛮活泼健康的。

我在街上拦下了一位年轻人,将纸条上用俄文写的校名给他看。这位青年非常有礼貌,他一直把我们带到校门口才离去。

那是一栋古老而巨大的建筑物,看起来完全不像学校而像一幢办公大楼,因为这所学校竟然没有操场。

港务局长告诉我说要先办参观许可,可是我并没有看到承办这种事务的柜台。于是我又做了一次大胆的决定:管他三七二十一,先进去再说。

我们晃进了大门,立刻感受到一股奇怪的气氛,那就是四下一片死寂。我们走在一条狭长的甬道上,四周的墙上挂满了苏联民族英雄的画像。

沿着甬道的两端林立了一道又一道的门。我轻敲了一下其中的一扇,又转了转门把,发现它是锁着的。我又试了几扇,结果情况完全相同。试到最后一扇门的时候,我已经不抱什么希望了。我没有敲门就伸手旋转门把,可是这一回门开了。

我差一点拔腿就跑,因为房内会议桌两旁几十只眼睛都不约而同地转过来瞪着我。桌子的首席是位脸部崎岖不平的大块头,他的眼光比其他在席的女士都要凶狠。

我猜想当时我的模样一定狼狈到了极点。我穿的是一身乡下的工作服——这套衣服被牛角撕裂过，也给马蹄践踏过。我不太愿意把这种衣服拿给海伦缝补，因为它充满了动物身上的腥臊味。所以，我自己常利用闲暇之时，用缝牛伤口的线把裂痕太过分的地方大致修补一下。现在，这件支离破碎而又散发出异味的外衣赫然出现在高雅的会议室前，怎能不让人瞩目呢?!

他们又继续不懈地看了很久，可是那位主席显然已经看够了。他猛然从椅子里站起来推开身后的门走了进去。我想即使智商很低的人也猜得出他是要去打电话。

我及时鼓出了勇气问道："朱可雅女士是哪一位？"

其中一位女士点点头，那十几束眼光立刻转向她，顿时，她的脸色褪得雪白。她一定把我看成不祥的人物，否则她不会这么害怕。

这时，船长似乎觉得该是他挺身而出的时候了。他向前踏了一步，用德语向屋里的女士说了一大堆话。

我在众人目光的焦点之下傻愣愣地站着。我发现这一群妇女中大多数是年轻漂亮的女教师——除了一位皮肤黝黑的蒙古小姐。

船长停了一会儿，突然问她们哪一位是英文老师。结果其中最漂亮的一位站了起来。我正要开口跟她说话的当儿，身后的门突然打开，两位苏联军官快步走了进来。

这两名军官穿着又挺又帅的制服和皮靴，神气地走到刚才回到座位上的主席身边。他们和他交谈了一会儿，又回头瞄瞄我。我猜想那位主席一定在跟他们说我是外面闯入的不法之徒……或许，他还会提醒他们我长得有多令人讨厌。

要不是船长再度挺身用德语帮我解释的话,我可能早给扔入监牢里了。

我的另一位救命恩人就是那位美丽的英文教师。她走过来用英文和我交谈,而那两位军官立刻将注意力转了过来。他们慢慢靠过来站在我面前。我抬头望了望那两座水塔般的身材——他们正在打量我那一身古怪的服饰。

我问那位英文教师的名字,她说她叫“凯蒂”,已经结婚,并有个六岁大的孩子。

她把双手合在一起。“我好高兴,”她说,“我教了那么久的英文头一次有机会和一位真正的英国人交谈。如果我的发音不正确,请你务必指正。”

“可是你说得比我还好啊。”我并没骗她,因为我的英文有很重的乡下口音。

她说校长带着全校一千两百位学生出去参观了,而这位主席是副校长,正在主持教务会议。

渐渐地,在座的其他女士也对我们的话题起了浓厚的兴趣。她们纷纷靠过来听那位英文教师为她们做的解说。稍后,连那位主席都忍不住把身子挪近了几寸,似乎对我们谈话的内容很感兴趣的样子。

于是,屋里的气氛愈来愈融洽,原先那一张张敌视的脸孔也愈来愈友善。当那两位军官也全神贯注地听我说话的时候,我靠在椅背上松了口气。

“在贵国,孩童们几岁开始念书?”那位英文教师问我。

当我说“大概四五岁吧”的时候,屋内的每一张表情都惊讶万分的样子。

“在这儿,孩子们要到七八岁才入学。”她说。同样,我也是惊讶万分。

那位副校长坐回椅子里,将双肘权威地搁在桌上,然后用正式的口吻表示以教育的原则说,五岁就要孩子入学是不可能的,因为他们还太小,无法吸收到任何知识。当我告诉他,他们只学些简单的算术和英文时,他非常怀疑地摇摇头。

我把英国孩童在学校的作息时间告诉这些苏联教师后,他们又惊讶了一次。凯蒂说苏联的小孩早上八点半上课,下午两点半放学;但高年级学童则是下午两点半上学,晚上七点放学。

他们一班的平均人数是三十人,一位老师可以教算术、物理、化学、生物、地理和历史这么许多科目。至于外语,教育当局规定只能教英文或德文。

接着,我又问到了体育:“你们有体育或远足吗?”

凯蒂笑着举起手:“太多了。在这儿排球是最流行的运动,此外孩子们还爱滑雪、溜冰及游泳。”

“还有,”她接着说,“我们常为孩子们举办郊游或参观活动。”

我笑着说:“我们也常举办露营或远足,比方说去爱丁堡爵士的城堡观光或什么的。”

我发现四处都是困惑的表情。

“爱丁堡?”凯蒂问。

“是啊,那是我们女王丈夫的名字,也是苏格兰首府的名字。”

“可是苏格兰的首府不是在都柏林吗?”

听她这么一说,我决定换个话题。

这时候,那两位军官很显然看出我并非什么可疑分子而转身离去了。于是,屋里的气氛更融洽了,教师们发问的频率也立刻增高。

“你们教宗教吗?”我说。——其实我知道苏联人是绝对反对宗教的,我问这问题只是想看看他们的反应。

他们的反应相当一致——不约而同地摇摇头。

“你们也教达尔文的进化论吗?”一位又黑又大的妇人通过凯蒂问我。

我点点头:“我们教宗教思想,也教进化论。”

又是满堂的惊讶之色。

他们告诉我说苏联也有教堂,人们有听道的自由,只是在学校里是绝对不提宗教的。

这些仁慈的女教师们似乎对英国的失业和贫困感到很关切——她们一定以为我来自一个正在闹饥荒的国度。当我告诉她们英国的劳工都拥有汽车时,她们的眼中露出了明显的怀疑之色——她们一定以为我是在替资本主义做虚假宣传。

不过我并不能怪她们,我看得出那一道道眼光正紧盯着我那褴褛的工作衣——如果这是一位英国大夫的穿着,那一般的工人会惨到什么地步?!

“可是我们这儿的教师都能维持很高的生活水准。”她们之中的一位抗议着说。

我想她并没骗我。这些女老师们穿着都非常讲究,我看得出她们的生活都应该过得不错。我猜想老师在苏联的地位或许很高。

“什么叫‘十一岁甄试’[①]？”一位教师突然问我。

我尽可能地向他们解释这种考试的目的。可是他们像是并不能接受。那位副校长首先用低沉的喉音表达了他的看法。

“用考试来决定孩子的兴趣或能力是绝对站不住脚的！”很显然，他是个抱定主见就不打算改变的人。

我隔着桌子看看他：“可是贵国全班学生的资质都能保持一样的水平吗？”

答案由凯蒂的口中冒出。“所有的苏联小孩都是聪明的。”她说这句话的时候非常自信。

稍后，我得知苏联绝大部分的学生都能一直顺利地念到大学毕业。不过他们的大学多是夜校，这样学生们可以边工作边念书。

“贵国学校的午餐如何？”我问。

“学童一律在学校用餐，平均每顿饭只要几个戈比。”

“午餐的内容大致是面包、香肠和牛奶。”她接着说。

看来，英国儿童的营养要比他们好些。

接着，副校长开始对英国的私立制度表示不赞同。他认为这样会使有钱的子女有较好的教育机会，而穷人只得往便宜的学校挤。可是当我指出全英国无论何种阶层的人都有能力负担子女至大学毕业时，他的目光中充满了怀疑。

总之，这次的谈话是非常值得的。虽然未能看到孩子们参观他们上课的情形是很令人惋惜的，可是我也从谈话中真正了解了苏联的教

---

① 英国为小学毕业的学童举行的考试，目的是决定进入初中后是该学文科还是理工科。

育程度。

若不是船长频频焦急地低头看表的话，我还真愿意再聊上个半天呢。可怜的船长，刚才我们聊天的时候，他一定在发誓以后再也不和兽医同船了。

在握手道别声中，我和船长终于走出了这间会议室。

“哦，今天真令我终身难忘，我永远记得我和一位真正的英国人交谈过。”凯蒂在送我们走出门的时候说。

走出学校的大门时，我看到一些学生刚巧由外面回来。他们都是十一二岁的男孩，穿着非常整齐划一。我还看到一位走在前面的男孩在手臂上挂了一枚臂章。总之，他们的模样很像军人就是了。

回到船上不久，麻烦又来了。一位妇女——据说她是农村的人民委员——跑到船上来找我。

她的块头很大，不仅肌肉发达，个子也在一米八二以上。她弯着腰，向下瞪了我半天。

她不会说英文，但表达能力却相当强。

“啊呵，啊呵，啊呵！”她学羊咳嗽的声音几可乱真。

我照例地耸耸肩，然后傻笑一阵。可是这回这一招不见效了。她用那坚硬如钢爪般的手一把扣住我的肩，然后牵着我走向甲板下的羊栏。

在羊栏门口，她指着一群羊，又做出学羊咳嗽的声音。我继续报以微笑，但丝毫不能改变眼前的情况。

她拿出了一根温度计，这时我开始担心她会不会是位兽医。她挤进羊群中顺手抓了一只羊，将温度计塞进肛门里。看那光景，她抓羊就像抓金丝雀一样方便。她一连试了几只羊,发现都没有问题。

她继续穿梭在羊群中,想抓出一只有毛病的。其实我也是个一米七六的健壮男子,可是我猜想要是我和她站在比武台上的话,她可以一巴掌把我拍死在台上。

最后,她走出羊栏,从口袋里掏出了一本袖珍的俄英字典。她用手指着“支气管炎”这个字,然后急切地看着我。我还是耸耸肩、摇摇头。她和我折腾了半天,发现彼此完全不能沟通,于是终于死了心,离开了羊栏。

我路经厨房走回舱房的时候,撞见了厨师。

“哈利先生,你错过了午餐,肚子一定饿坏了吧,”他伸出手抓住我,“来,我给你弄点吃的。”

我站在门口看着他拿出一块蒜汁面包,又切了两大片生牛肉。接着,他撒了一些洋葱末在牛肉上,另外还扣了两个生蛋。

“来!牛肉大餐,”他的声音中夹杂着胜利,“哈利先生,吃下去你会舒服得多。”

我向后退缩了一大步。我如何吃得下这些玩意儿——生肉、生蛋,简直不可思议。我挖空心思想找出个婉拒的理由时,厨师那期待的眼光一直盯着我。他是位好人,即使这是盘毒药我也不能拒绝他。

接过他手中那盘大餐需要相当的勇气。我谢过了他,将生牛肉夹在蒜汁面包里。我猜想如果屏住呼吸的话,或许可以感觉不出那可怕的味道。可是我不小心吸了一口气,竟发觉其味香美无比。

我愈吃愈高兴,厨师的表情愈来愈激动。当我平稳地咀嚼时,他竟从我的眼神中看出了我的需要。他把手掌搁在我的肩头说:“你还想再加点胡椒,对吧?”

我咽光了口中的食物:“对……只要一点就行了。”

他边撒胡椒边用慈祥的眼光看着我,好像只要我吃得高兴,他就满足了。

吃完这份牛肉大餐后,我居然觉得意犹未尽。倪森的手艺的确是超群的!

晚上八点前后,码头终于空出来了。我们的船一靠岸,立刻开始卸货。一列火车停妥在船边的铁轨上,再由船上的起重机将羊吊上火车。

我和这些可爱的羊儿共同生活了六天,现在和它们分别,不禁有点惆怅。羊儿被吊进乌黑狭窄的货车厢里以后,码头工人立刻把木门关上。这些动物都来自充满阳光和绿草的英格兰乡下,看着它们给关进牢房,实在教人感到不平。

午夜前后,最后一只羊被关进车厢里。船上的干草、饲料也已装进火车。一位健壮的码头工人向我挥挥手。“再见了,大夫。”说完,他走进黑夜中。

凌晨两点,一位二十五岁的年轻人带了一份文件到船长室找我。那人脸色苍白,面容憔悴,一副营养不良、睡眠不足的样子。可是我知道他的重要性,他有权签付两万英镑的货款。

他摊开文件,在上面加了一句话:“百分之二十的羊有咳嗽的迹象。”我签了字表示承认这件事实。

稍后,移民局的官员及港务局代表都先后到船上来。前者是来办出港手续,后者是来索取入港费及领港金。

船长向港务代表抗议索价过高,可是对方只是耸耸肩,然后开心地笑了笑。

最后一位上船的是领港先生,不过他和入港的那位不是同一人。

他走进驾驶舱时,面色凝重地对船长说:“外海有暴风,风浪八级,而且风力还在加强中。我劝你还是抛锚停在港内,等暴风过了再出海。”他挥挥手指,仿佛在对我们提出最后的警告,“你要今晚出海的话可能会不太好过。”

船长凝视着前方沉思了半晌。他急着想离开苏联,可是那值得冒一场暴风之险吗?

最后,他终于开口说:“领港先生,我想你说得对,咱们最好还是在港里多停留一夜。”

走出驾驶舱的时候,我撞见了大副。他在门口听到了刚才的对话。

“我告诉你吧,哈利先生,”他对我说,“咱们今晚还是会走的。我了解船长,他从不向暴风低头。你最好先做好心理准备。”

我坐在床边看着可爱的床褥——它正在向我呼唤。这真是疲倦而漫长的一天。

斗智斗勇

“喂，我是比金。”我一拿起电话，另一只手立刻握成拳状——比金先生的优柔寡断真是叫我伤透了脑筋。他把请兽医出一趟诊看成关乎生死的大事，因此每次在决定要不要请我去时，他差不多已经把自己折磨得半死了。此外，他是个刚愎的人，即使打死他，他也不会听信我的意见。总之，他是个很难缠的家伙。

在我当兵之前，他折磨了我好几次，没想到我退伍还乡之后，他不但依然健在，而且比从前还要难以取悦。

“怎么回事，比金先生？”

“嗯……我的小母牛病得很糟。”

“那今天上午我抽空过去看一下。”

“等等，等等。”虽然他已经拨了电话给我，他还是不能决定要不要请我去。“你确定它需要你过来看吗？”

“我也不知道。它到底怎样了？”

对方停顿了很久才说:“趴在地上!”

“趴在地上?”我说,“那大概很严重了。我会尽快赶过去!”

“可是它也不是一直都趴着。”

“那它趴了多久了?”

“才几天而已。”

“在这之前呢?”

“它一个礼拜没吃东西……”他沉重的说话声使我觉得头重脚轻,“结果前两天就趴了下去。”

我深吸了一口气:“它病了一个多礼拜,而你竟等到它倒下去了才拨电话给我?”

“对。在倒下去之前,它的气色一直不错嘛。”

“比金先生,我马上过去!”

“嗯……可是……可是……你确定它需要……”

我挂上听筒——根据经验,要是我不这么做的话,这通电话可能要打上一个小时都还没结果。我很担心那头牛可能没什么希望了,不过我总得立刻赶过去先弄清楚情况。

十分钟后我把车停在比金家门口。比金先生用他一贯的方式迎接我——双手插着口袋,肩膀低垂着,两眼充满了疑虑。

“你来迟了。”他咕哝着说。

“你是说它死了?”我愣住了。

“还没有,只是一切都太迟了。”

我咬紧牙齿。它病了一个礼拜没人管,而我在接到电话后十分钟内就赶到。听那口气好像是怪我来得太慢了。

“算了吧，”我试着对这件事一笑置之，“既然它要死了，我也别无他法。”于是我又钻回车里。

“可是既然来都来了，难道你还不打算过去看一看？”比金先生低着头，用脚踢起地上的一块石子。

“刚才你不是说一切都太迟了吗？”

“嗯……可是……你才是兽医，有没有救该由你来判定。”

“好吧，如果你认为有必要的话，我就去瞧瞧。”我又钻出车子，“它在哪儿？”

他犹豫了一下：“你会多收我钱吗？”

“不会。如果我没有为它做什么的话，你只要付我一趟路费就成了。”

牛棚里的画面真是令人不忍卒睹。那头骨瘦如柴的母牛趴在阴暗的角落里，两眼僵直地瞪着地上。我量了量体温，温度37.2度。

“比金先生，你说的没错，”我说，“它是快要死了。”我收起温度计，转身准备离去。

比金的头缩进肩膀里，就像只大乌龟似的。他低头看看趴在地上的牛，突然转过来问我：“你上哪儿去？”

“去办我自己的事啊。比金先生，我很抱歉无法挽救你的母牛。”我吃惊地回头望了他一眼。

“你打算就这样子丢下它不管？”他野蛮地瞪着我。

“可是它快死了呀！你自己不也这么说吗？”

“你是兽医，我可不是！我常听人说只要一息尚存，希望便存在。”

“这句话对它不适用。我向你保证，它每一分钟都可能死去。”

“你瞧，它还在呼吸对不对？你不打算给它一点机会吗？”他继续看着母牛。

“好吧……如果你坚持的话，我可以给它打一针强心剂。”

“打什么都没关系，反正你是医生，一切由你做主。”

“那好，我这就去拿针。”我拖着步子走回车里。

那头母牛已陷入昏迷状态，所以当我把针头推入它体内的时候，它毫无反应。我正要按针筒的当儿，比金先生又开腔了。

“打针很贵吧，这一针要多少钱？”

“我不晓得。”我的头在发晕。

“可是当你填写账单的时候你就会知道了，对吧？”

我没有回答。等最后一滴药液挤进母牛的静脉内以后，它的前腿向前伸了伸，两眼瞪得大大的，随后，它的呼吸停了下来。我摸摸它的心脏：“比金先生，它已经死了。”

他立刻转过头来看着我：“是你杀死它的？”

“当然不是，只是它碰巧死在这个节骨眼上。”

农夫搓搓下巴：“你给它打的根本不是什么强心针，对不对？”

我没理他。我只想尽快离开他的农场。

我正钻进车里的时候，比金先生一把揪住我。

“它怎么死的？”

“我不知道。”

“你不知道，你糟蹋我的钱打了一针什么鬼强心剂，而你却说你不知道它得的是什么病？你兽医是干什么吃的啊？！”

“比金先生，我只知道它没有救了。要是你想知道死因的话就得验尸。”

他很激动地把衣领拉高:“这真好笑！我的牛死了不说,来看它的兽医还不知道它的死因。”

“比金先生,死亡原因不是一看就可以知道的。”

“会不会是炭疽热？”

“绝对不可能。炭疽热会猝死,你说它病了一个礼拜了。”

“不,不,那一个礼拜只是不吃东西,并不能算是生病。它趴下去的时候可是突然的——这还算不上是猝死吗？”

“可是……”

“那边班家的牛前两天不是得了炭疽热死了吗？”

“对。可是他的母牛死得很突然。”

“这不重要！”比金先生伸出下巴,“报纸上说过,所有猝死的动物都该验尸,以免炭疽热为害人类。哈利先生,我要求你为我的母牛验尸！”

“好吧。”我无奈地回答,“刚巧今天我带了显微镜。”

“显微镜？那这项工作一定要收很多钱喔,你打算收我多少？”

“这你不用担心,卫生处会付钱给我的。”说完,我走向屋子。

比金先生满意地点点头。突然,他又扬起眉头问:“你上哪儿去？”

“到屋里打电话向卫生处报告。验尸是要得到许可的。电话费由我付。”我加上最后一句话后,他恢复了满意的表情。

当我和卫生处的官员通话时,比金先生站在旁边。我必须告诉对方农庄的地址、庄主的姓名和牛的种类。

“我没想到验个尸要这么麻烦。”他咕哝着说。

挂了电话后,我回到车里取出解剖刀。那是一把巨大而又危险的利刃,通常我只有在解剖牲口的时候才用它。

“老天,这简直是屠刀嘛!你到底想干什么?”比金先生看到那把刀的时候,两眼瞪得圆圆的。

“取一点血。”我弯下腰在牛尾上割了一刀,再用玻璃片蘸了几滴血。接着,我拿了显微镜走到厨房里。

“现在你又要干什么?”比金先生酸酸地问。

我环顾了一周说:“我要借用你的水槽和那张桌子。”

水槽里堆满了油腻的盘子。比金先生咕哝着把碗盘搬到别处之后,我滴了一些次甲基在白色的水槽里,然后再接了一些水,使溶液调成蓝色。我把玻璃片上的血用火烘干,再把玻璃片浸在溶液中。

“看看你,”比金先生在一旁抗议道,“把我的水槽弄得这么脏,待会儿我老婆又要骂死人了。”

我勉强挤出一丝苦笑:“不要急,这些东西用水一冲就不见了。”可是我看得出他一点也不相信我。

我把玻璃片从溶液中取出,放在火上烘了一下,再放回显微镜架上。除了红、白血球之外,我什么也没看到。

“血液中什么也没有,”我说,“你可以安心地打电话给屠宰场。”

“你验了半天却只说什么也没有?”比金先生的两颊涨了起来。

驾车离去的时候,我再次体会到比金先生是个永远无法战胜的敌人。一个月以后市集的那天,我的想法又再度被证实了。

“我的母牛得了‘木舌症’,”他推开诊所的门就说,“给我开些碘回去涂它的舌头。”

西格正在查看当天的出诊登记簿,他抬起头说:“比金先生,你太落伍了,”他笑了笑,“咱们有比碘更好的药。”

那农夫低着头说:“我不在乎你们有什么新药,我只要碘!”

“可是比金先生,”西格现在处于最理智的状况,“用碘涂舌头已经落伍了。现在我们采用的是碘化物皮下注射或喂食一种新药粉。”

“法先生,我不懂这些,”他咕哝着说,“我只喜欢老方法。你到底给不给我碘?”

“抱歉,我不给!”西格脸上的微笑消失了,“如果我开出过时的药方,我就是位最糟的兽医。”他转过来对我说:“吉米,你到储藏室里取些新药来好吗?”

我回来的时候,他们还在争论。我看得出西格已经失去原先的耐性了。他一把抢过我手中的药袋,开始在上面写下服用的方法。

“你得用一品脱水调和三汤匙的药粉,然后……”

“可是我说过,我不要……”

“……我再说一遍,你用一品脱水调和三……”

“……对新药没有信心……”

“……用完后打电话过来,我再给你补充新药。”

“我说这鬼玩意儿绝对不会管用。”那农夫狠狠地瞪了西格一眼。

“比金先生,”西格露出反常的镇静,“我说它一定有用!”

“我说没用!”

“有用!”

“没用!”

西格重重的一拳打在桌子上。很显然,他已经忍到了最后关头。

“把药拿回去,假如不管用的话,我绝不收你一分钱!”

比金先生眯起眼睛打量着那袋药粉。显然这是很诱人的交易。他慢慢地伸出手把药袋装进口袋里。

“好极了!”西格跳上前拍拍农夫的肩膀,“用完了立刻和我们联络。我打赌你的牛很快就会康复。”

十天后,我和西格一起去阉割一匹小马,回程的时候刚巧路过比金的家。西格把车停在门外,向院子里张望了一下。

“你知道吗,吉米,”西格低声说,“那老家伙不敢来找我们了,因为他丢不起这个人。哼!他不来没关系,咱们去找他!”

他把车驶进后院——比金认为盖围墙太浪费,所以我们可以从公路上长驱直入——然后下车敲了敲厨房的门。突然,我听到西格说:“吉米,你瞧!”

他正指着厨房的窗子,窗后的架子上放着那袋药粉。袋子的口仍旧扎得死死的,看来,比金先生根本没有碰过它。

“这个老混蛋,他死都不肯试一试。”我的伙伴握紧了拳头。

这时,厨房的门开了,比金先生从里面走出来。西格一看到他,立刻开心地笑着说:“你早,比金先生。我们刚巧路过这儿,顺道来看看你的母牛。”

比金先生的眼中立刻露出了担忧的神色,可是西格拍拍他的肩膀说:“不要钱。这纯粹是服务。”

“可是……你们没有必要……”

他话还没说完,西格已经朝牛棚走过去了。那头病牛一眼就给西格认出来了。它的肚皮紧裹着肋骨,唾液像瀑布般地垂吊在下颚。

西格揪住鼻环，用力扳开它的嘴，触摸了一下舌头。

“你来摸摸看，吉米。”他轻声说。

我触了一下坚硬无比的舌面。“真不可思议，它一定无法吃东西了。”我嗅了嗅手指，“上面有碘的味道。”

西格点点头：“那老混蛋还是采用他的老方法。”

突然，牛棚的门被推开，比金先生喘着气跑进来。

我的伙伴隔着牛背看了他一眼。“看来，你说对了，比金先生，我们的新药似乎一点用处都没有……我实在搞不懂。”他搓搓下巴，“我恐怕你的母牛情况很糟。再这样下去，它会饿死。我要向你道歉。”

“对……我也这么想……它毫无起色，我想，它就要……”那农夫的脸色变得非常美丽。

西格突然打岔道：“比金先生，这件事该由我负责，我的药延误了它的病，现在应当由我来医好它。”他从牛背后面绕了出来，“我的车里有针筒，我想给它打一针就会好的。你等一会儿，我就过来。”

“等一等……我不知道……”西格根本没理他，只是大步地走出牛棚。

西格回来的时候手里拿了一根针，针筒里有20cc的药液。

“吉米，帮我拉住它的尾巴好吗？”说完，他毫不犹豫地将针头插进母牛的屁股里。接着，他边推针筒边回头对比金先生说：“这种针药效很强……不过幸好你先前试用了我们的新药。”

“这话怎么讲？”

“若是单独打这种针，会引起极大的副作用。”

“你是说……也许会致死？”

"很可能,"西格心不在焉地说,"不过你不用担心,它才用过我上回开的新药,所以会抵消副作用。"

比金先生的眼球几乎蹦了出来, 他一把拉住西格说:"等等,等等。"

"怎么了? 有什么问题吗?"

"没有,没有,只是点小问题……"那农夫的额头上凝出了滚圆的汗珠,"事情是这样的……我担心我喂药喂得太少了,恐怕无法抵消这一针的副作用。"

"你说喂得太少了,我不是在药签上写得很清楚吗?"西格停了下来。

"可是我一时糊涂,没有照你规定的剂量喂它。"

"那没关系,只要你把剂量补足就没事了。"说完,西格又专心地推他的针筒。

当西格把针筒收回皮箱内的时候,他满意地嘘了口气。"我想,它很快就会好起来的。对了,你别忘了每天要喂三次,每次用一品脱水调和三汤匙药粉。用完了再打电话过来。"

驾车离开农庄时,我问西格:"刚才那一针到底是什么鬼玩意?"

"哦,那是多种维他命。那一针可以补充母牛的营养,但是和'木舌症'是一点关系也扯不上。"他优雅地笑了一下,"现在,那个老混蛋非得喂咱们的新药不行了。我迫不及待地想看事情的结局。我想,一定很有趣。"

的确是很有趣。一个礼拜之后,比金先生又出现在诊所里。这回,他温驯得像头小绵羊。

“我可不可以再拿些药？”他害臊地问。

“当然，”西格大方地摊开手，“我想，你的母牛好多了吧？”

“嗯。”

“能吃东西了吧？”

“嗯。”

“体重也增加了吧？”

“嗯。”比金先生低着头，好像不太敢回答西格的问题。

他离去后，西格用拇指戳戳我的肩窝。“吉米，咱们总算打赢了一仗。”

我笑了，这真是令人永生难忘的一场胜仗。现在回想起来，我更觉得当时那一刻的珍贵，因为这一生中我就赢过那么一次。

爱女的诞生

“你还好吧，海伦？”

我很担忧地看着邻座的妻子，因为她显得有些坐立不安。我们正坐在巴村的一家戏院里。我有强烈的预感，我们无法再继续坐下去了。

那天早上我就略带不安地说：“海伦，我知道咱们难得有半天假，但是看在即将出世的宝宝的分上，我们还是在德禄镇随便逛逛比较安全。你认为呢？”

“不，我不这么想。”海伦坚决地拒绝了我。我很了解她的心情，因为在这一连串紧张忙碌的日子中，巴村一直扮演着沙漠中绿洲的角色。对我而言，赴巴村看场电影是逃避电话、泥泞和长筒靴的好机会；而对海伦而言，巴村的餐厅可以使她重忆起昔日以名媛淑女的姿态享用醇酒美食的情景。

“但是，”我说，“万一事情发生得太快怎么办？我可不愿咱们的老二降生在史密斯书店或是汽车的后座。”

当小吉米诞生的时候，我正在皇家空军服役。那段日子我好像衰老了好多，体重也减轻了十磅。在那种艰苦的训练期间，这样的健康状况是不合格的。后来当我赶去照顾海伦时，我都是终日静坐着注意她的一举一动。她的一个转身、一点呻吟都令我激动不已。对于这种事我就是无法处之泰然。

现在，我们坐在戏院里，我的血压随着海伦的蠕动而升高。我体贴地把手放在她膨胀的肚子上轻轻地按摩，希望能减轻她的痛苦。

我用眼角偷偷睨视她，发现她正在做深呼吸——她的身子有点痉挛的迹象。终于，她忍不住小声对我说："吉米，我想我们还是走吧。"这时，我早已紧张得冷汗涔涔了。

我扶着海伦踏过满地的食物盒及饮料罐，一步一步地摸向出口。我知道在这紧要关头一定要保持镇定才能顺利走出戏院。

感谢上帝，我们的车就停在戏院门口，否则我简直不知道该如何带着海伦穿越马路。

二十五里外的德禄镇远得像永无止境。海伦坐在旁边闭起眼睛深呼吸，一副很安逸的样子，可是我却急得心脏都快跳出了胸口。

终于，车子冲进了小镇。我把车子驶往市场的方向。

"你上哪儿去？"海伦很吃惊地看着我。

"当然是去布朗护士那儿。"

"别傻了，吉米，时候还没到呢！"

"你怎么知道？"

海伦笑着说："难道你忘了我生过一次？算了，咱们回家吧！"

我带着几分担忧和疑虑，把车开回西格诊所。

海伦像平日一样地躺在床上,脸上的表情非常冷静。清晨六点的时候,海伦摇摇我的手臂说:“吉米,是时候了,走吧!”

我像炮弹似的从床上弹起,迅速穿上衣裤,然后喊醒露西姑妈——这段日子,她住在我们家里帮忙。

“我们走啦,露西姑妈。”我隔着房门喊道。

“知道啦,我会照顾小吉米的。”一阵含糊的回应声从门缝钻出来。

我又回到卧室时,海伦已经有条不紊地穿戴妥当。

“把柜子里的皮箱拿出来,吉米。”她说。

我拉开衣柜的门:“皮箱?”

“对,就是那一个。我早已准备好一切衣物及小宝宝要用的东西了。快点,把它拿出来。”

我尽量抑制住自己的喘息声,提了皮箱等待着。窗外五月的和风正将清澄的空气送入屋内。这是个美丽的早晨,可是今天这一切对我来说都不会有任何意义,因为我一心只想把海伦送到市场那儿。

“绿筑护理之家”只有半里路远,听那名字会使人觉得那是一栋庄严恬静的建筑,而实际上它只是布朗护士的家。楼上有几间老旧的小卧室,里面正躺着几位镇上新降生的小居民。

我边敲门边把门推开。布朗护士冲我简单地笑了一下就把海伦扶上楼去了。我一个人在楼下焦急地等待着。突然一个声音打断了我的孤独感。

“嗨,吉米,今早天气多美啊!”

那是布朗护士的丈夫克里夫。他正坐在厨房的角落里享受早餐。他的餐盘里有腌肉、煎蛋、果酱、牛油及一小篮子的面包。我猜他一年之中至少看过一百多次像我们这种颤抖的丈夫可怜地在楼下踱着步子。

“是啊，克里夫……”我回答，“今天天气是不错。”

他塞满了一嘴食物，又把旁边的麦片粥拉过来。

布朗护士的烹调技术和她的接生技术一样出名。她深信丰盛的食物对她那开大货车的丈夫而言是绝对必要的。

克里夫咽下了最后一口早餐，用一种让我觉得他是这镇上最好的人的口吻说：“别担心，不会有问题的。”

我相信这句话他已经说过上千遍了，所以这种不痛不痒的安慰并不能使我安心。

当西格过来探视的时候，他显得若有所思的样子。

“你安静地坐一会儿，吉米，看看报纸打发时间，事情很快就会过去的。”

接近十一点时，决定性的电话铃声响了。那是我的挚友艾灵生医生从楼上打下来的。“一个女娃，小吉米的妹妹。”——这真是今早最美妙的音乐。

“太好了，亨利，真谢谢你。这是我最希望听到的好消息。”我捧着电话呆站了好一会儿才想到把它放下。我的头一个反应是立刻冲到楼上去看海伦。

那个时代，丈夫们是不便直接进入产房的。上回我急着要看小吉米，却给挡驾在门外。

当我出现在布朗护士眼前时，她的微笑冻住了。“你又来这套了，是吗？”她以那惯有的冷酷声音说，“生小吉米时我就告诉过你，你应该给我们点时间给婴儿洗个澡。你好像永远记不住。”

我懦弱地低下头,她却又以一种怜悯的口吻说:“噢,算了,进去吧!”

海伦疲倦地躺着,脸上却焕发着美丽的光彩。我感激地亲吻她,然后两人面带微笑地凝视着。几乎是同时,我瞥见了旁边的小摇篮。

我注视着小婴儿的当儿,布朗护士站在一旁瞄我。上回小吉米出世时,我因为过于惊恐而问她婴儿是不是有毛病,结果布朗护士大为震怒。上帝救救我,我感到历史又要重演。我不敢仔细看这个新生的小家伙,因为她的脸又皱又扁。

我回过头看看护士。很显然,她正等着我脱口说出有损她医誉的话。我相信只要我一说错话,她就会毫不犹豫地把我踢到楼下去。

“太好了……”我软弱地说,“真是太好了。”

“好了,”她满足地看看我,“你可以走了。”

她把我推了出去,临别前,还用一种想洞察我内心深处的眼光打量了我一下。她用不慌不忙的口气说:“那……是……个……健康……可爱……的婴儿……”她好像是在启发一个智力不足的人。接着,房门在我鼻子前面用力关上。

愿上帝祝福布朗护士的善心,她的话的确帮助了我。开车回家的途中,我突然领悟出她的话是对的。现在,每当我注视着英俊的儿子及美丽的女儿时,我实在不敢相信为什么当时我会那么蠢。

我开车回诊所是因为那儿已经有访客在等着我了。我隔着车窗望着外边起伏的绿野……周遭的景物不知何时又变得可爱起来。现在回想刚才紧张不安的时刻简直就像梦境一般。这天是1947年5月19日,我还记得当时的天空蓝得毫无瑕疵,灿烂的阳光照得我的老爷车闪闪发亮,风中飘满了高原上特有的芬芳味,风信子满谷飞舞着,草地上布满了随风摇曳的紫罗兰与樱草。

看完了患者后,我和爱犬山姆沿着常去的那条小径,以轻快无比的步伐走向山谷中。

我懒洋洋地躺在和煦的阳光下欣赏眼前大自然的美景。羊齿草铺满了小山头,新的生命遍布在整片山谷中,就像我新生的小女儿一样。

我决定叫她罗丝,我很喜欢这个名字。如今,她已经成了我们这一带的"罗丝大夫"了。

当我正尽情享受大自然美好的一切时,我突然想起了一件重要的事,飞快跑回诊所,开始打电话通知亲友这个天大的好消息。

喜讯像风信子般地传开,可是屈生却早就知道了。

"我们要为小宝宝的诞生庆祝庆祝。"他兴奋地说。

"当然,当然。你几点过来?"

"七点。"他爽快地回答。我知道他一定会准时的。

现在,西格、屈生、亚力和我坐在诊所中商谈庆祝的场所。亚力是我的童年老友——我们四岁时就一同进入小学。他从军中退伍不久后就来德禄镇看我和海伦。当然,他在这儿不会久住,不过在这个快乐的时刻能有这位老友陪伴在身边也的确是令人欣慰的。

屈生的手指敲打着椅把,两眼凝视着远处,好像眼前是一片虚无似的。

"按理说,我们该去市集酒吧,可是今晚那儿有舞会,我们去恐怕不太好。"他低声自言自语。"咱们需要的是安静的地方……让我再想想……对了,那家乔治和龙酒店怎么样?他们有一流的泰利啤酒……但是他们的师傅不小心把烟灰弹在酒杯里——我就尝过他们的烟灰酒。当然十字酒吧也不错,那儿的金妮黑啤酒真是举世无双。嘿,咱们可千万不能去那家鸡兔酒吧,他们的酒苦得会让你跳上屋顶。”他停了一会儿,“我看,干脆去贵族酒店好了,他们有远近驰名的麦酒。——当然,他们总是……”

“等一下,屈生。”我打断他说,“今天下午我去布朗护士那儿看海伦时,克里夫曾问我他是不是能和我们一起庆祝。孩子是生在他家,你不认为咱们到他常去的酒吧比较好?”

屈生眯着眼说:“哪一家?”

“黑马酒吧。”

“哦,对,对,我去过那儿。”他若有所思地看着我,“他们有一流的罗素啤酒,我尝过几杯,味道相当好。可是今天有点闷热,我担心他们的啤酒会有点涩味。——你知道,他们那儿通风不太好。或许我们可以……”

“拜托,看在老天的分上请你快点做决定好吗?”西格从椅子上站起来说,“你好像是化学分析师。咱们只是喝两杯庆祝一下,不是要开啤酒品尝会。”

屈生吃惊地呆望着西格,而西格却眉飞色舞地转过来对我说:“吉米,你的意思很好,咱们就去克里夫那家黑马酒吧好了,那儿还挺安静的。”

当我们走进酒吧的大门时,我知道自己选对了地方。落日的余晖斜斜地射在橡木桌上,吧台四周围坐了几个农夫安详地捧着杯子。这家酒吧并没有什么独特的风格,可是这些二百多年来都未改变的老家具却能散发出一种莫名的宁静的氛围。

酒店老板里哥热忱地欢迎我们,并用白锡壶为我们斟酒。

“吉米,我们祝你的小罗丝永远健康、快乐。”西格首先举杯。

“谢谢,西格,”我说。在举起酒杯的那一瞬间,我突然感觉到他们都是最可爱的朋友。

克里夫的脸上挂着永不嫌疲倦的微笑,他一口气喝了大半杯。“嗯,这儿的啤酒愈来愈好了。”他对老板里哥说。

里哥谦虚地笑笑,克里夫又转过来对我说:“吉米,你知道吗,这世界上跟我最要好的就是‘罗素兄’了。”

在座的每个人都大笑起来,大伙儿的酒兴也因为这一笑而达到最高潮。我真是太高兴了。

喝了几杯之后,西格拍拍我的肩膀说:“吉米,我有事,得先走一步了。今天喝得很痛快,我简直无法说出自己心里有多高兴。”

这真是惬意的一晚,每件事似乎都那么完美。亚力和我回忆着小学时代的童年,屈生沉醉在过去大伙都还是光棍时的往事,而克里夫则始终挂着动人的笑容。

我一时兴起,决定请全酒吧的客人喝酒。起初,我不断地掏钱给老板,为客人付酒钱,后来干脆把厚厚的皮夹交给老板——当天下午我特地先去了银行一趟。

“拿去,里哥,”我说,“尽管放心地为他们倒酒。”

“当然,哈利先生。”他回答的时候表情一点也没变,“这样是方便多了。”

于是酒吧里所有的人都轮流向我祝贺,我也一一举杯回敬。

酒吧打烊时间到了,可是我还有意犹未尽之感。

等其他客人都渐渐离去后,我走到老板身边:“里哥,咱们还没有喝过瘾,不能就这么回去。”

“哈利先生,你知道这儿的法律的。”他疑惑地看看我。

“可是今晚很特别,不是吗?”

“好吧,”他想了很久,“我想到一个点子。咱们把门锁上,然后到地窖里再喝个两回合。”

我伸出胳膊搂着里哥:“好极了,咱们这就下去!”

里哥带头走进地窖。他扭亮灯,又把我们身后的木板门关上。我环顾了一周,发现又多了两位新成员——一位是杂货商,另一位是水利局的职员。我们正好组成了一个亲密的品酒小组。

在这儿,我们不用再等老板的酒壶,只要抱起酒桶,拔开塞子就行了。

“皮夹的钱够这儿喝吧,里哥?”我大声喊叫道。

“多得很,放心喝吧!”

我们不停地喝,仿佛这是一生中最后一次喝酒似的。当门外响起敲门声的时候,我猜想一定过了午夜了。里哥听了一会儿才半信半疑地上楼去开门。过了半晌,他身后跟了一双蓝色的长腿,一件浅蓝的短夹克,一张灰白的脸和一顶头盔。——不用说,那一定是警官高哈伯先生。

高警官的视线在地窖中掠过一遍之后,我的伙伴们全都安静下来了。

“这么晚了还喝酒？”他的音调完全是平板的。

“嗯……”屈生勉强笑了一下，“今天情形很特殊，汉弗莱先生……是这样的，哈利先生的老婆今早生了个胖女儿。”

“哦，是吗？”那张旧约圣经信徒般的脸跟屈生的两眼对峙着，“那里哥怎么没事先向我登记？”

高警官是世界上最不懂得幽默和玩笑的人。镇上的每个人都知道他的为人就像教科书一样死板。要是你在夜晚骑脚踏车没开灯给高警官碰上的话，保准他会痛斥你一顿。他是教会唱诗班的一员，而他的道德行为则毫无瑕疵——他是个永远不会做错事的人。

“嘻……哈哈……你知道，今晚的聚会是临时兴起的，所以事先……”屈生向后退了一步。

“随你怎么说都可以，可是你们已经违法了。”这位五十来岁的大块头解开胸扣，从口袋里掏出一个小本子，“我得登记你们的名字。”

我坐在一只倾倒的酒桶上，双手紧抓着膝盖，心想，这样的结束真令人扫兴。这个小镇上没什么新闻，明早的《德禄时报》上一定会以最大标题刊登我们的事。老天，光我一个还不够，我还拖了一大堆好友下水……这全是我一个人的错。

“高警官，我对你真感到失望！”可是屈生并没死心。

“什么?!”

“我说，我对你失望透顶。我以为你对这种特殊的情况会通融一下的。”

这位一丝不苟的警官停了笔。“法先生，我是警官，这是我的责任，所以你们还是把名字报上来吧。”他低下头在本子上小心地写着，“你的地址？”

“看来……”屈生完全没理会他的问题，“你已经把小茉莉的事忘得一干二净了。”

“小茉莉的什么事？”他的表情头一次有了变化。屈生提到了高警官心爱的约克夏梗犬，而那正是他的弱点。

“嗯，我记得……”屈生接着说，“上回小茉莉生产的时候，哈利先生整夜只睡了几个小时。坦白讲，若不是他，你早就失去那一窝小狗仔了。这件事固然有好几年了，可是我还记得清清楚楚。”

“那档子事和今晚无关。我告诉过你，我有责任在身，不能以私情了结这件事。”他说。

“好吧！至少你该和我们喝一杯吧！这是哈利先生快乐的日子，咱们都应该祝贺他一下的。”屈生还不罢休。

“小茉莉的身体愈来愈壮了。”高警官愣了半晌，脸色突然缓和了下来。

“是啊，”我说，“以它的年纪来说，这真是件好事。”

“上回它生的小梗犬我还留了一只。”

“是啊，你还带它来看过好几次呢。”

“哦……对……对……对……”他低头看看手腕上的大表，然后考虑了一会儿。“我已经下班了，我想我可以和各位喝一杯。不过我得先打个电话回局里报告一声。”

“好极了！”屈生立刻冲到酒桶边注满了一大杯酒。

高警官打完电话回来后，严肃地举起酒杯。“祝你的小宝宝健康愉快直到永远！”说完，他喝了一大口酒。

"谢谢你,高哈伯先生,"我回敬他,"你真好。"

他坐在台阶上,把头盔摘下来,"来,再敬你一次,哈利先生。"他又喝了一大口。

看来,他已经把登记名字的事忘得干干净净了,于是伙伴们又再度狂欢了。这回,我们怀着几分解脱感,开始痛饮起来。

两个小时之后,高警官显出了醉意。这对其他仍保持清醒的人来说,是最开心的事了。

"来,吉米,再干!"他卷起袖子,摇晃着身子,双手捧着酒杯。

"不,谢谢了,老高,"我回答道,"我喝得太多了。"

"你不再喝了?"他的眼睛像猫头鹰似的眨了一下。

"不,说正经的,老高,我喝得太多了。在你没来之前,我已经喝了好几回合了。"

他把整杯酒倒进喉咙里,又斟满了一杯才说:"吉米,你是个孬种。"

我向他展露迷人的一笑:"抱歉,老高,我肚里的酒已经满到喉咙了。再说,现在是两点半,咱们也该回家了吧?"

这句话似乎引起了共鸣,因为我的话才一出口,大伙们都站起来打算要走了。

"你要走?"高警官用挑衅的眼光看看我,"喂喂,怎么回事啊,聚会不是才开始吗?"他猛然灌下一杯啤酒,"你邀我喝两杯,可是话才说完你就想走?没这档子事儿!"

"等等,老高,"里哥挂着那张三十年来没有改变过的笑脸走过去,"能和你共饮我们都感到很荣幸,可是大伙儿今天都喝够了。来,你的夹克呢？”

高警官在我们的帮忙下勉强地穿上夹克、戴好帽子。出了酒吧后，他们把他塞进我车子的后座，然后亚力、克里夫和屈生也鱼贯挤了进来。

引擎发动的时候，里哥把皮夹递进来。我发现它突然消瘦了很多。经过这么一次狂欢，我的银行存款又枯竭了。

我们穿过死寂的小镇向市场驶去。经过市场前的广场时，我看见了两个人影——他们是探长包先生和警长罗先生。他们俩站得直直地，两眼像雷达似的四处搜索着。

这时，后座传出了一声尖叫，使我差点儿把车冲进店铺里。很显然高警官也看到他们了。

“是那两个猪猡！”他叫道，“我恨死他们了，多少年来我一直被欺压，哼！现在我就要下车去骂他们！”

接着，他摇下后座的车窗，对着外面大叫：“你们两个臭……”

我感觉到一把利刃扎进我的心窝——老天，他这样会惹大麻烦的！

“阻止他！”我叫着，“快捂上他的嘴！”

幸好屈生和亚力的动作还算快。我从反光镜中看见屈生跳起来把高警官压下去，然后坐在他头上，亚力则把拳头塞在他的嘴里。

车子通过包探长和罗警长两人眼前时，他们很和蔼地向我点头微笑。他们心中所想到的一定是：这个可爱又敬业的兽医，这么晚了还要出诊。

直到车子转了弯以后，我才让屈生和亚力放开高警官，可是他却已经睡着了。我把他们一一送回家后才回到诊所。

我站在卧房门口向空洞的大床张望了一下——海伦不在,因此这间屋子显得有点凄凉。

我又回到过去大伙都是光棍时屈生睡的房间。小吉米睡得正熟,这张床是以前屈生睡过的。那时候我也时常偷窥屈生的睡相,我觉得他睡着时就像婴儿一样天真无邪。

我看看小吉米,又看看屋角的摇篮——那是准备迎接我的小女儿的。

真不可思议,我已经是两个孩子的爸爸了。

保险背后的故事

做结核检验是天下最无趣的事了，所以当保险公司的方乔治先生走进牛棚打算和我聊天的时候，我感到高兴不已。

我正在为胡氏兄弟的小农庄上的牛做一年一度的结核病菌检验。四十多岁的哥哥克莱此刻正蹲在一旁帮我登记数字，而弟弟迪克则忙着翻开牛的内耳，查看里面的纹青记号。

我边做检验边听方乔治述说天气和市场上猪肉的价格。尽管他靠在栏杆上，很悠闲地吸着雪茄，好像一副闲得发慌的样子，可是我看得出他来这儿的目的绝不是闲聊瞎扯。

过了几分钟后，他慢慢沉不住气了。

“我说克莱啊，”他说，“保险真是百益而无一害。”

克莱低头又登记了一个数字，说：“你说啥？咱们家保了火险，车子也保了意外险，这还不够吗？”

“够？”方先生着实吃了一惊，“难道你不认为寿险比什么都重要吗？”

“不……不……”克莱摇摇头，“我才不信你说的那一套。事实上，除了我已经投保的两个险之外，我什么也不信。”

“我也不信。乔治，你不要浪费时间了吧！”迪克的脑袋从牛头旁边冒出来。

“说真格的，”方先生说，“你们俩真不像现代人。你们不觉得要是有一天你们翘辫子了，家人可以领到一笔巨款该是件很令人兴奋的事？”

“嘿，这一点你不用操心，咱们还有的好活呢。”克莱说着走向另一头牛。

“你怎么这么有自信？”

“咱们胡家的哪一个不是长命百岁！”迪克说，“事实上除非你开枪打死他们，要不然我们家族的人永远活个没完。就拿我老爹来说吧，他今年都八十了，可是还壮得像头小牛。”

乔治向后闪了一步，因为离他最近的一头母牛的尾巴突然扫了过去。他竖起一根指头说：“可是你们总会生病呀。保个健康险，好吧？”

胡家两兄弟不约而同地笑了一分钟。

“生病？”克莱说，“咱们每天不停地工作，却连咳嗽都没咳过一声呢。”

“可是你怎么晓得这种健康状况可以保持多久？当你变老的时候，你就会常常生病了。”

“算了吧，乔治，”迪克在两头牛中间挪了几步，“我们说过多少次了——咱家的人对寿险和健康险一点兴趣也没有，你还是省点唇舌吧。”

乔治眯起眼睛，看那模样他好像决心奋战到底。

“这样好了……”他才开口就给我打断了，因为我已经检验完这间牛棚里的牛。

“还有没有？”我问。

“那儿还有几头公牛。”克莱指指对面的牛棚。

我顺着张望了一眼，发觉那些都是凶恶的巨兽，不过胡氏兄弟已经把它们拴得牢牢的。这时，乔治的脑袋又从门栏外探了进来。

“这样好了，”他接着说，“我也懒得和你们扯。保个意外险总可以吧，你们两个都需要保这种险！”

“意外险，省省吧！咱们从没出过意外。”克莱把公牛鼻环上的绳索拉紧。

“哈！正因为如此你才更需要投保。你从没发生过意外正意味着危险在等着你。这是最简单的概率问题。”

“少来，这跟概率一点关系都没有。”迪克说，“我们没发生过意外并不意味着……”他身边的公牛向后用力扯了一下绳子，把他撞倒在稻草堆上。

迪克呆坐在地上，脸色褪成苍白。

“你瞧！”乔治大叫，“我不是才说过吗，这一行太危险了，什么事都可能发生的。”

“唔……不过，他并没有怎样啊。”克莱担忧地看看刚从地上爬起来的弟弟。

乔治的眼光中散发着对工作的狂热，他突然开始深信自己的命运有了转机。“当然，当然，这回他是没事，可是下一回呢？再说，你又怎么知道他没有受到内伤？如果受伤了，你们不能工作，还得另请工人。要是投保的话，保险公司会给你一笔赔金，你也不用担心没钱请工人了。”

“赔金”这两个字似乎在克莱的心里搅起了一阵翻腾。他冷静地瞄了乔治一眼：“多少？”

乔治脸上绽出了笑容。“你瞧，我都为你准备好了。”他从口袋里掏出一张保险单，“每周二十镑的赔偿。当然，还有其他的好处，你瞧……”

克莱掏出一副金边眼镜研究保单上的条文，而迪克也急切地把脸凑过来。我似乎听到他们在耳语。

“每个礼拜二十镑……是不少……看来还不错。”

在1948年，二十镑的确是一笔可以吓死人的数字，因为一名合格的兽医助手的周薪才十镑。

过了好半天，克莱把头抬起来：“我们愿意试试。一周二十镑的确很诱人。”

“好极了！好极了！”乔治拿出一支银笔，“来！在这儿签个字就成了。太谢谢两位了！”

“对了，你们不是有位长工哈柏吗？”他停顿了片刻。

“是呀，他在田里，”迪克问，“怎样？”

“你们应该连他一起保才对。”

“可是他只是个孩子啊。”

“好吧。”乔治摊开双手，“小孩子算便宜点——每年缴五镑，利益不减,可以吧?”

“我想,就连他一起保吧。”两位兄弟的抵抗又再度崩溃了。

乔治开心地吹着口哨走向他的车子,而我们也继续开始手边的工作。

三个礼拜之后,我在市场上碰到克莱。他正沿街闲逛,欣赏橱窗里的商品。当时已近黄昏,按理他应该穿着工作衣在市场上卖他的乳品,可是我发觉他竟穿了一身暗色的西装。我跟在他后面,正对他的打扮感到纳闷的当儿,他突然转过身来——这时,我发觉他的胳膊上吊了根绷带。

“老天,发生了什么事,克莱?”我问。

他低头看了看才说:“胳膊断了——跌的。你会相信吗?”他的眼睛睁得又圆又大,“我才签了两天就发生意外。医生说我得过九个礼拜才能康复。你瞧,我现在已经开始每个礼拜领二十镑了,到我康复时一共可以领到两百镑。”

“幸好你听了乔治的劝告及时投保。你是不是要请人来帮忙呢,”

“不,不,才不必呢。我们可以忙得过来。”离去的时候,他不停地笑。

我又去胡家庄“洗”牛的时候,克莱的伤已经痊愈了。他提了一桶热水给我,当我正在抹肥皂时,迪克进来了——他不是走的,而是跳的。

“腿断了?”我睁大了眼瞪着他的腿:

“是啊。”他简洁地回答,“在草原上追牛的时候,一脚踩进了兔子洞。”

“那你不能工作了？”

“嗯。要打上十四个礼拜的石膏。唉，真是难过死了！不过想到每周二十镑的代价我又不由得高兴起来。上回的意外险保得真适时啊。”

下次再看到迪克是市集那天。他来诊所付积欠的医药费。我发现他的石膏已经除去，但走起路来还是有点跛。

“你的腿怎么样了，迪克？”我边开发票边问他。

“好多了，不过还是很痛。”

“我想，”我把发票递给他，“即使复原后，你也不能做太多的活儿。”

“那不成，”他摇摇头，“我们人手不够。小哈柏也发生意外了。”

“什么！”

“他的脚给铁叉刺中，结果发炎了。”他说，“伤得不重，不过医生说他得休养很长的一段时日才能再工作。”

事实上，哈柏休息了十个礼拜才回到庄上工作。

那天在酒吧和克莱喝啤酒的时候，他告诉我说，三场意外下来，他们一共得了七百多镑。

“真诱人！”我说，“乔治简直是仙女下凡——他救了你们。他的公司是你们的大恩人。”

克莱对这句话并不赞同，他只是低着头打量杯中的酒：“可是我告诉你吧，他们都是小人。你相信吗，他们不让我们继续投保了。”

“真的，为什么？”

“我收到他们一封信，上面说：‘本公司不拟与贵户继续往来。’你想，这样说还不够明白吗？”

“这也难怪他们，克莱。”我说。其实我对这样的结果一点也不感惊讶。碰上胡家这种几个月内就赔了七百多镑的客户，谁会不打退堂鼓？

“不过，”他接着说，“我们另找了一家公司，把所有的险都转移到他们那儿了。”

“也包括意外险？”

克莱喝了一大口酒。“嗯。”接着，他的脸上浮出受创的表情，“可是这家公司的保费比原先的多了一镑。”

几个月之后新的保险公司也尝到了赔款的滋味——因为迪克跌进牵引机的引擎里。这种意外应该可以致命的，可是他只伤到了拇指。当然，其结果又是八个礼拜不能工作。

那天在他家喝茶的时候，他已经康复了。他对我说：“这回他们赔了一百六十镑。”我发觉他因为这笔赔款而显得容光焕发。

“哈利先生，这还没了呢！我的车子也发生意外了。”

“哦，不！”

“真的。我撞上了别人的车子，结果大灯和挡风玻璃都砸了。”

“真不可思议，你们又领了一笔款，”

迪克回我一个苦笑。“这件事另有内容。你知道我撞的是谁的车吗？告诉你吧，是贝西小姐。坦白讲，是她撞我，不是我撞她，因为她从岔路转进来而没有先按喇叭。不过我保的是第三责任险，必须上法庭辩论是谁的错，保险公司才决定是不是要赔。你想想看，和那么一位漂亮的淑女打官司我会赢吗？所以，我决定放弃要求赔偿，不过事后，我向承办保险的先生提了一下。”

"那么这回你一毛也没领到?"

紧接着,迪克嘴角的笑容向外拉开来。"可是谁晓得几天之后,保险公司的人又来找我,他说他们搞错了,不小心把我的车保成全险。"

"好小子,那你又领了一笔赔金?"

"对。一百五十镑。还不赖吧?"迪克咬了一口放在桌上的芝士饼,脸上的表情又严肃起来。"现在,我们只担心一件事,就是那位保险公司代表把钱交给我们的时候,脸上的表情非常怪异。至少,我看得出他并不很高兴。希望这一家不要像上次那家一样,不愿我们继续投保。"

"是啊,"我说,"我体会得出那将是你们最不愿意的事。"

"嗯。"迪克点点头,"我和克莱是世界上最信任保险的人。"

苏联游记 6

1961年11月3日

我凌晨三点才爬上床，可是船身猛烈地跳动，使我难以入眠。我向窗外张望，只看见漫漫无际的浪头。

远处克莱佩达港的灯火逐渐消失在黑夜中。大副说的没错，咱们的船长不会因为一点风雨就裹足不前。

这一夜，我的脑海都回荡着船长早先对我提出的暴风警告。我记得来的时候，风是从后侧方袭来，可是现在是船头顶着风浪前进——这样会使得船身上下跳动。我曾不止一次地被弹得跳起来，可是却毫无招架的余地。从船身动荡的程度，我可以猜得出某一时刻船头像飞机一样凌腾在空中，而另一刻它又像潜水艇般直贯水里。

窗外的狂风肆虐着，水雾状的浪花不断地扑洒在玻璃上。室内的物品毫不犹豫地四处游荡，好像谁也管不了它们似的。

就这样折腾了半夜，我的耳边到了黎明时分都还回响着复杂的碰撞声。——不用说，我当然一分钟也没有睡着过。

天亮了以后，我观察了很久才发现昨晚发出类似撞击岩石的碎裂声是由于船头猛然坠落，又立刻撞上紧接着袭来的第二股巨浪。我非常担心这艘木船的龙骨还能承受多久这样的撞击力。

看来，我的船友们一定以为我历经了一夜的折磨之后，早已瘫痪在床上爬不起来了。因为今早侍者没有来叫我吃饭，反倒是厨师在八点钟的时候轻轻敲了敲门。

“哈利先生，你躺在床上歇着吧，我马上把早餐送进来。”他隔着门说。

“不，谢谢你。”我回答说，“我可以起来。你先请进。”

他推开门的时候，脸上的表情相当惊讶。因为我施展了壁虎功，将四肢紧撑着床沿。

“你还好吧？”他不可思议地看着我。

“很好。今早吃些什么？”我的姿势并没有因为说话而有所变动。

“嗯……有煎蛋，还有一流的炸香肠。”

“好极了。我立刻过去。”

他又看了一眼才转身离去。

我走进餐厅的时候，只有大副一人坐在桌前用餐。他看见我走进来，眉头扬得半天高，叉子还含在暂时停止咀嚼的嘴里。

“哈利先生，”他很严肃地说，“你是我见过头一个历经这种风浪还不晕船的乘客。”

这句话使我觉得相当光荣。我早就说过，我的胃随便怎样翻搅都不会作呕。

饭后，我终于稍许体验到了晕船的滋味：我挣扎着走到甲板上观看奇景，但眼前忽地腾起又忽地落下的画面使我觉得头晕目眩。我想，这是由于视觉的关系，而非我的胃禁不起考验。不过，这是很不愉快的尝试，所以我又知趣地回到舱房里。

事实上，今天一整天我都躲在舱房里，因为那才是最安全之处。一个像我这样缺乏航海经验的人要是四处乱逛的话，很可能会摔倒在地上。我固然是个不轻易晕船的人，可是谁也不能保证我不会跌断腿或什么的。

照这么看来，之后的几天里，我都得躺在床上看看书报来打发时间了。这也好，反正羊已经送到了，我可以安心地一路摇回家去。

惟一令我感到不自在的是厨师倪森——他的厨房就在几米之外——会不时地给我送食物或咖啡过来。

比方说吃午饭之前，他就推开门，双手捧了张大餐盘给我送食物来。这盘食物包括马铃薯糊和洋葱烩腌肉。

他笑着说："这顿点心比较粗。在丹麦，人们称之为'热恋餐'。"

然后，他站在一旁看着我把一盘的食物都吃光。要是营养学家或减肥专家看到了这种吃法一定会昏倒。我得向各位声明，倪森给我送来的不是正餐，只是开胃菜。稍后，我在正餐的时候还吃了一块巨型牛排和一碗奶油饼干汤。

要是我继续住下去的话，我会胖得跟圆球一样。船上有一名水手名叫卡尔，他的食量号称第一，体型也属冠军。可是现在我开始怀疑像我这样吃下去，有一天他或许会被我超过。

饭后喝杜松子酒时，船长告诉我原先我们要在回程的时候顺道去一趟但泽的,但计划又临时改变了。现在我们要去斯德汀运八百头猪到卢比克。

他预计星期天以前可以到斯德汀,礼拜一则可以到卢比克。——但一切要看天气,像在这样的风速下,我们每小时只能走十公里左右。

现在我写日记的时候,另一只手还紧撑着墙,否则我会给摔在地上。看来,这一夜又将是一场噩梦了。

萧伯纳的『邻居』

1950年,我最崇拜的英国剧作家萧伯纳在花园里修剪苹果树时跌断了腿。刚巧那个礼拜我正在读他的大作,而深深地沉湎于这位才气纵横的大文豪的笔下。我把自己投入剧本的世界里,分享剧中人的情感,陶醉在文学的领域中。

当我在报纸上看这则新闻的时候,真是激动不已。毫无疑问,我的情绪完全被这件不幸的事情控制了。这则新闻以最大标题出现在各大报上,而后的一个星期里,报纸上陆续不断地报道萧伯纳病况的进展。全国的人民都在为他的健康担忧。

我完全赞同新闻界对萧伯纳的赞誉。现在摘录一些词句与各位分享他的荣耀:“文学奇葩”;“他是鼓舞人心、启发人类思想的评论家”;“是本世纪最值得尊敬的剧作家。”

那一阵子碰巧宁静农场的一头小牛也跌断了腿,于是他们打电话请我过去一趟。宁静农场位于约克郡高地上,四周全是长满了石南的荒地。要到那儿,你就得顺坡而下,越过一大片幽暗而充满大蒜味的野菇田,然后爬上对面的山坡。那儿没有明显的道路,只有一条埋藏在石南丛中的泥巴小径。等你千辛万苦地冲过这一片石南后,才会赫然发现农场就在小径的尽头。

山坡上的视野很好,农场附近惟一有经济价值的作物是一丛耐寒的绿色植物。这一道兼有防风作用的树林位于农场的西侧。由于经年累月地遭受风吹雨打,这些树已经规则地倾向谷仓那边,好像一排训练有素的奴仆在向他们的主人行礼。可想而知的是这儿的风从来没有停歇过。

当我走下车时,宁先生和他那两个笨重的儿子无精打采地朝我走来。这一家人的长相和打扮是农村中最常见到的:又红又胖的大脸上布满了岁月所造成的痕迹;一件又破又大的粗布夹克搭在宽而佝偻的肩上。当然,宁先生的儿子艾伦跟哈路也长得跟他们的父亲一个模样。他们二人走路的时候都是双手插着口袋,脖子伸得老长,大皮靴不离地地拖着走,刮得石子路咔咔作响。这是个善良的人家,可是天晓得他们为什么从来不笑。

"现在动手吧,哈利先生。"宁先生戴着他那顶帽顶开花的破帽子,他开门见山地对我说,"小牛在那块草原上。"

"走吧。"我说,"请你带个水桶装点热水,好吗?"

宁先生点了点头,哈路就一言不发地走回厨房。几分钟后,他提了一只凹凸不平的铁桶走出来。

我用手指试了试水温:"刚好,你做得很好。"

我们穿过一扇大门,朝牛群走过去,两只瘦巴巴的牧羊犬也蹑手蹑脚地跟在后面，好像一心想凑个热闹看好戏。

风呼呼地吹上我们的脸颊，要是年老体弱的人也许会觉得风寒刺骨，可是年轻力壮的人却觉得清新凉爽。

十二头小牛依傍在母亲身边，环聚在满布石南的大草沟中。我很容易地就看到了我的患者，因为它正吊晃着一只后腿，用三条腿表演着令人惊异的快跑。

宁先生一声令下，两只牧羊犬立刻以整齐划一的动作冲进牛群中，追咬牛的后蹄。它们向那些落单的小牛展露出整齐洁白的利齿，直到牛都归队后才罢休。队伍集合好后，它们又驱赶牛群回到牛栏里。

小牛受伤的部位在后蹄，我相信一定可以治好它。不过我宁愿受伤的是前蹄，因为如果是桡骨或足骨受损，痊愈后还能恢复原来的形状，而这家伙是伤在胫骨，处理起来比较困难一点。

幸而，他的大腿骨没有受损，否则这将是一场麻烦的大手术。

小牛睁着大眼躺在稀疏的草地上，让哈路扶着它的头。艾伦在后面揪着牛尾，而宁先生则坐镇中央，抱住小牛的肚子。一个乡村兽医最感头痛的就是，当他进行生死攸关的手术时，患者不肯安静地躺着不动。不过我所面对的情况还相当令人满意，因为三双毛茸茸的巨手正像老虎钳似的夹着我的患者。

我把石膏和绷带在温水里浸泡了一下，然后敷在骨折的部位。突然，我发觉我们四个脑袋已经紧紧地凑在一块儿。这是头小牛，差不多只有一个月大。他们父子三人紧张地把脸贴在我身边观看我工作，但没有一个人开口说话。

兽医的工作要想进行得愉快，最好是患者的主人能在旁边陪着聊聊天。在这干燥的约克郡乡下当你满头大汗地进行手术时，要是旁边有个健谈的好帮手，那真是最令人欣慰的事了。这样，我会一边拿着小刀工作，一边挤出可爱的笑脸制造一些轻松的气氛。可是一点用也没有，这儿除了呼呼的风声外，完全是一片寂静。

一声鹬鸟的尖鸣划过静空，使得我们这群人更显得像是跪地祈祷的修士。我开始感到不自在了，这并不是个困难的大手术，用不着大伙儿都屏气凝神地执行任务。我多么希望有哪位能开口说话！

突然，一丝灵感闪过脑际。我想起了报上最近的热门话题。有了话题，不管谈得投不投机，至少可以驱散这片死寂。

"这和萧伯纳的情形一样，对吗？"我故作诙谐地笑着。

岂料沉闷的气氛丝毫未受影响。过了半分钟之后，我确信不会有人回答了。

又过了片刻，宁先生终于清了清嗓子说："你说什么？"

"萧伯纳，乔治·萧伯纳……你没听说他也跌断了腿？"我解释道。

又是一片死寂。我觉得我最好还是死了这条心，乖乖地做我的工作！我蘸湿了石膏和纱布，再把石膏用指甲慢慢裹在小牛的腿上。

这回哈路终于开口接着问："他住在这附近吧？"

"不……不……"我决定要专心搞我的绷带。此时，一股强烈的希望涌上心头——但愿我从来没有提起那个话题过。

当我把锡罐中的绷带倒出来的时候，艾伦也开腔了。

"那他是德禄镇的人啦？"

事情变得愈来愈麻烦了。"不是。"我装着很耐心地回答，"我确信他这一辈子都住在伦敦。"

“伦敦！”三人异口同声地惊叫起来。

过了好半天,他们惊异的表情都没有缓和下来。我把注意力又转回小牛身上,此刻,我诚挚地希望这个话题最好从此消失。可是宁先生却不甘心地喃喃问道:“他一定不是干我们这一行的吧？”

“对,他是写剧本的。”我不敢再说其他的题外话,更甭说“萧伯纳认为德国的瓦格纳是世上最伟大的作曲家”之类的话了。我总算知道我是自找麻烦,自食其果了。

“现在咱们只要等石膏干透就成了。”我说。我坐在湿漉漉的草地上,沉默的气息又再度降临在我们四周。

几分钟后,我用手指弹了弹石膏——它已经硬得像块大石头。我站起来说:“行了,可以放它走了。”

小牛高兴得一跃而起,好像什么事也没发生似的奔回母亲身旁。我很满意地笑了一下,这是我希望看到的结局。

“要过一个月后才能拆石膏。”我说。接着,我们四人并肩走向大门,这一路上仍然听不到一点声音。这真是名副其实的宁静农场。

我知道今晚在宁家的餐桌上一定会有这样的评语:“这家伙真是莫名其妙,老是重复地提到他那在伦敦跌断了腿的朋友。”

“是啊,好像我们都该认识他似的。”

“真是神经病！”

我在回家的途中深切反省。我发誓今生今世绝对不在这些农夫面前谈论那些不住在他们附近的人。

苏联游记 7

1961年11月4日

今早的气候比昨天更糟，而昨晚我依旧彻夜未眠。吃早餐的时候，我发现桌布是湿的，起初我猜想可能是某人不小心打翻了什么东西，所以没有吭声。可是后来我发觉那块桌布一整天都是湿的时，我终于沉不住气了。

船长含笑解答我的疑问。“对了，哈利先生，我早该告诉你的。我们把桌布浸在水里，免得它到处滑动。”他怜悯地看看我，“所以当你发现桌布是湿的时，那表示天气已经糟到了极点。”

我这才恍然大悟，难怪今早吃饭的时候杯盘并没有被摔得乱七八糟。

每当船头从浪峰上落下来的时候，我都不可避免地幻想到船底一定撞上了岩石。可是对其他的水手来说，这倒成了开玩笑的好时机，因为经过这么一震荡，满屋的碗盘都不约而同地飞起来。最喜欢逗我的莫过于轮机长汉生了。

“哈利先生，怎么办，船触礁了！”他惊恐地大叫。接着，在场的人都发出一阵大笑。

这又是悠闲而漫长的一天，我也像昨天一样赖在床上。有一度，我很想到甲板上做做运动，可是最后我还是决定不要冒险较好。其实，不用说上甲板做运动，就连洗个澡都得出生入死。船上的浴室在水手寝室的隔壁，每天我捧着毛巾和肥皂踉踉跄跄地顺着甬道走过去的时候，我都感觉到这是漫长又艰辛的旅途。

路过水手寝室时，我瞥见头发蓬乱的水手们躺在床上。我深信屋里传出的呻吟声绝不是我自己幻想出来的。——照这么说来，这些经验老到的水手们难道也……

今天实在没什么好写的。明天到了斯德汀以后，或许我可以上岸参观一下。

1961年11月5日

今天是我的结婚纪念日，可是我却在波兰的一个港口度过这值得怀念的一天。

今早醒来的时候，外面已是风平浪静。我猜想船一定已经进了斯德汀港区了。我向窗外打量，发现船身紧贴着结满霜雪的码头。外面的雾气很重，码头上只有零零落落的几个钓鱼的人。

不远处有一名波兰守卫，他不像苏联士兵那样背着可怕的重武器，而且会主动地跟人微笑。

稍后，一批官员照例地上船检查并办理登岸手续，其中有一位年轻英俊的波兰军官坚持要检查每一张护照并会晤每一名持有人。

我轻轻地走到船长身边说:“我想上岸逛逛。”

他看看我,想了很久。

“我很忙,哈利先生,而且我们十一点就要开船。”

“还有两小时,”我低头看看表说,“我想,我还是自己去好了。”

“可是你绝对不能迟到。”他竖起一根指头。

“当然,我答应你。”

他点点头,转身继续与那些官员交谈。我独自走下船梯,通过那名守卫,向街上走去。在船舱里憋了几天,能有个机会上陆地舒展舒展筋骨的确是令人兴奋的事。当冰凉的空气冲进我鼻孔的时候,我觉得精神万分抖擞。

走了不久就经过一个军营,营区门口全是健身器材。稍后,我又看到一些妇女正被分配在农地上耕耘。这座城市给我的感觉还是像二次大战时被皇家空军炸毁的斯德汀一样。废墟、没有屋顶的建筑物、龟裂的大楼……波兰人似乎并没有做战后重建的工作。

可是当我走到市中心之后,我看到的又是迥然不同的景象。这儿的街景跟任何的新兴都市一样繁荣。我在商业区逛了几条街,每一次拐弯的时候,我都熟记街角的特征——要是迷路的话,我连问路都不会问。

很显然波兰人非常重视礼拜天,因为我发觉码头上没有人做工,街上的商店也都紧关着门。不过值得一提的是有两家相邻的理发店却开着门大做生意。

我觉得波兰穿着讲究的男士都是一个模样——也就是说,他们的服饰完全相同,就像制服一样。这儿的女士则比苏联妇女会打扮得多了。

斯德汀街上到处是凉亭似的摊点。他们卖报、卖香烟，也卖啤酒，因此惠顾的客人很多。要是我身上有波兰币的话，我一定会买个一品脱啤酒尝尝。

这座城有三十五万人口，但比起克莱佩达，这儿的空气要好得多了。此外，这儿的人们看起来也比较和蔼有礼。尽管放眼望去还是可以看到二次大战轰炸的遗迹，但大体来说，这座城还相当现代化。

街上的巴士不多，但出租车和私家车倒是蛮多的。路边的商店里陈列了很多迷人的衣物，可是橱窗后一张巨幅的列宁照使我想起我还身在铁幕。

一群穿着时髦的年轻人说笑着走过我的眼前，他们的模样和英国青年并无不同。路过一条大河的时候，看到河岸布满了船只的系缆。又路过了几座教堂，但是却只看见两个老妇人走进去。

当一名戴着软皮帽的小老头向我探路的时候，我觉得十分有趣。很显然他也是位陌生人，不过我猜想他应该不会比我还陌生。

现在天气比方才又冷了一点，不过走了那么长的一段路，我反倒觉得浑身发暖。我看看表，发现已经离船整整一个小时了，于是我开始往回走。

我在十一点整的时候回到船上，发现波兰的官员还在船长室里。他们一看到我走进来，立刻邀请我坐下，“来，来，大夫，请，请，请。”我猜想他们一定是为了桌上那瓶杜松子酒而留下来的。稍后，我得知在我离开的两个小时里，他们一直很担心我会迷路。“那位英国人还没回来吗？”他们曾不断地问船长。

不过,最吸引他们注意力的当然是那瓶美酒。他们之中除了那位英俊的年轻军官之外,每个人都喝了好几杯。

我聊了一会儿,立刻下到栏舱里察看猪。我们和这些动物只有二十四小时相处的时间,所以大家对它们好像并不关心。猪是很有趣的动物——它们嗜爱打架,因此我不禁担心要是八百头猪打起群架来我该怎么办。

幸好波兰猪似乎比英国猪冷静一些,我发现它们个个躺在地上呼呼大睡,对我的光临一点都不感兴趣,更不用说它们还会有精力去厮斗了。

中午,我听到猪栏中传出刺耳的尖叫声,于是我立刻冲到下面去察看。结果发现它们只是因为拥挤起了些口角——要是在约克郡,我一定会看到一只被撕裂的耳朵或脖子上有一道伤口。因此,我更深信波兰猪是极爱好和平的动物了。

在到达卢比克之前,我们必须喂它们吃一次马铃薯。

水手们都很不愿意运猪,因为它们的味道很重。而到现在我才真正体会出他们的感受,据说,在夏天的时候,猪的体臭味可以蔓延至驾驶舱。

下午,我爬上甲板欣赏风景。我们的船正在奥德河上推进。这一段航程全是湖泊和河流。我想,这才是真正需要领港的地方。

接着,我们的船穿过了全世界最奇特的沼泽湖泊区。放眼望去,但见绵延的苔原和错落于其中的小湖泊。这儿除了几群掠过低空的野雁之外,完全没有生命的迹象。

四个小时之后,河道变成了狭窄的水道。过了水道就是苏联在波罗的海的大军港。我看到码头边停放了许多大战期间被击毁的军舰和潜艇。

出了港区后，船又进入了汪洋大海。不过现在风势已经缓和，站在甲板上也舒服多了。

我向陆地上眺望，远处松林茂密的海岸紧连着海水。海岸之后则是无际的沙丘和森林。

我们沿着东德的海岸航行，一直都没有远离陆地。我一整个下午都在甲板上欣赏美景，享受日光浴，直到落日的霞光洒满天际时才回到舱里。

今天船上的水手似乎个个都非常迷人，我想这大概是我结婚周年纪念日的关系。他们热情地和我握手道贺，船长还问我是不是要打电话给太太。

当然，厨师也免不了为我准备了一桌充满英国风味的筵席——香醇的蔬菜汤、烤猪肉、腌火腿、洋芋和马铃薯，最后还附上一份地道的布丁。

晚饭后，大伙儿再度聚在一块儿闲聊，可惜的是才喝了一杯杜松子酒后，船长就觉得两眼发热昏昏欲睡了。这也难怪他，因为过去的二十四小时里，他一共只睡了一个半钟头。

1961年11月6日

卢比克是我这次苏联行的终点。我在卢比克下了船后乘火车到汉堡，再乘飞机到伦敦的希斯罗机场，最后再回到德禄镇。这一路上我有很多的事可以回想。这趟旅行我去了另外一个世界，偷窥了最神秘的地方。

还有,那一船友善的丹麦水手及那条两度冲过暴风的小木船都将令我回味终生。我要祝福那位关心我的船长、手艺非凡的厨师及服侍我十天的侍者。但愿他们都会像我怀念他们一样怀念我。

灵丹妙药

“难道兽医的生命中就没有安宁和平静吗？”我驾着车飞快地驶往积穗村的时候心想。现在是礼拜天晚上八点，我正奔驰在公路上，前往十里外的村庄看一只病了一个多礼拜的狗。

今早我忙了一上午，下午带了孩子到山谷中郊游——这是我们每个礼拜的例行活动，我打算让孩子们认识约克郡乡间的每一个角落。

晚饭后，洗完了澡，我还坐在床边讲故事打发孩子们睡觉。就在我坐下来想喝口茶、看看报的时候，海伦接到了这通电话。

现在，我又隔着挡风玻璃，注视着前面昏暗的公路。看到远处山边农家的灯火，心想此刻农夫们一定都围聚在温暖的炉火边享受这宁静的周日之夜。

赶了这大半天路，我都还没有碰到第二辆车。除了吉米·哈利以外，这个世界上大概不会有第二个人还在荒野中奔忙。

当车子驶近积穗村的时候，我的心中涌出了一股自我怜悯之情。

甘太太，板栗巷，四号——这是海伦递给我的纸条上写的。我推开甘家大门走进院子的当儿，心中开始组织待会儿要说的话。

多年的出诊经验告诉我，责怪那些在不恰当的时候打电话来的客户对我自己也并没什么好处。我知道不管你说什么或表示有多不高兴，他们都不会放在心上，而下一次，他们还是依旧选择你最不愿出门的时候打电话来求诊。可是我决定还是要表示我的不满，否则我会觉得很窝囊。

我并不会骂些粗鲁的话，也不会表现出很无礼的态度，我只想再次声明我的立场：干兽医的也希望有个宁静的礼拜天；当然，有急诊时，咱们很乐于相助，可是病了一个多礼拜却选在这种时候找咱们来，那就有点过分了。

当那中年的矮个儿女主人打开门的时候，我的演讲词已经准备好了。

"晚安，甘太太。"我说话的时候只有嘴唇在动。

"哦，是哈利先生，"她害羞地笑笑，"我们从没见过面，可是我常在镇里的市场上看到你。来，快进来。"

门后是一间灯光昏暗的客厅，屋里的家具都已破旧不堪，客厅的后半部有一道帘子隔着。

甘太太把帘子拉开，后面的窄床上躺了一个瘦骨嶙峋的中年人，他那对凹陷的眼睛正无神地打量着我。

"这是我丈夫荣恩。"她刚说完，床上的那人就举起竹竿般的手臂向我挥了一下。

"这儿是你的患者，赫曼。"她又走了几步，指着一只坐在床边的德国猎犬。

“赫曼？”

“嗯。我们认为这个名字很适合于德国腊肠犬。”他们夫妇俩都笑了。

“当然,”我说,“取得很好。”

那只狗抬头看看我,眼中散发着欢迎的光芒。我弯下腰拍拍它的头,它那桃红色的小舌头立刻伸出来舔我的指头。

“看来它很健康嘛。什么毛病？”

“它一直吃得很好,睡得很足。可是这一个礼拜以来,它走路的姿态愈来愈怪。”甘太太说,“起初,我们也不在意,可是今晚,它突然‘扑通’一声坐下去就站不起来了。”

“嗯。难怪刚刚我拍它头的时候,它并没有站起来。”我把手伸到它肚子底下,把它轻轻地捧起来。“来,小伙子,”我说,“走给我看看。”

它在我的怂恿之下勉强走了两步,可是后腿立刻又坐了下去。

“毛病出在背部,对不对？”甘太太说,“我看它的前脚还挺有力的。”

“跟我一样,我也是站不起来。”荣恩低声地说。虽然他的声音有气无力,可是他的笑容倒蛮实在的。他的太太笑着拍拍他的手臂。

我把小狗抱起来放在膝盖上。“对,毛病出在背部。”我顺着脊椎摸了一遍,希望能找到毛病的根源。

“它是自己受伤的吗？”甘太太问,“或是别人打了它？我们很少放它出去,不过有时候,它会从门缝中溜出去玩。”

“有可能是受了伤,”我说,“但也可能是别的原因。”

“哈利先生，你一定要告诉我真相。”她说，“你想这会是什么毛病？”

“受伤会导致内出血或水肿，而这两种情况都会影响到脊椎神经。”

“那其他原因呢？”

“有很多。比方说，肿瘤或脓疮都可能压迫到神经。”

荣恩那微弱的气声又从后面传了过来：“哈利先生，它会残废吗？”

这倒是个问题。它可能康复，也可能终生瘫痪。“现在还很难说，”我说，“我给它打一针开点药，过几天看看情况的变化再说。”

我给它开了一些抗生素，又留了一些水杨酸盐片给甘太太。

“哈利先生，”甘太太接过药包时，亲切地对我笑笑，“荣恩每晚这个时间都要喝杯啤酒，你要不要来一杯？”

“唔……谢谢你。不过，我不想打扰……”

“不，千万别这么说。我们很希望你留下来。”

她倒了两杯黄褐色的啤酒，又将甘先生从床上扶坐起来。

“我们是从南约克郡搬来的，哈利先生。”她说。

我点点头。我早早就注意到他们的口音了。

“八年前荣恩发生意外后，我们就搬过来了。”

“意外？”

“我是名矿工。”荣恩说，“坑道倒塌，砸断了我的脊椎骨。当时在我旁边的两名工人都死了，只有我一个人捡回一条命。”他呷了一口啤酒。“不过医生说我永远站不起来了。”

“甘先生，我为你感到难过。”

“才不呢!”他轻声说,“你该为我的幸运感到高兴才对。再说,我还有位全世界最好的老婆。”

甘太太笑了。“不过我们很高兴能搬到积穗村来。这儿空气真好,风景又美。你瞧荣恩床边的那扇大窗子,从这里看出去,他可以欣赏好几里路以内的风景呢。”

“当然,”我说,“这儿的确是个好地方。”积穗村高踞于一片山坡的顶端,从荣恩床边的窗口可以看见碧绿的草坡及回绕于平原上的小河。这样的美景经常会逼使我停下车子,走到草坡上逛一圈,可是对甘先生而言,他只能神游而不能亲身践踏那翠绿的草坪。

“养只狗对我很有好处。”他说,“每当老婆到城里买东西的时候,这小家伙就成了我最好的伴侣。只要有了只好狗,你永远也不会感到寂寞。”

我笑着说:“这话一点也不假。对了,赫曼今年几岁了?”

“六岁。”荣恩说,“正是壮年的时候,对不对,赫曼?”他把手臂垂在赫曼的耳朵上。

“它一定最喜欢蹲在你的床边。”

“是啊,除了吃饭和散步之外,大部分的时间,它都坐在这儿。任何时候,只要我把手垂下去,一定可以摸得到它。”

我常发现这种例子,动物们似乎特别忠于它们瘫痪的主人——它们显然很了解自己对主人的重要。

我喝完啤酒后站起来。荣恩抬起头看着我说:“我还得慢慢喝,”他晃晃手里半满的酒杯,“过去我一天要喝六杯呢。”

“甘太太,谢谢你的招待,”我边说边向大门走去,“我礼拜二再来看赫曼。”

甘太太送我走到门口的时候说:“哈利先生,礼拜天晚上还把你叫出来,真是不好意思。希望你了解,赫曼是今晚才瘫痪的,所以我不得不临时打电话给你。”

“哪儿的话,我一点也不在意的。”

车子驶入黑暗中时,我知道现在我真的不在意了。打从我走进甘家两分钟后,我的愤怒就已经蒸发了。像甘先生这么不幸的人都还感念自己的幸运;而我呢,我拥有一切。

现在,我只希望我能医好那只狗——尽管我感觉到绝望的气息笼罩在赫曼的身上,我还是要救它……

星期二我又过去了一趟,赫曼还是一点没变。

“我想我还是把它带回诊所照X光好了,”我对甘太太说,“它似乎一点也没有好转。”

在车里,赫曼高兴地趴在罗丝的膝上,罗丝也兴奋得直拍它的脖子。

回到诊所后,我把赫曼搁在新购的X光机前,然后从各个角度拍了好几张片子。

我不是分析X光的专家,不过我看得出脊椎骨并没有断裂的痕迹。我猜想我隐约可以看到其中两节脊椎的接口处有些异常——如果我的判断没有错的话,那儿有个肿瘤。

就当时的医术来说,我惟一能做的就是继续我原先的医疗法——打抗生素和喂水杨酸盐片——然后观察赫曼的变化。

四天之后,我心中的希望之火完全熄灭了。我用力扯了一下它的后腿，但是它的反射作用几乎已经完全失去了。我知道再过一阵子，它的后半身就会完全麻痹。

一个礼拜以后，我又去了甘家一趟，我所见到的画面完全符合了先前不幸的预言。赫曼看到我走近的时候，无助地拖着后半身向我爬过来。

"哈利先生，" 甘太太低头看看地上挣扎的小狗，又抬头对我说，"现在你认为它还有希望复原吗？"

我弯下腰拧了拧赫曼的屁股，可是它毫无反应。我耸耸肩，实在不知道该怎么回答她。我回过头看了躺在床上的甘先生一眼。

"你早，甘先生。"我尽可能将音调放得轻松一点。可是他没有睬我，只是望着窗外。我走到床边，发现他的眼睛盯着远处的草坡。早晨的阳光把草原映得闪闪发亮，可是甘先生的脸上却黯然无光。看那表情，我真怀疑他知不知道我站在旁边。

我又走回甘太太身边。我想，这一刻该是我一生中最难过的时候了。

"他是不是不喜欢我打扰？"我用气声问。

"不，不，不，是因为这个……"她拿起一份报纸，"是这上面的新闻使他沮丧。"

我摊开报纸，看到一张巨幅的照片。照片中有一只半身不遂的小猎犬，它的后半身撑在一辆四轮小手推车上。看来，它似乎正和女主人嬉戏。事实上，它显得非常高兴而正常——除了那辆小手推车。

甘先生一定是听到了我折报纸的声音才回过头来："哈利先生，你觉得那张照片怎样？你同意这么做吗？"

“唔……我不晓得,荣恩,我不太习惯那种画面。不过我猜想它的主人一定认为那是惟一可行的方法。”

“也许吧。”他的声音有些颤抖,“可是我不愿看到赫曼变成那副样子。”他的手臂又顺着床沿垂了下去。“哈利先生,它没有希望了,对不对?”

“坦白讲,这件事从一开始就很棘手。”我说,“这种病很难缠。我很抱歉,甘先生!”

“我并不是怪你,”他说,“你已经尽力了——就像照片中那只狗的兽医一样,我相信他也尽力了。可是赫曼该怎么办,毙掉它?”

“不,荣恩,你千万不能这么想。有些半身不遂,过了一些时日后会自动康复。我们一定要熬下去,因为我认为它多少还有一些希望。”

我沉默了半晌才转过去对甘太太说:“我很担心它的自然功能会退化,所以你一定要常带它出去活动。如果经常按摩它腰部的两侧的话,或许它可以恢复一些简单的动作。”

“当然,”她回答,“我愿意为它做任何事,只要有一线希望,我决不停止。”

回诊所的途中,我告诉自己,赫曼复原的机会是极微小的。想到甘家的不幸,我几乎压抑不住想为他们怒吼一声。一个残废的人,一只半身麻痹的狗,而那张照片又偏偏在这个节骨眼出现……虽然灿烂的阳光洒在车子里,我还是觉得闷闷不乐。

我继续每隔几天就到甘家去一趟,并经常和甘先生对饮啤酒。他们夫妇俩总是那么和颜悦色。可是小赫曼依然没有起色。它会拖着后半身爬过来迎接我,也会在甘先生的手臂垂下去的时候舔他,可是我可以意识到有一天甘先生的手再垂下去的时候，它已经不在床边了。

渐渐地，我踏进甘家客厅的时候总会闻到一种熟悉的怪味。那天，我追踪着寻找那股怪味时，甘太太和甘先生的脸上突然浮出了罪恶的表情。他们沉默了很久，最后，甘先生终于开口了。

“那是药味——不太好闻，但是我们猜想对赫曼可能会有好处。”

“药？”

“嗯……”他的手指不安地捏着床单，“是比尔给我的。比尔是我从前在矿场的好朋友，上礼拜他来看我，顺便带了些药给赫曼。他对狗很有研究。所以我们也愿意试试他的方法。”

甘太太走到柜子旁边，害羞地把药瓶递给我。我扭开瓶盖，一股异味立刻冲进鼻子里。顿时，我突然想起来了——那是“阿魏”[①]。在大战之前，这种药颇为江湖医生们所喜爱。

我从没有给患者开过这种偏方，不过据说它对马儿的疝气很有效。我猜想人们之所以会相信它有奇效是因为那股恶臭味——很多人都认为愈怪的东西愈具有魔力。我不相信这玩意儿会有什么魔力，更不相信它能使赫曼复原。

我把瓶盖扭回去：“你们就是给它吃这玩意儿？”

甘先生点点头：“嗯。一天三次。它好像不太喜欢吃，不过比尔坚称这种药非常有效。”

“好吧，荣恩，”我说，“继续给它服用，希望能有奇迹出现。”

阿魏并没有害处，而我的疗法又没有效，所以我没有理由劝阻甘

---

① 一种中草药。味辛温，有蒜臭，可作蔬菜、调味品和药物。有理气消肿、活血消瘀等功效。

先生。我猜想他们夫妇一定把最后的一点希望都寄托在阿魏上，因此我也不想扫他们的兴。

一个礼拜之后，我路过积穗村，顺道到甘家看了一下。

“今天还好吧，荣恩？”我问甘先生。

“很好，哈利先生，我很好。”他总是这么说。不过今天他的表情好像有点急切。他把手伸到地上，轻轻地捧起赫曼，“你瞧！”

他捏捏小狗的趾头，赫曼的腿稍微抽动了一下。我立刻拉拉另一条腿，发现它已经有了微弱的反射作用。

“老天，荣恩，”我惊叫道，“它有感觉了。”

甘先生立刻笑了：“是不是比尔的药见效了？”

我既兴奋又羞辱——那是一种职业上的羞辱。“对，荣恩，”我说，“毫无疑问的，是比尔的药见效了。”

他的两眼直瞪着我：“那么赫曼会慢慢康复？”

“现在还只是初期，看不出什么肯定的线索。不过，我相信它会有起色。”

几个礼拜之后，赫曼完全恢复正常了。不过，很显然那是自然康复。坦白讲，我相信那和阿魏一点关系也没有，因为事实证明三十年后的今天，任何半身麻痹的病例都无法用药物复原。

我最后一次去甘家碰巧也是在晚上八点。我走进客厅的时候，小赫曼兴高采烈地跳到我面前，又跳回床边。

“我真高兴，”我说，“它又能像野马一样蹦跳了。”

“可不是么，这简直不可思议。”甘先生垂下手臂拍拍赫曼的后颈。

“我该走了，”我拍拍甘先生的肩，“我只是顺道路过这儿。以后我可以不用再来了。”

“别急着走嘛！”他说，“你不该陪我喝两杯吗？”

我在床边坐了下来。甘太太立刻拉了把椅子，并倒了两大杯啤酒。跟头一晚一样，我喝完了杯中的酒便打量着他们的表情。他们脸上散发着诚挚的光芒。经过这次事件之后，我已经成了他们的挚友。

我不在乎他们会认为是比尔的草药救了赫曼，我在乎的只是甘先生的脸上终于绽开了从未有过的笑容。

甘太太又为我斟了杯酒。她在我正要喝第二杯的时候说：“哈利先生，这是你最后一次来了，我想咱们该干一杯吧！”

“当然。”我的眼光扫了一圈，想找一些祝福的词句。我看到阿魏的药瓶还放在柜子上，于是我说：“为比尔的仙丹干杯！”说完，我举起酒杯。

美丽的母牛

当史杰克瘦长的身子被母牛的肋骨顶压住的时候，我真的吓了一跳。然而杰克本人似乎是一点都不在乎的样子。他的两眼涨得圆圆的，帽子也掉到耳朵上，可是他还是从容地揪起牛尾巴，准备进一步的行动。

我们正在给他的母牛灌碘——这是战后对付因子宫内膜炎而引发的不孕症最普遍的方法。当然，这种工作是很惹动物们厌烦的。每当它们怀疑我会有什么企图的时候，它们就挣扎起来，而像杰克这样只有几两重的人就只有被压迫的命了。

可是这一次我觉得工作进行得很顺利。我把针管轻轻滑入阴道——只要它能静静地站个几秒钟的话，大功立刻可以告成。

"再支撑一会儿，杰克，"我喘了一口气，开始将碘溶液注入子宫内。母牛一感觉到一注液体冲进它体内的时候，就立刻扭动起来。可怜的杰克也就在这个时候给挤压得不成人样。当牛蹄降落在他的脚趾上时，他终于发出了保守的呻吟声。

“好了！”我大叫一声，然后抽回针筒。这头牛还算温驯，所以我们进行得很快。

杰克在危机解除后抱着脚跳到母牛面前，用一连串低沉的声音奚落了它一顿。

杰克并没有一般庄稼汉那种粗犷的身材。事实上，他的脸色大部分的时候都是苍白而憔悴的。他那一脸的皱纹使他看起来比四十岁还要老得多。可是他的微笑却像一盏灯似的能散发光芒。

“还有一两件事，哈利先生，”他说，“首先，我有一头阉牛需要打针，它有点咳嗽。”

我们走过空地，朝另一边的牛棚走去，杰克的牧羊犬雷普也高兴地跟在脚边。一般说来牧羊犬是很独立自主的动物，可是雷普却像小猫小狗一样紧跟在脚边。

杰克边走边拍拍它的脑袋：“小子，你也要来？”其实不只是雷普，杰克的两个最小的孩子也跟了过来。

“爸爸，你上哪儿去？”“爸爸，你要干什么？”他们边叫着边跑过来。他们俩时常在杰克工作的时候出现在牛腿之中，不过杰克一点也不为他们担心。

那头阉牛躺在稻草堆里嚼着干草，看那神情，好像没什么事儿的样子。

“其实它也没什么大毛病，”杰克说，“大概只是受了点凉。不过我听到它咳了几次，我想打一针就会好的。”

它的体温稍微偏高了一点点，于是我给它打了一针青霉素。要是在别的农庄，这种庞然大物绝不会允许我这么轻松地就把针头扎进去,搞不好我为了打这一针还得跟它追逐半个小时。可是这头阉牛却温驯得令人惊讶。当我的针头结结实实地钻入它的肌肉中时,它暂时停止咀嚼并回头不愉快地看了我一眼,然后又继续享用它的干草。

“好极了,你真乖!”杰克抚摸了一下阉牛的脖子,然后回过头对我说:“还有几只羊要请你看看。”说着,他领我走向一间茅屋。“我从没见过这样的羊。”

茅屋里有几只母羊和小羊，我一看到它们就了解杰克的意思了,因为有几只小羊走起路来屁股一摇一晃的,其中有两只甚至会晃得摔倒在地上。

杰克回头对我说:“它们到底怎么回事?”

“它们得了羊羔蹒跚病。”我回答说。

“羊羔蹒跚病,有这种病?”

“这是一种怪病,因为缺铜。最常见的症状是后半身摇摆无力,严重一点的会瘫痪。”

“那就怪了,”农夫说,“它们摄取的铜分一直就很够啊。”

“重要的是在怀孕期间一定要摄取充分。”

他叹了口气:“我知道了。现在请你为它们治疗吧。”

“抱歉,杰克。”我说,“这种病只能预防,不能治疗。”

“那真糟透了!”他把帽子向后拉了拉,“那它们会怎样?”

“病况轻的可能会复原，可是那两只会摔倒在地上的已经部分麻痹了。我想最仁慈的方法就是……”

这时,杰克脸上的笑容突然消失了。这世上最不受欢迎的建议就是劝人处死自己的动物，可是在医疗无效的时候，这是一个兽医必须做的事。

“它们痛苦吗，哈利先生？”杰克的头渐渐低下来，双手也插进口袋。

“不会的，杰克，这种病一点也不痛。”

“那我要把它们留下来。如果它们不能站，我愿意亲自喂它们。我喜欢让什么事都留点机会。”

其实不用他说我也知道他是个什么事都不肯放弃的人。这世上大概没有一位农夫愿意每天亲自喂羊吃东西，可是杰克有他自己的想法。

走出茅屋的时候，杰克对我说：“下次我一定会记得多给母羊摄取些铜分了。”

春去夏来，那两只瘫痪的小羊在杰克的照料下已经渐渐长大了。它们能够站着吃嫩草，可是走不了几步路还是会倒下去。

十月的时候，我驾车经过杰克的农场门口，碰巧遇见了他。他挥挥手要我停车。

“请你下来看看雷普好吗？”他有点着急的样子。

“它病了？”

“没有，只是有点跛。”

我不必走得很远去看雷普——它总是跟着主人。我低头看了它一眼，不由得吃一惊，因为它的右前脚悬着。

“怎么回事？”我问。

“它到牛群中玩耍，不小心给踢了一脚，起初它也没有怎样，可是后来愈跛愈厉害。我实在想不透它伤在哪儿。我检查过好几次，都没有找出毛病。”

我把雷普的前脚轻轻抬起来的时候，它还很兴奋地摇着尾巴。它的腿没有受伤，骨头也没有折断，可是我检查到它的第一根肋骨时，它抽搐了一下。顿时间，我明白了。

“是放射性麻痹。”我说。

“放射性……”

“放射神经绕经第一根肋骨附近，我想牛蹄一定踢中了它的胸口，使放射神经及伸肌受损。”

“那可真糟透了！”他摸摸雷普的头，“它会复原吗？”

“要花很长的时间。”我回答，“神经组织复原得很慢……也许要好几个月，而且医药也帮不上忙。”

农夫点点头：“好吧，那我只好慢慢等了。”他脸上又挂起了笑意，“不过幸好它还能牧羊——要是不能工作的话，它一定会难过死的。”

发动引擎的时候，我决定说些鼓励杰克的话：“不用担心，放射性麻痹十之八九都会复原的。”

可是雷普并没有复原。几个月以后，它的腿还是吊在那儿。它的伸肌和放射神经一定已经完全废掉了，而这一只可爱的牧羊犬终生都将成为三腿怪了。

杰克并没有很失望的样子，他认为雷普还能保持很高的工作效率。

可是真正的不幸直到一个礼拜天的上午才降临。当时我和西格在诊所里安排出诊顺序，突然门铃响了，我打开门看见杰克站在门外。

“什么事？”我问，“它又恶化了吗？”

“没有，哈利先生，”农夫的声音有点粗嘎，“它受伤了。”

我们把狗抱上手术台。“胫骨断裂。”西格说，“没有内伤的迹象。到底是怎么回事？”

杰克摇摇头说：“法先生，我也不清楚。它跑到村路上，结果给汽车撞到。我看到它的时候，它正爬进大门口。”

“咱们开始动手术吧。”西格低声说。

雷普骨折的那条腿跟上次瘫痪的腿碰巧是在同一边。西格和我都明白雷普的命运——前腿得了放射性麻痹症，而后腿骨折……我不晓得它该怎么走路。我和西格把石膏敷好后，便帮着杰克把雷普抱进汽车的后座。

杰克在摇上车窗的时候对我说：“今早我要带全家上教堂，我会率领家人为雷普祷告的。”

我看着他的车子消失在街角后才回身走向诊所。

六个礼拜后，杰克又带雷普来拆石膏。

“拆石膏比上石膏要麻烦得多。”我边说边用小锯子工作。

杰克笑着说：“我看得出来，这玩意儿很硬。”

我一向就讨厌这种工作，而不知道过了多久之后，我才除去那一块块厚重的石膏。我摸了摸骨头断裂的位置，发现碎骨还在里面游动。看来，我们的治疗完全是枉然的。这时，我听到西格正在隔壁拍药瓶，于是我把他请过来。他摸了摸雷普的脚。“该死！一点起色都没有。”他看看农夫，“杰克，咱们还得再来一次。”

我们又重新为雷普上石膏的时候，杰克站在一旁说：“我想可能是时间太短了,这次久一点一定会好的。”

可是它还是没好。我和西格第二次拆开石膏时,情况完全没有改变。

那天,我们三人沉默地围着手术台,过了半天,我才打破寂静说道:“很抱歉,杰克,还是一样。”

“你是说骨头无法愈合?”

“可以这么说。”

“那么,那只脚废掉了?”农夫用食指搓搓上唇。

“对。因为它无法支撑重量。”

“那……那……至少它还能走路吧?”

“杰克,”西格轻声说,“它不能走路了,因为两只废脚都在同一边。”

又是一阵沉默。我发现杰克脸上常驻的笑容又消失。他知道我们在想些什么,可是他决不会这么做。我知道他下一句话要说什么。

“它痛苦吗?”

“不,一点也不痛苦。”西格回答,“骨折不会痛,麻痹也没感觉。可是问题是它不能走路。”

然而杰克已经把狗抱在怀里了。“我还是要给它留个机会!”说完他走出门外。

“吉米,你有何感想?”西格撑着桌看看我。

“大概跟你一样。”我忧郁地说,“可怜的杰克,他是个永远不肯放弃希望的人。可是这一回他完全没有希望了。”

可是我错了。几个礼拜之后,我又到史家去看一头牛的时候,首先映入眼帘的便是雷普——它正在赶牛群进栏。它在牛群前后绕来绕去,并引导它们走向栏门。这一幕使我愣了足足有一分钟之久。

虽然它无法控制身体的平衡,可是它跑起来还蛮像回事儿的。各位不要问我它是怎么跑的,因为我也不知道。我只能猜测它是用左边的两只脚着地,然后以脆弱的右腿向前拨。也许它的平衡技巧是向骑独轮脚踏车的特技表演者学来的,也许它是天生就会的,可是我发誓,就是打死我我也说不出它为什么跑得那么完美。

杰克并没有说些"你瞧,我不早说过吗"之类的话,可是我却觉得羞愧万分。

"你瞧,哈利先生,"杰克指着牛棚中的一头小牛说,"我从没见这么怪的牛,成天不停地绕圈子,好像中了邪一样。"

那是一头很瘦的小牛,大约只有一个多月大,它正趴在草堆上歪着头看我。杰克走过去扯了扯他背上的毛,它立刻站了起来。

当它站起来以后,神经病立刻就发作了。它开始以稳健的步伐沿着墙边绕圈看那光景,它好像给磁铁吸着往前拖似的。

我静静地观察,直到它绕累了又倒下去休息的时候,才恍然大悟。我半忧半喜。喜的是我找出了它的毛病,而忧的是我未必能治好这种怪病。

它的体温是41.1度。

"这是一种叫作'绕圈症'的怪病。"我说。

他木然地看着我。

"这跟脑有关,它已经失去控制行动的能力而只知道不停地走。"

"老天,求你帮帮忙,我这农庄一定有什么问题,否则我的动物为什么一只接着一只失常得怪病?”他停了一会儿,然后弯下腰抚摸着小牛的背。

“杰克,不瞒你说,这种病和羊羔蹒跚病一样难缠。不过运气好一点的话,我或许可以使它恢复正常。”

在抗生素没有问世之前,有关脑部组织的病症是绝少有复原希望的。可是自从使用抗生素以来,我屡次见到几天内就完全康复的病例。

我摇了摇手里的青霉素药瓶,然后注射5cc在牛的大腿上。“我明天再来,”我说,“但愿到时它能有起色。”

第二天,牛的体温下降了,可是症状并未减轻。我又打了一针,并告诉杰克我还会再来。

我又连续来了好几次。到最后,小牛的体温和胃口都已恢复正常,只是绕圈的情况仍丝毫没有改变。

“你觉得进展如何,哈利先生?”农夫问我。

我觉得命运和我作对,我觉得这座农场上似乎有种不祥的力量……

我几乎想尖叫一声以舒泄心中莫名的闷气。“很抱歉,杰克,咱们毫无进展。抗生素只能使它不致丧命,但无法挽救它受损的脑部组织。它大概没有复原的希望了。”

“它是头好牛,将来会生产最纯的鲜乳。你瞧它的身材和毛色……咱就给它取名为白兰好了。”他好像并没有听到我说的。

“可是,杰克……”

他搂着我的肩,把我拖向广场。“谢谢你了,哈利先生,我知道你已经尽力了。”很显然,他不打算继续医治它了。

离去前，我又回头看了那头小牛一眼，它还在孜孜不息地绕它的圈子。回到车边的时候，雷普摇晃着走到我脚边，那只垂吊的前脚似乎在向我的医术抗议。我到底是哪一门子的兽医?!

我知道杰克不打算听取我对白兰的任何劝告，他的表情在告诉我他决定给白兰一个机会。

事实又再次证明我的诊断错误，而杰克的决定是正确的。不过这次我不能怪我自己，因为白兰恢复正常的经过是史无前例的。

它的脑组织在之后的两年里以极缓慢的速度逐渐恢复了正常功能。虽然那过程缓慢得令人无法察觉，可是每次到杰克家出诊时，我都看得出白兰比上回又进步了一点。

起初，它步行的速度减慢了；后来，它改成偏着头原地踏步；到最后，它竟能静静地站着吃草了。当然，这时候的白兰已经是头两岁的小母牛了。

"杰克，"我说，"真妙透了！原先我确信这是不治之症，可是它竟然完全恢复了正常。"

农夫向我笑笑："我早就说过，它是最好的母牛。可是……"他竖起一根手指，"你知道吗，它并没有完全复原。"

"没有……你是说……"

"我是说，它还有一点毛病。"他把嘴凑到我耳边，"你注意观察看看。"

我盯着母牛看了老半天，它也冷静地回看我。过了一分钟后，我回头对农夫说："我看不出什么名堂来。"

"再看看，"杰克说，"一定看得出来的！"

“老天……”我说。

“看到了吧？”农夫笑着拍拍我的肩。

我当然看到了。白兰冷静的表情每隔几分钟就会向右倾斜一下，而右眼也会跟着眨一眨。这使我想起公路边欲搭便车的少女的表情——她们也是倾着头挤挤眼。

“我打赌你从没看过这种牛。”杰克一直笑个不停。

“不错，我的确没看过。不过我想再过一些时日它也许会完全恢复正常吧。”

农夫点点头。“但愿如此。”他说，“知道吗，我觉得它好像有什么话想跟我说呢。”

“可不是吗，”我说，“也许是想谢谢你救了它一命。”

“不，”杰克说，“应该说是谢谢‘我们’。我想在下次市集以前它就可以生产了。”

白兰终于长成为一头典型的德禄母牛。它在生产过后，每天都能供应纯净洁白的牛乳。八月的时候，镇上举办了一次健康母牛大赛，白兰自然也成为角逐者之一。

大赛的裁判是罗先生，他是位细心的大块头，因此他的判决应该是很客观的。比赛那天，他从排成一列的母牛面前慢慢走过。很显然，这些母牛都一样漂亮，因此，他不得不用放大镜仔细观察它们的眼睛。

白兰站在排尾最靠近观众席的地方，杰克则拉着绳子站在它旁边。就在罗先生用放大镜仔细研究白兰的眼睛时，事情发生了。当时我站在白兰的后面，所以看不见它的表情，不过我猜想它一定在罗先生用放大镜贴着打量它眼珠的时候，狠狠地眨了眨眼。因为我发觉罗先生的眉毛突然跳起来皱成一团，过了好久都没归位。他迟疑了半天，很不自然地走向下一头牛。在检查下面几头牛的时候，他还屡屡回头望白兰。我知道他一定怀疑刚才到底是不是幻觉。

评审揭晓的时候，我和杰克都同时跳了起来，因为白兰得了第一名。裁判罗先生走下台向杰克道贺的时候，我简直感动极了。

“我的白兰简直跟女人一样美丽动人！”杰克对罗先生说。

“是啊，”罗先生把挂在脖子上的放大镜收回口袋里，“事实上，它的某一个动作跟人类完全一样。”

前往土耳其

现在我再谈谈1963年间的事。那天古约翰又来看我，他沉坐在椅子里笑着说："你知道么，我时常会想起你的苏联之旅。坦白讲，我看得出你对那次旅行并不觉得很满意。你差点入狱；遭受恶犬袭击……发生了这么些事，难道你还会高兴吗？我甚至觉得把你送上船是我的错。"

"约翰，请不要这么说。"我说，"我很怀念这趟旅行，我想即使事先晓得会发生这些事，我还是会去的。"

他坐直了说："我一直在想，经过这次探险之后，你应该享受一段休闲的日子。关于这点，我倒有个好建议。"

"说说看！"

"是这样的。"他靠过来，两眼发散着热忱的光芒。约翰是个极具说服力的人，因此在兽医事业的发展上可说是平步青云。"去年春天我押送了一批泽西种的母牛到伊斯坦布尔去，那真是一趟难忘的旅行。怎么样，你有没有兴趣？”

“伊斯坦布尔？”我的脑中立刻浮现了东方神秘的色彩：清真寺、尖塔、蓝天、静海、香料、胡椒……

“吉米，这一趟非常值得。我们从赫尔出发，先到泽西上牲口，再经过直布罗陀海峡驶入地中海。那儿真是风光明媚，水波不兴，牛舒服得就跟在陆地上一样。你可以看到梦幻中的世界：希腊列岛、亚洲大陆及东方神奇的风采。”

“听说伊斯坦布尔是座神秘的城市。”

“当然。”白约翰说，“所以你一定得亲自去见识一下。”

“到那儿有时间上岸溜达吗？”

“有。这一趟旅程共有七天，而你有两整天的时间可以去游览。船一到码头牛立刻运下船，所以你可以不必留下来看护它们。此外，出口公司还会招待你住一夜一流饭店，把你侍候得跟贵族一样。”

“跑这趟还有钱可拿吧？”

“当然。”

“你想我真能去吗？”

“吉米，你是最合适的人选了。”约翰笑着说，“八月就有一趟航班，如果你有兴趣的话，我立刻帮你登记申请。”

这就是我另一趟探险的开始。之后的几个礼拜里，每当我驾车出诊，并看见青葱的原野掠过窗边的时候，我就不禁联想到未来的土耳其之旅。这回，我不会再遇到滔天巨浪，因为约翰说过，地中海风平浪静、阳光充足，极少发生暴风。

八月初的时候，我接到了一通出口公司的业务代表郭顿先生打来的电话。

“我希望你能在八号礼拜四下午两点到我们公司来一趟。”他说，“然后，我再送你到盖特威克去。”

“盖特威克？”

“对，晚上八点钟有班飞机从那儿起飞。”

“飞机?！我以为我们是坐船去呢！”

郭顿先生笑足了一分钟才说：“你为什么会认为一定是乘船去？”

“古约翰说的。”

“那只是碰巧他去的那次是乘船，所以他以为以后都是如此。事实上坐飞机比坐船要省时得多，也许不到四天你就可以回来了。”

“原来如此。”其实我并不希望这么快就回来，我喜欢有足够的时间让我拜访中东。不过坐飞机旅行也许别有风味，所以公司如何安排对我来说都无所谓。

“好，”我说，“我准时到公司找你。”

临行的前一天，我备好了跟苏联之行相同的行头：抗生素、钙、针筒、绷带和缝合工具。我希望这一趟都用不上这些东西——尤其是摆在箱角的那支安乐针。

1963年8月8日

在开往伦敦的火车上，我的兴致越来越高。我很喜爱飞行，更希望看看牲口们坐飞机会有些什么反应。上回去克莱佩达的时候，我看到了羊群在晃荡的船上一些有趣的反应，而这一次与牛共同飞翔一定别有一番趣味。我听说有位兽医押送一群赛马到美国去的时候。一匹顽劣的马把飞机隔舱板踢了一个洞。我曾为这一点担心过，不过想想泽西牛都是温驯安静的动物,我应该不会碰上这种麻烦的。

这回,我还带了一架相机。我相信土耳其一定有很多珍贵的画面值得记录下来。

郭顿先生和蔼而友善,我们一同乘火车到盖特威克后,立刻就赶往机场。到了机场后，我一眼就看见停机坪上有一架银灰色的巨型飞机。

“老天,这架飞机真大。”我说。

郭顿先生点点头:“对,据我所知这是当今世界上最大的机型。”

我不晓得他说的是不是真的，不过面对着这么一架庞然大物,你很难怀疑他的话就是了。我走近飞机时才发现机身上的油漆都剥落了,轮胎上的花纹也磨平了。

我爬进这架四引擎的飞机后,更感觉到它的老旧,机上所有的金属设备都给触摸得发亮,坐垫里的弹簧也把椅套撑得凹凸不平,座舱后的一面旧帘子隔出了一间简陋的厕所。看来,这架飞机该有一百多岁了。

我向机腹至机尾之间宽广的空舱打量的时候，郭顿先生对我说：“很壮观吧？这是大战期间运送部队的运输机。”

我默默地点点头。大战期间？那它真是够老了。

稍后,我们一起回到机场大厦中边喝茶边等待牛群。郭顿先生告诉我一共有四十头母牛和小牛,可是到了六点半我都还没有见到它们的踪影。我很怀疑八点钟能不能起飞得了。

最后,两辆载牛的大卡车终于缓缓驶进机坪。我很高兴有两位农友也要与我同行,他们一位叫尼尔,大约三十多岁;另一位叫乔,比尼尔大个几岁。

看来乔与尼尔并非头一次坐飞机，因为他们一下了卡车，立刻配合着机上的一位丹麦机员，把牛群分批赶上飞机上伸出来的电动升降机。

第一批牛都登机后，这两位农友又以熟练的技巧把牛群排成六头一队。稍后，他们还将一列列的铁槽搁置在牛队之间。

我看得出他们并不是一般的农夫，因为在登机过程中，我没有听见他们说一句粗话。我只看见他们不时轻声地交谈，或斯文地相互点头示意，而那些牲口也安静地鱼贯步入工人为它们安排的位置。从前我就相信泽西牛是世上最听话的动物，现在我对这种想法更深信不疑。

我必须承认这些牛都是我平生所见过最高雅的动物，它们的皮肤滑润而富有光泽，眼光仁慈而有智慧，走起路来井然有序。

那天相当炽热，因此乔和尼尔脸上的汗水就不断地直流而下。不过他们并没有显出不耐烦的样子，跟所有的约克郡农夫一样，他们把苦差事视为理所当然。

在大部分的牛都上飞机后，机长华先生才和他的机员们提着皮箱走过来。华先生身高一米九，所以当他走过来的时候，是不可能没有感觉的。他穿了一身深蓝色的制服，一脸灰色的大胡子使他更具权威性。

与他同行的还有领航员艾德、机械师大卫。他们都是年轻的美国人，穿着也比较随便一点。

跟我预料的差不多，他们直到十一点才把牛全部安顿好。两位农友在牛槽中搁了些干草。一条条拱形的背脊在昏暗的舱灯下晃动着，仿佛水面上不规则的波漪。由于舱内很闷热，我很担心牛会氧气不足，但愿起飞后空气会好一点。

郭顿先生在和机长商谈了片刻之后才准备再离去。他握住我的手。

“哈利先生，祝你旅途愉快！”他说，“你们会在罗马加油，然后于明早抵达伊斯坦布尔。我想你一定会喜欢那儿的。祝好运，再见！”

想到这么巨大的一架满载的飞机届时就要靠那么几个光秃秃的轮子冲降下来，我的心中不禁又涌起了一阵不安。

我和乔与尼尔三人静坐在座位中等了老半天却什么事也没发生。我听到驾驶舱中传出讨论的声音，过了一会儿，机长探出脑袋对我说：“你是负责照料这些牛的吧？它们很容易受惊，你最好盯紧一点。”

“当然，”我很自信地说，“这是我的职责。”其实，我还不知道当这架巨型怪兽呼啸而起的时候动物们会有何反应呢。如果它们因为惊悸而扭断了腿，那我只好打安乐针了。

在漫长的等待时间里，两位农夫和我聊了一些他们饲养泽西牛的经历，我也向他们述说了一些在约克郡行医的故事。大约凌晨一点左右，四只巨大的引擎终于咳了几声，并旋转起来，然后飞机开始慢慢滑向跑道。

这是我期待的时刻。我在引擎发出震耳的咆哮声时转身盯着四十条脊背。我感觉到机身在向前冲刺，接着机头扬起，开始向上爬升。

在这期间，那些高雅的泽西牛只含蓄地晃了晃身子，它们一只只冷静的眼睛都投向我，似乎在告诉我一直都很好，请不用担心。

谢天谢地，飞行似乎是牛的最大嗜好。我向和谐的后舱打量了最后一眼,心中轻松了不少。

有一点值得我感激的是飞机爬高之后,舱内的空气就凉爽多了。

这一天对我和那两位农友来说都是够劳累的了。打从天亮起,我们就出门,直到现在才奔上正式的旅途。因此,我们三人都在座位上打起盹儿来。几个小时之后,我突然醒了过来。我看到飞机降落在一条跑道的指示灯上,于是我立刻回过头察看牛群,可是它们仍旧跟起飞的时候一样安静。

飞机停稳后,我看见窗外有一列灯管排成的字母——慕尼黑国际机场。

“一定是在加油。”尼尔低声说。郭顿先生说过我们应该在罗马加油的,可是这儿却是慕尼黑。我实在搞不懂行程为什么又变动了。

管它呢,反正我们靠着那几个秃轮子安全地降落在跑道上,而稍后又顺利地起飞升入空中。

凌晨五点前后,我和两位农夫都困倦得瘫睡在凹凸不平的破椅子里。这时,乔轻轻地摇醒我,尼尔示意我们跟着他走。我们踉跄地穿过牛阵一直走到机尾才发现那儿堆了一大片干草。于是三人不约而同地躺了下去。

虽然这不像船上的床那样有摇摆催眠作用,可是在困得死去活来的当儿,一片这样的干草不啻是天堂。我一闭上眼就觉得自己已经随风飘入了梦乡。尽管我现在也许飞翔在捷克上空一千英尺之处,可是德禄镇的气息依旧围绕在我的四周。我闻到干草的清香味和牛身上淡淡的骚味……这些都足以使我沉醉在家乡的幻境中。

我再次睁开眼睛的时候,耀眼的光线立刻钻进瞳孔里。我看了看表——七点整。那两位农夫还麻木地陷在稻草堆中。我略带紧张地观察了一下牛群,却发现它们跟在家乡的牛棚中一样满意。这真是和平的一幕。

然而,驾驶舱中却一点也不和平。我看见机员们突然从座位上跳起,然后立刻向机身的右舷处张望。我扶着舱壁走到窗边,朝机翼的方向看。右翼靠内侧的引擎已经被关掉了,四片桨叶的下方喷出了乌黑的汽油。驾驶舱内的机员们都没有吭声,但我猜想他们的心跟我一样扑通扑通地跳着。

我定神看了几秒,发现情况比我想的还要糟,因为那架引擎中突然冒出了火焰。我永远也无法知道机员们是如何把火苗熄灭的,不过我确信当我回过头看他们的时候,他们的脸上都露出了胜利的微笑。

这时,我听到耳边有人用气声对我说:"这架飞机差点把我们的命都丢掉。"乔的脑袋也凑在窗边,显然刚才那一幕他全看见了。

飞机继续以剩余的三架引擎划过清晨的天空。不久,我看见下面有许多拱形的屋顶和尖塔。这真是一架差点害我们送了命的老爷飞机。不过,它毕竟还是把我们送到伊斯坦布尔了。

钢琴演奏会

每当李雯小姐举办每年一度的钢琴独奏会时,我就想起盖先生说过的一句名言:做父母的一定要有铁石心肠。

李小姐今年五十多岁,是镇上许多从六岁至十来岁的孩子们的钢琴老师。每年她都要为孩子们举办一次钢琴发表会,好让家长们了解子女琴艺的进展。这一回举办发表会的时候,小吉米才满九岁。为了迎接这一天,他曾不太热心地准备了好一阵子。

在像德禄这样的小镇里,几乎人人都互相认识,因此,当骄傲的家长们鱼贯涌入排好座位的大厅中时,你可以看到大家都在和他们四周的人点头微笑。这一天,我坐在靠中央走道的旁边,海伦坐在我的右侧,再过去一点就是雷查森家的牛仔华杰夫先生。他正襟危坐着,好像在参加一场重要的音乐会似的。

他穿着他的“周日礼服”——一件黑色的斜纹西装。要不是那件西服的料子很结实的话,它早就会给华先生一身的横肉撑裂了。我看得出华先生那张红润的脸上抹满了面霜,而他那野草似的头发上也敷上了一层亮光蜡。

“嗨,杰夫,”我说,“你的小孩今天也要上台?”

他缓缓地回过头向我笑笑:“对,哈利先生,是玛莉。她很有弹钢琴的天分,希望今天下午她能发挥出自己的水准。”

“她一定会的,杰夫。李小姐是一位杰出的老师,玛莉一定会让她满意的。”

头几位上台演奏的都是年纪很小的幼童,他们穿着短裤、长袜很害羞地走上舞台。坐上琴椅后,他们的双脚垂挂在空中,连踏板都碰不到。

尽管李小姐站在一旁指挥并鼓舞她的学生,小孩们还是会不时犯一些小错误。不过台下的家长们对于演奏者的错误都报以掌声和微笑;而在小曲子演奏完后,每一位孩子都得到了如雷的掌声。

然而,我发现愈往后的孩子愈大,他们弹奏的曲子也愈难,因而大厅中的气氛也渐渐地由轻松转成紧张。现在台上的错误已经不像先前那样可以一笑置之了。当水果商的女儿珍妮弹到一半停下来并低着头好像快要哭出来的时候,大厅中宁静得令人窒息。顿时,我觉得手心冒汗,牙关紧闭。我发觉我们不是在观赏音乐会而是在与台上的演出者一起受罪。

当玛莉步上舞台的时候,她的老爹挺直了腰杆,两手紧抓着膝盖。

玛莉前面弹得很好,可是到了中间很显然是碰上了一些较复杂的和弦,因此不和谐的噪音频频出现。她知道自己弹错键了,于是停下来又重弹一次,然而台下听到的仍是刺耳的噪音。

“不,应该是E和弦,亲爱的。”李小姐在一旁悄悄地指点她,可是她还是弹错了。

“老天,她永远也弹不对了。”我对自己说。这时,我觉得体内的每一束肌肉都缩得紧紧的。

我偷瞄了华先生一眼。他的脸色一向是通红的,可是此刻,我看见一张惨白的脸。在他身旁的华太太把身子倾向前,嘴唇微微张着,舌头不时地抖动着。

玛莉大约重弹了六七次才弹对,这一段时间对全场观众来说几乎是静止的。当她终于迈向后半段曲子的时候,每一个人都在座位上挪动身子,换了个姿势。

玛莉之后的几位演出者都顺利地弹完了他们的曲子。接着,终于轮到小吉米上台了。

毫无疑问, 大多数的父母从他们的子女走上舞台后就开始受难。虽然小吉米几乎是吹着口哨走上去的,可是我的手掌还是在霎时之间冒出汗来。我不停地告诉自己,这实在没什么好紧张的,可是一点用也没有,我的呼吸几乎停顿下来,两眼也愈张愈大。

小吉米演奏的是《米勒舞曲》。这首曲子是以快板开始,然后突然停顿下来,再经过一段变奏的转承之后进入快板的结尾。作这首曲子的人利用节奏上的变化,使全曲听来生动而有趣。

小吉米以轻快的速度弹完了前半段之后, 开始迈入徐缓的副曲。我焦急地等待他再起飞冲入快板的结尾,可是什么也没发生,他弹完了副曲之后休息了一两秒又回弹了一遍。

我的心沉重地运动着。儿子,快弹下去啊!我知道你会的——在家里你不是弹过一百多次了吗?我那无言的呼唤与祷告似乎一点作用也没有,因为小吉米索性停下来用无辜的眼光看着台下的观众。

李小姐轻柔的声音回绕在死寂的大厅里:“要不然,你从头再来一次好了。”

“好吧。”小吉米满不在乎地说。

于是轻快的音符又跳跃于席间。当他迈入那致命的副曲时,我禁不住闭上了眼睛。接着,我听到悠扬而动人的副曲,然后……又是一片空白。我眯着眼偷瞄了小吉米一眼,他一点也不紧张,只是无所事事地坐在琴椅上。

要不是李小姐及时开口的话,我想全场的观众都会被那尴尬的死寂逼得发出尖叫。“我看,咱们再从头来一次好了。”她说。

“当然,当然。”小吉米泰然自若地说。

偌大的礼堂开始笼罩了不安的气氛,我相信所有的家长对《米勒舞曲》熟悉的程度已经不下于我了。出了大厅以后,这首歌应该是人人都会哼了。

小吉米以熟练的指法弹完了前面的主曲, 然后进入副曲……接着,又是一片寂静。

海伦的膝盖开始发抖了。她的脸色惨白,但是还没有打算要昏倒。

小吉米静坐在台上,手指敲击着琴键旁的木边。我向四处打量了一下,发现每位观众都张着嘴,垂着舌头。

在这紧要关头,李小姐又化解了一次尴尬的气氛。

“没关系,吉米。”她说,“就弹到这儿好了,你回去休息吧。”

我的儿子毅然站起来以不急不缓的步子走下台。

我沉坐在椅子里。这下可好，小吉米把最后一点点的尊严都丢了。虽然他看起来一副无所谓的样子，我猜得出他对这种静悄悄的下台方式一定也感到羞愧。

当然，最感到困窘的就是我和海伦了。尽管一些仁慈的父母在此刻回过头向我们展露安慰的笑意，可是我们丝毫没有觉得好过一些。

后半场的表演使我更感羞愧。后上台的几位大孩子弹的都是些古典名曲，其中包括了莫扎特的奏鸣曲和舒伯特的即兴曲。我永远记得他们下台时厅内爆起的掌声有多震耳。这是一场成功的音乐演奏会，每一位孩子都发挥了才能——除了没有弹完就下台的小吉米。

最后，李小姐上台致词："各位先生女士，非常感激您的光临。相信各位都看到了孩子们的琴艺，希望您和我一样感到欣慰。"

又是一阵热烈的掌声。我在观众都挪动椅子站起来之后对海伦说："咱们走吧。"她柔弱地点了点头。

可是李小姐并没有说完。"还有一件事，各位先生女士，"她举起一只手说，"我知道有一位演出者实在可以弹得更好的，我想今天就让他这样回家他一定很难过。所以，我相信各位一定乐于再给他一次机会。吉米，"她向台下比了个手势，"吉米，我想……我想，你是不是愿意再上来试一次？"

就在我和海伦交换了惊恐的一眼的时候，台前传出了一声迅速的反应。那是我们儿子的声音——"好，我愿意！"

我简直不敢相信！咱们的烈士绝不可再丢一次人！可是事实是无法改变的——众人又陆续坐下，同时，一个小身影踏上了舞台。

我听到李小姐对观众宣布："吉米要为各位演奏的是《米勒舞

曲》。”——这根本不用介绍，我相信全场都知道。

我以前所未有的惶恐心情坐回椅子上。当小吉米的双手落在琴键上的时候，紧张、窒息的气氛又降临于这间大厅。

轻快的音符又开始了，我屏住呼吸等待下面那生死关头。我有把握他还会再停下来，届时，我也会昏倒在地板上。

我不敢瞥向四周，事实上，我连眼睛都是闭起来的。这时，我只恨人类不能闭上耳朵。副曲开始了，我听到一阵平缓的音符，然后是片刻的停顿；接着就在我准备昏倒的同时，舞台上又传来了雄壮的尾奏。

不过我并不敢就这么放心地张开眼睛。我一直忍到乐曲进行到最后几个和弦时，才将眼睛眯成一丝缝偷窥台上的情形。我看见小吉米把手抬得一尺高，然后猛然下坠按出最后一个和弦——那模样就像一流的钢琴名家。

我相信这间大厅里从没有爆发过这么震撼的掌声。小吉米在掌声、欢呼声及喊叫声中风度翩翩地站起来走到舞台边。他是个绝不会轻易放弃这种疯狂时刻的人，因此，我看见他背着左手、举起右手向台下挥舞。他的脸上挂着亲切的微笑，脑袋还很优雅地倾斜着。

当他以平稳的脚步走下台阶的时候，厅内的音爆到了最高点。然后，我看见所有的眼光都随着他行进的方向而移动。

走出大厅的时候。我们碰见了小吉米的校长莫小姐。她正在擦眼泪。

“哦，老天！”她说话的时候几乎换不过气来，“他真是太可爱了。哈利先生，你这一辈子都将享用不尽他所带给你的荣耀！”

我驾着车慢慢驶回诊所。我还很虚弱，所以不敢超过时速二十五英里。海伦的气色稍许恢复了一点,不过她呼吸的节奏还是不太正常。她的两眼直瞪着车窗,好像正在梦游的人。

小吉米躺在后座里，两腿兴奋地在空中踢来踢去，嘴里吹着口哨——那旋律正是他弹了一下午的《米勒舞曲》。

“妈！爸！”他用他最擅长的断音法说,“我热爱音乐！”

“好啊,音乐是很好的嗜好。我们也爱音乐。”我从后视镜里看了他一眼。

突然，他从椅子里翻滚了一圈起来，并把头塞在我和海伦之间，问:“你知道我为什么这么热爱音乐吗？”

我摇摇头。

“因为……”——他似乎正在摸索着想找一句最成熟的词句,“因为,它能慰藉人类的心灵。”

兽医生活的插曲

“不得了啦！不得了啦！不得了啦！”电话那头传来一阵尖锐战栗的喊叫声，吓得我差点把话筒摔在地上。“是……是哪一位？”“我是迪克太太呀！噢……多可怕的事啊！”“发生了什么事啊，迪克太太？”“哈利先生，是我的山羊啦！它真是太可怕了！”

迪克夫妇俩都很年轻，不久前才搬到德禄镇附近。迪克先生是位贸易商，今年三十出头，每天都得辛勤地赶到巴邮去上班。迪克太太是位漂亮迷人的少妇，只可惜就是有一点凡事总爱大惊小怪。所以，当她告诉我说她买了一只山羊时，我立刻就开始感到心神不宁，随时都得准备出诊了。

“你的羊发生了意外？”我紧握着话筒。

“不，不是啦，不是羊……是番茄。”

“番茄？”

“对，我先生种的番茄全被那可恶的家伙吃光了。唉！也怪我忘了把温室的门关上，真该死！”

我的脊背感到一丝冰凉。迪克先生视他的番茄如生命。有一回他我带参观他的宝贝，连我都给那些可爱的小东西迷住了。

就像其他刚搬来乡下的人一样，迪克夫妇也开始热衷于一些园艺养殖之类的事。他们在屋后的大院子里种了各式各样的蔬菜，并养了几只老母鸡、几匹孩子们的小马，当然，还有只山羊。但是对迪克先生来说，只有那些番茄才是他的心肝宝贝。

院中有个小小的温室，上次我去拜访他们的时候，迪克骄傲地带我去参观他的十二株番茄树。因为才七月上旬，果实还很青涩，不过从它们那茂盛的枝叶看来，迪克的番茄是相当有前途的。

“多漂亮的果树啊！”我记得我是这么说的。“你一定会有好收成的。”我到现在还记得当时他脸上满足的笑容。

“他每天早上都要数一遍，哈利先生。事实上，今早他临走前还告诉我说一共有两百九十三个番茄。拜托你，哈利先生，请快过来一趟。我怕我先生回来看到番茄没了会把我和山羊都宰了。”她停了一会儿又说，“我想我看到他刚刚经过窗前……噢，天呐，上帝啊，他已经回来了。”

她用力把电话挂上，我可怜的耳朵也震得嗡嗡直响。我挂上电话，并发觉我在发抖。我现在该怎么办？做一个和平使者，去阻止一场凶杀。不管怎么说，迪克先生是位绅士，他为人幽默，从没有任何暴力行为。不过……把话说回来，那只是他对人的行为。如果对象换成了羊，在盛怒之下他不知道会做出什么事来。再说，那头享受了一顿意外大餐的羊说不定也会闹出个肠胃炎或什么的。想着想着，我已经走向那辆老爷车了。

十分钟之后,我也卷入了这场纷争。迪克家是一座古老优美的庄园,门口有条宽阔的车道,两旁是花园。我停下车跳出车外时,一副令人难过的景象已呈现在眼前。

迪克太太那迷人的脸颊上挂了两串泪珠。她楚楚可怜地站在草地上,手指不停地搓着一条已经湿透了的手帕。

“亲爱的,”她说,“我只是离开一会儿去拿水桶,我实在想不起来为什么忘了关门。”

她的丈夫没有回答她。我猜他是痛苦得说不出话来了。他靠在门旁,傻愣愣地望着温室,双脚像生了根似的,手里还拎着公事包。

我把眼光掠过迪克的肩头,看到了温室中悲惨的画面。同是番茄爱好者的我可以深深体会到迪克的感觉,可是我一点忙也帮不上。我只能走过去拍拍他的肩,口中喃喃说些无关痛痒的同情之辞。而迪克先生还是呆呆地望着那排光秃秃的番茄树。

那只闯祸的山羊被拴在院子的另一端。我必须救它脱离一场泄恨式的屠杀,可是为了避免增加紧张气氛,我又不能先采取任何行动。

我走过去检查山羊的眼睛。它睁着那对清澈温柔的眸子,含情脉脉地看着我。看来,那两百九十三个番茄丝毫没有引起它的消化不良。事实上,在我替它检查的当儿,它正津津有味地吃着卷心菜呢。

兽医的生活就是由这类一连串的小插曲串连而成的。我还记得有一次去卢比和威尔的农场给牛群做检验的事。卢比和威尔是对单身兄弟,多年来一直共同经营一个农场,可是他们兄弟俩的意见从来就没有一致过。

去他们那儿实在很受罪,因为他们总是争辩不停而且随时随地挑剔对方的小毛病。这天我过去的时候,他们忘了把要检查的那群牛关在牛棚里。

于是,我静静地站在一旁观赏他们俩如何互相斥责并推卸责任。

“我告诉过你明信片上写的是今天。”

“哼！你没说。你说的是星期二。是我说今天的。”

“好!去把那张岂有此理的明信片拿来,咱们另外找个人评评理。”

“拿你的头哦！你已经把它烧了,难道你忘了？”

我继续观赏了几分钟才决定开始我的调停工作。

“好了,好了,”我说,“这样争吵没有好处。牛正在牧原上吃草,我想把它们赶回来也费不了什么事。”

卢比狠瞪了他老哥一眼才转过来对我说:“好吧。把它们赶回来不会花多少时间,哈利先生。牛棚的门是开着的,我这就去赶它们回来。”

他深吸了一口气,提高嗓门大叫道:“哟嘿,过来,湿鼻子;过来,大螺丝;过来,短尾巴;过来,肥头;过来,小麻烦！”

卢比瞄了他老哥一眼转过来对我说:“哈利先生，你要原谅我老哥,”他降低音调,用气声说,“这些难听的名字都是他取的。我跟他说过多少次,他一直不肯改。”

人生的百态常能引起我莫大的兴趣。那天我去看一头蹄子肿大的阉牛。它的主人是少数念过农业学院的农夫之一。他是位好青年,为人非常和善。可是去他那儿出诊,最令我感到难受的是他知道的比我还多。

他领着我去见那头牛。

“大概受了病菌感染，”他说，“细菌一定是从这个伤口进去的。我想它大概需要20cc的普鲁卡因青霉素。”

当然，他说的一点没错。因此我照他说的打了20cc的药量到阉牛的臀部里。

巧的是我要出的下一个诊就在几里之外，而我的患者也是得了同样的病症。不过，这家农场的主人是老泰德。

“来，哈利先生。”他带我走到牛棚门口，用手指着角落的一头牛，“就是那个臭小子，快给它的屁股扎一下！”

镇上有一位姓包的农夫向来以一毛不拔出名。我早就听说过他的故事，可是直到那天才亲身见识到。

他在屋旁的空地上养了许多优秀的爱尔夏种牛及一些母鸡和火鸡，因此他是绝对不会缺钱用的。

他的火鸡时常感染黑头症，因此他常来我这儿拿药。

那天下午我在诊所门口又碰到了他。

“你瞧，”他说，“我来过这儿一百五十次了，可是每次只拿几粒。这样太不经济了，我看这回我买一整盒好了。”

“是啊，包先生。”我回答，“这样是省了不少时间，我这就去给你拿药。”

过了一会儿，我从配药室里捧着一个铁罐走出来。“这里面原有一千粒，碰巧这是我剩的最后一罐，前一阵子我取了几粒。不过我保证这罐几乎是新的。”

“拿了几粒……”他的眼睛眯成一丝缝。很显然，他不愿意付一千粒的价钱而只得到九百九十六粒或九百九十七粒。

“你放心,”我说,“我只拿了三四粒。”

我的话并没有使他想开一点。当他离去的时候,我发现他已经怅然到了极点。

那天晚上他又回来了。他在八点左右按了诊所的门铃。

“我只是来告诉你,”他说,“刚才我数了数,发现铁罐里面只有九百九十五粒。”

另一回,我去包家买鸡蛋。当时我付的是一打的价钱,可是回去一数只有十一枚。下次再碰面的时候,我顺便提了提这件事。

“包先生,”我说,“上次我买的蛋只有十一枚。”

“哦,我知道,”他用平稳的眼光看着我,“因为那其中有一个是双黄蛋。”

我永远记得我惟一一次穿短裤出诊的那档子事。

那是个假日。由于天气好得叫人疯狂,因此我心血来潮决定换上短裤出诊。

我驾车沿着乡村的小路驶向米家农庄。一路上清凉的山风阵阵吹进车窗里,使我觉得凉爽无比。我低头看看身上的短裤,对自己的决定感到沾沾自喜。对!这才是一位乡村兽医的装扮。

开门的是米太太,她并没有立刻回报我热烈的微笑,只是奇怪地看着我的膝盖。我们面对面站了几秒后,我才开口。

“你先生在吗?”

“不……不……”她的眼光好像已经无法离开我的膝盖了,“他在牧原上补墙。”最后,她终于毅然抬起头说:“抱歉,哈利先生。刚才我从窗户看见你的时候,我还以为是位童子军来拜访我们呢。”

我羞愧地打开通往牧原的矮门,朝米先生工作的地方走过去。

他并没有注意到我走过来。“你好,米先生,今儿天气好极了。”

米老头回过身子。顿时,他的反应跟米太太完全相同。他并没有开口说话,只是死盯着我的腿。

最后,我打破寂静说:“你不是有头牛病了吗?”

他慢慢地点点头,可是两眼还是坚守着岗位。

“有点像童子军,是吧?”我清清嗓子。

“嗯……嗯……对,对!”他的表情丝毫没有改变。

“嗯……”我说,“我们是不是该去看你的牛?”

他不声不响地蹲跪在地上,做出要赛跑的姿势。他抬起头急切地看着我说:“怎么样,咱们比赛看谁先跑到庄舍那儿。”

土耳其游记 1

1963年8月9日

我们平安地滑向停机坪的当儿，每个人脸上都露出了光芒。我随着大伙爬出飞机，看到跑道的尽头紧连着一片直通海边的野草。温暖的阳光洒在这片空旷的平原上，把机场白色的灯塔照得发亮。

现在是早上八点，我们马上就要开始卸下牛，然后就可以到伊斯坦布尔去参观。想到这一点，我就觉得精神抖擞。

那两位农夫已经脱掉夹克，卷起袖子准备干活了。尼尔边舒活筋骨边问我："卡车呢，怎么没有卡车来接牛？"

问得好。这儿应该有卡车等着我们的啊。我四处张望了一下，但见一片空荡，连个人影都没有。机员卡尔走到机场大楼内去洽询，却垂头丧气地走回来。

"没人知道。"他说，"咱们只好等吧。"

于是我们顶着逐渐转烈的太阳等着，直到一小时以后才看到几辆卡车慢吞吞地驶过来。

这时，机长那庞大的身躯又出现在我眼前。"哈利先生，"他那对灰色的眼珠向下俯视着我，"哈利先生，我有很多事要忙，我要修引擎，还要订旅馆，所以得先走一步。我想把这儿交给你照料了。"

"没问题，"我说，"你放心好了，我会把牛看好的。"

他缓缓地点点头："好，好。"接着，他又瞄了瞄那两位农夫，"还有你那两位伙伴。我不希望在最后一头牛登上卡车之前有任何一个人离开这儿，你懂吗？"

我点点头。我相信任何一个正常人对他这种态度都会感到不满，不过想起先前他提到了订旅馆的事我也就不把这些放在心上了。我还记得古约翰对他所住过的旅馆的形容，虽然我并不是个爱好奢华的人，可是那种诱人的享受的确让人蠢蠢欲动。再说，在又累又饿的情况下，谁不希望赶紧洗个澡再好好吃它一顿大餐呢！因此，我迫不及待地想把牛全部赶上卡车。

那两位农夫显然跟我有同感，因为我回过头的时候，他们已经把第一批牛赶进升降机中了。小卡尔等牛都站稳后拉了拉操纵杆，可是什么事也没发生。他又拉了一次，结果依然相同。

"升降机卡住了！"他边喊边扭开仪表板上的一些开关。接着，他往操纵杆上重重地踢了一脚，"没用，我得找人来修。"

他蹒跚地走向机场大楼，而我们三人只得惊恐地互看了几眼。天气似乎越来越热了。

十点半前后，卡尔带了一位身穿白衣的机械师走过来。这位老兄似乎坚信要把升降机全部拆成零件才能找出毛病。不过，在历经了一个世纪之后,他总算把问题找出来了。大约过了一个半小时以后,升降机终于有了反应,可是我们也白白糟蹋了好几个小时宝贵的时间。

在乔和尼尔正工作得起劲的时候,一群土耳其兽医来到这儿验收牛群。他们是令人看了难以忘怀的一群——英俊、黝黑、健壮。他们穿着淡色的制服,那模样比英国的兽医要气派得多。其中只有一位会说英文,只是他的英文完全没有轻重音。

“它们真是美丽的动物,哈利先生。”他指着第一头登上卡车的牛说。我感到很骄傲,毕竟英国在这方面还能领先其他的国家。世界上许多国家每年都要从英国进口大量的牲口来改良他们牲口的品种。

那位会说英文的兽医告诉我说他们都是土耳其农业部的官员,他们的任务是清点牲口的数目和编号并为它们做进关的健康检查。

要卸下这些牛群并非易事,因为那位土耳其技师并没有把升降机完全修好。每次升降台在半空中停止的时候,卡尔必须踢个两三脚它才会继续升降。

我在骄阳下监督工作进行,只感到汗水一阵阵地流到衣服里;至于乔和尼尔在牛群中和它们搏斗的滋味如何,我就更无法想象了。我只相信到伊斯坦布尔观光仍是遥不可及的事。

时间一小时一小时过去,停机坪上还是没有机长的影子。机上的另两位机员艾德和大卫此刻正忙着检修有故障的引擎。有时候忙累了,他们也会过来看看卸牛的情形并跟我聊聊。据他们说,他们飞遍了世界每一个大城市,看遍了每一个国家的奇风异俗。像他们这么年轻就能有这么丰富的阅历,实在是值得让人羡慕的。

到了下午四点,牛群总算全部送上了卡车,土耳其兽医们也完成了他们的检验工作。尼尔挥去头上的汗水对我说,“我的衣服可以挤出一盆水,我的胃壁前后都贴在一起了。

“我也是。”我说,“我只在盖特威克吃了一个三明治,现在已经饿得没有知觉了。”

“我可以喝得下一桶啤酒。”乔也打趣说,“我发誓我从没有这么喝过。”

看来,我们的麻烦与痛苦并不像就要结束的样子,因为我听到那位土耳其兽医说:“哈利先生,请你过来一下好吗?”

我和两位农夫朝卡车走过去的时候心想他们一定发现什么问题了。

“哈利先生,我们发现牛的编号不对。”他黝黑的肤色中泛出了惨白。

我咽了咽口水。这是不可能的事情。

一位面容严肃的兽医挥挥手要我爬上卡车去看。我钻进牛群里以后,挤到他所指的那头旁边,看到它的耳朵上烙着“15”这个数字。跳下卡车后,那位兽医又递给我一份验收单,上面记载了每一头牛的编号及特征。我找了几遍,都没有看到被编为“15”的号码。

我不自在地笑了一下。我不知道这算不算是我的责任。在盖特威克登机的时候,我查过每一头牛的编号,结果与出门单上的记载并无不符,可是为什么在这儿却出了娄子?

我回过头对乔说:“咱们的出口单呢?在你那儿吧?”

“是啊。”他的声音带着一丝挑衅的意味,“我查过了,完全符合。”

“快去把它拿来核对一下,”我说,“看看和他们的验收单是不是一样。”

他不慌不忙地回到机舱里，然后拖着步子慢慢走回来。

我屏住呼吸扫描单子上的编号。“在这儿！”我得意地说，“15号！”我松了一口气。错不在我们，我们得救了。

土耳其人接过我手中的单子和他们的比对了一下，然后大伙儿围在一块商讨起来。过了一会儿，他们显然作了一致的决定。我看见他们整齐划一地转过来，双臂交叉摆在胸前，然后那位会说英文的土耳其人向前走了几步。

“哈利先生，我们决定以我们的验收单为准。我们单子上没有15号这头牛，谁也不能保证它是否被调包了，所以，很抱歉，你们必须把它送回去。”

“送回去，”这句话简直是一枚炸弹。“这是不可能的！”我大叫道，“这头牛不止是从英国来的，它来自泽西岛，我想不出该如何把它送回家乡去。”

“抱歉得很，”他说，“任何事都无法改变我们的决定。我们不能接收一头没有登记的牛。至于怎么送回去那是你们的事，我们不能收它。”

“可是……可是……”我开始发抖了，“你怎么知道是我们的单子错了？我看根本是你们的抄写员抄错了。”

他把他的一米八之躯挺直，“哈利先生，我再说一遍，我们的决定是无法改变的！”

“我……我……你瞧……”这时，乔一把把我拉到旁边。他双手叉着腰走到前面，并把那张满是汗水的脸凑向那位土耳其人。他足足瞪了那人好几秒才开口说话。

“老兄，我不带它回去！”他用低沉的声音说，“我的工作是把牛送来，不是把它们送回去。”他把每个字都说得非常清晰，因此其震撼的效果是非常显著的。那土耳其人张开口像是要说什么，然后又转过身与他的伙伴们围聚在一起。

人群中不时传出嗡嗡的交谈声，我看见他们之中有人耸耸肩，也有人悲哀地向乔这儿瞄了一眼。稍后，其中一人向卡车司机比比手势，接着三辆卡车都开走了。这场战争我们获得全胜。

“恭喜你，乔，”我说，“你打败了他们。”

我们依照机长的指示，一直监视到最后一头牛离去。那些土耳其官员们走上来向我们道别时，我才真正松了一口气。我很担心今天这件事会破坏他们的心情，不过他们离去的时候每个人都还挂着微笑。

我低头看了看手表，五点整。我们降落已经九个小时了。现在应该是土耳其时间下午七点，这么说这宝贵的一天已经悄然流逝了。我摸摸下巴，发觉头一件该做的事是刮刮胡子洗把脸。

我和两位农夫一起走到机场大楼的洗手间里换下湿透的衣服，并喝足了水。出了洗手间后，尼尔提议找个吃饭的地方。正当我们在大厅中找寻餐厅的标示时，机长那巨大的身影出现在眼前。

“我一直在找你们，”他说，“有几件事要告诉你们。来，在这儿坐着吧！”

“我不晓得你们三人之中谁是负责人，不过我就当作你是好了，哈利先生。”

“好吧。”

“首先,我很抱歉告诉你们那个漏油的引擎恐怕无法修复。”

“哦。”

“意思也就是说，我们必须用三个引擎飞回我们在哥本哈根的总工厂做全面的整修。”

“哦,原来如此。”

“因此,你们不能和我们一道走。”

“什么?”

“我很抱歉这么决定。可是这架飞机的情况很危险,我们不能载运机员以外的乘客。”他的表情立刻变温柔了许多。

“那……”我急着问,“我们怎么回去?”

“我一直在想这个问题。”机长回答,“我看惟一的方法是与伦敦的出口公司联络。我有他们的电话，我想他们一定会为你们做个安排的。”

“嗯……谢谢你了……我想这是惟一的法子了。”顿时,我又想到了另一件事,“刚才你说飞机有危险?”

机长沉重地点点头:“可以这么说。”

“换言之,你们说不定根本飞不到哥本哈根?”

“对。有这种可能。在这样的情况下飞越阿尔卑斯山是相当危险的。”

“可是你呢,还有你的机员们呢?”

“谢谢你的关怀。”他笑了起来。这时,我突然觉得他是个仁慈的人。“这是我们的工作,我们必须飞。你了解吗,这是我们的工作。”

我回过头对两位农夫说:“我想我们还是照着机长的指示做好

了。”

他们默默地点点头。我看看机坪上的那架飞机。如果一个引擎损坏了，谁能保证剩下的三个不会再出问题。

“那我最好赶紧找个地方打个电话吧。我们是在这儿打，还是到了旅馆再打？”我问机长。

“这就是我要说的第二件事，我还没有为你们找到旅馆。”机长清清喉咙。

“啥？”

“今天是国定假日，”他说，“我找遍了所有的旅馆，可是全都客满了。”

我实在无话可说。自从到了这儿以后，没有一件事像预想的那样顺利。

“可是你们不用担心。”他接着说，“如果你们愿意到几里外的博斯普鲁斯的话，一定可以找到栖身之处。”

栖身之处……看来，现在我们也别指望什么一流的豪华大饭店了。

“当然，当然。”

机长露出鼓励的笑容：“外面有辆迷你巴士，咱们马上就动身。”

大卫和艾德已经换上了丝质的薄衫坐在车里了。

“嗨！”他们高兴地向我们打招呼。他们似乎颇能随遇而安。我下决定，要放开心怀，把握住剩下的每一寸光阴。

我拿出相机，准备捕捉一些窗外掠逝的风景。

小巴士飞快地穿过伊斯坦布尔的街市，我睁大了两眼贪婪地观赏窗外的每一个景致。想到所剩时间无多,我立刻强迫自己将每一幅画面深印在脑海里。

通过交通拥塞的闹区时,我看见高耸的尖塔与拱形的清真寺顶杂然列峙于现代化的大厦之旁。稍后,我们掠过君士坦丁堡的废墟,在那几秒钟之间,我一连拍了好几张照片。

出了伊斯坦布尔之后,我们沿着全世界最美丽的水道奔驰。这儿就是欧亚分界的博斯普鲁斯海峡。海峡的两岸全是雪白的石屋,沙滩上布满了躺在凉椅上的人们,碧蓝的海面上点缀着点点渔帆。

一路上,我们碰到旅馆就下车询问,因此,我有很多的机会可以拍到好的照片。最后,在博斯普鲁斯市区内终于找到了一家小旅店。现在我已不在乎旅馆的大小了,我只是一心想打个电话回伦敦。

这家旅馆的服务生都非常亲切,他们的领班告诉我打越洋电话必须要到邮局。

我出了旅店后就招了一辆出租车。这时,我发现一项事实,那就是这位司机开车的速度丝毫不逊于那位迷你巴士的司机。我估计这儿一般市内的车速多在七十里以上。

到了邮局后,我向一位胖小姐说明我的来意。她微笑着点点头帮我拨电话查询。稍后,她对我说:“可能要等一小时才能接通。你先回旅馆,可以接通的时候,我会叫出租车去旅馆接你。”

再回到旅馆时,我的伙伴们都已经住进房间了。由于这家旅店没有柜台,因此我必须询问服务生我的房间在哪儿,我一连问了好几个人,他们都摇摇头或耸耸肩,直到碰见领班后,他才说已经没有我的房间了。不过,他体会出了我的焦急,因此带我走到地下室,另外为我安排一间住处。在一间地窖似的小屋中，我看到地板上铺了一张便床，床边的椅子上堆满了毯子——仅此而已，这就是我的栖身之处。想到洗手间时，我不禁打了一阵哆嗦，因为它在楼上遥远的地方。

不过，目前我最关心的只是食物。我发现这间小旅馆里突然冒出加了香料的食物香味，于是我开始顺着那味道寻找它的来源。我猜想整整二十四小时没有进食对于决心减肥的人来说，也许算不得什么。不过我是个主张规律性进食的人，我这一生中还从未为减肥伤过脑筋。

我循着那味道找到了餐厅时，我的伙伴们已经上桌等着开吃了，于是我立刻加入他们的行列。我伸手抓了一大块土耳其面包就往嘴里送，那香味简直令我永生难忘。艾德看到了我的吃相。“很可口，是不是？”他说，“因为这里面掺了瓜子。”

我不在乎他们在里面放了一些什么，我只知道这是我平生所吃过最好吃的面包。我举起刀叉准备开始正式享用我的大餐时，旅馆外传来了不祥的喊叫声。

“哈利先生，快来，电话，电话！”

我差点哭出来。眼见这么大一盘烤肉却连吃一口的命都没有。可是电话比什么都重要，我只好扔下刀叉，转身冲出旅馆。出租车又以子弹般的速度飞过几条街，停在邮局门前。那位胖小姐拿着话筒，面带微笑地等着我。

我喊了好几声“喂”才听到对方传来像蚊子一样的叫声。“哈利先生……哈利先生？”我立刻回答道：“是的，我是哈利。”可是这就是我们谈话最大的进展。这通电话打了四十五分钟，而这段时间内我只听到

"咔啦、咔啦"的杂音和偶尔划破寂静的"哈利先生,哈利先生?"——当然,那声音微弱得几乎听不到。

最后,黑暗中突然闪出了一道光芒,因为我听到话筒中传出清晰而典型的英文。"老天!我什么也听不到!"——不用说,那声音一定是来自伦敦的。于是我对着话筒大声喊叫,可是对方完全无动于衷。

我失望地看看那位胖小姐,然后把电话挂回去。

回到旅馆时,我不晓得该付多少钱给出租车司机,因此,我掏了一把钞票,让他自己拿。他挑了几张面额很小的票子,脸上露出了诚挚的笑容。可是在他把钞票放进自己的口袋之前,旅馆门口一位矮小的服务生一个箭步冲上来把他手里的钱抢了过去。那小矮个退了一半的钱给我才把剩下的还给司机。

我谢过了服务生,走进旅馆的大门。这时,我有一种怅然的感觉。我们被陷在他乡异国,连家都回不去了;而在我这一生中最饥饿的当儿,我又误了晚餐。

乔和尼尔正在餐厅等我。他们关心的并不是我接电话的内容而是我的晚餐。这一点很使我感动。

尼尔站起来说:"我叫他们把你的晚餐温起来,"说完,他走向厨房。

几分钟后,他捧着堆积如山的餐盘走回来。我看见那块咬了一口的瓜子面包还在上面。

我狼吞虎咽地把盘中一切可以吃的都塞进嘴里。等盘子里都空荡荡的时候,我发觉他们两人都在急切地看着我。

"我很抱歉,"我说,"咱们的未来还是个悬案。"我把在邮局接听了四十五分钟的电话内容告诉了他们。

听完了我的故事后，乔显得有点彷徨。他低头看着自己的膝盖说：“吉米，咱们该怎么办？”

若是在几分钟以前，我会说“天晓得”，可是现在食物给了我灵感。我只觉得这件事突然变得很简单。

“我出门的时候没带多少钱，”我说，“不过我倒带了一本支票簿。明天我到机场的英航柜台，叫他们替我划三张到伦敦的机票。我想出口公司会补给我这笔钱的。这件事容易得很，不是吗？我们甚至连电话都可以不用打。”

我这句话立刻改变了他们两人的心情。我们正要开始闲聊的时候，我看见机长从甬道里走过。

我赶紧跑出去告诉他我们的计划。

“嗯，”他很严肃地说，“这倒不失为一个好法子。”他停下来看看表，“要是有什么困难的话，你还可以去英国领事馆……不过现在已经九点了，恐怕办事员都下班了。我们明早十点起飞……我想你的计划很好。”

机长离去后，我们陷入了唾沫横飞的闲聊。

“吉米，咱们实在没什么好担心的。”乔说，“咱们应该看开一点，尽情地玩玩……对了，我说过，我喝得下一桶啤酒。走！咱们这就去找个酒吧。”

出了门以后，我才想起来这儿是伊斯兰国家，根本找不到酒吧。不过一股涌起的兴致还是迫使我们三人挤进了出租车。

伊斯坦布尔的夜生活到了十点才进入高潮。街道上挤满了行人和出租车，使得交通为之瘫痪。我们朝着市中心走走停停，一碰到拥挤的地方就不免会听到出租车司机的咒骂声。

我看着街道两旁闪亮的霓虹灯，心想，这实在不像东方世界。这儿没有古庙大殿，也没有神奇的景致，只有扑鼻的烟草味。

我对这座城市另一个最深刻的感觉就是它的喧闹。似乎任何一秒钟，你都会听到汽车喇叭声和聒噪的引擎声。

为了寻找酒吧，我们挨家挨户地向商店的橱窗内张望。结果，酒吧没有找到，却发现了一些有趣的特产店。

我们在街上行走的时候都是靠着最边上的，因为这儿没有人行道，只要稍不小心就会给身旁的车海吞噬。事实上，在一条人行横道上，我看见一个小矮个走到马路中间的时候，给一辆出租车撞飞到好几米之外。我给这一幕吓了一跳，可是街上的行人却好像连看都懒得看一眼似的。要是在英国，这位撞人的司机会被吊销执照并处以很重的罚金。可是，我却看见 位肥大的警察走上前去叱责了刚从地上爬起来的那名行人一顿。我不知道他在骂些什么，不过由他那嘲讽的表情我可以猜得出他骂的不外是“活该”或“蠢蛋”一类的话。至于那名肇事的司机，他却连看都没看一眼。

“嘿，吉米，你瞧！”乔用手肘碰碰我说，“有很多人走进那家店，咱们过去看看是不是可以找到酒喝。”

我们随着人群走上一道狭长的楼梯，来到一处露天的阳台上，那儿坐着二三十位客人，边喝咖啡边抽烟。

我们正打算转身离去时，侍者已经走上前来拦住退路了。不得已，我们只好坐下来点了三杯咖啡。乔和尼尔沾了一滴那又浓又涩的咖啡后，五官立刻皱缩起来。不过我倒蛮喜欢这种苦咖啡的，因为我们可以慢慢地品尝并坐在阳台上欣赏街市的夜景。也许这样烦嚣的街道一点也不迷人，不过我还是很愿意将这幅画面牢刻在记忆中，因为这也是异国一种特有的景观啊。

喝了咖啡后，我们继续找寻酒吧。这回出了门不久就发现了可疑目标。

“你瞧，吉米，”乔又用手肘碰碰我，“这家大概错不了吧！”他指着一扇落地的大窗户说。我看这一家八成就是了，因为坐在里面的客人手上都捧了个高脚杯。我相信那绝不会是咖啡杯。

我们三人毫不犹豫地就推开玻璃门走了进去。乔拣了一张空桌子坐下来，并向服务生招招手。

“酒！酒！”乔对那侍者说。我想他一定听不懂英文，因为我发觉他眉头皱在一起。于是乔用手比了比，做出要喝东西的姿势。那人立刻笑着离去了。稍后，他端了三杯浅红色的饮料过来。我要给他钱，他却摇摇头走开了。

“这是什么玩意儿？”乔咕哝着拿起杯子吸啜了一口，接着，我发现他的五官比先前喝咖啡的时候皱得还要紧。“老天！这是柠檬水。”

我也喝了一口。那并不是柠檬水而是一种酸涩的混合果汁。不过可以肯定的是这绝不是酒。

尼尔似乎很欣赏这种怪饮料。他喝了一口说：“我觉得还不错嘛。”

可是乔却是一副死也不肯再沾一滴的样子。他把杯子推到尼尔面前，然后倒靠在椅背上。

几分钟后，那位侍者又端了一盘小点心过来。这次他又拒绝收钱，只是摇摇头笑着走开了。

我尝了尝盘子里的点心,发现它的味道跟先前的咖啡与桌上的果汁相仿。看来要住在伊斯坦布尔一定得适应这种味道。

然而,这儿的场面似乎很有趣。这间大厅里挤满了穿着高贵的客人——我还注意到几乎所有的女士都穿了晚礼服。他们吃的点心和桌上的饮料都和我们的完全相同。

当我看到几名儿童时,我觉得情形有点不大对劲了。因为那几个孩子在屋子里乱跑,而他们的家长也拿着杯子闲逛并和每一桌的客人点头、微笑。我再仔细一看,发觉所有的人都在交谈,好像他们全都认识似的。

"喂,喂,等等,"我说,"你们知道我在想什么吗?"

乔倾着头看看我:"什么?"

"我想这是个私人宴会,我们误闯了进来。"

那两位农夫不约而同地坐直了身子。我接着说:"你瞧那些孩子,他们那么无拘无束地到处游逛嬉戏;还有那些交谈的大人,他们好像连邻桌也认识似的。何况刚刚侍者还没跟我们要钱。"

这时,一对年轻的伴侣出现在大厅的尽头。那位男士穿着深色的西服,女孩则穿着白纱礼服。

"我的妈呀!"乔说,"这是别人的婚礼。"

没错,这百分之百是婚礼。那对新人在众人起立鼓掌之下慢慢地走过来。当他们接近我们这儿的时候,我真希望自己能长一对翅膀飞出去。不过那对新人看见我们并没有丝毫惊讶之色。那位新娘笑着和我们握握手,新郎则从新娘的礼服上抽了三根丝线,送给我们每人一根。我猜得出这是很诚挚的风俗，因此也面带感激地接受了这份礼物。一直到今天，那根褪色的丝线还存放在我皮夹里。

在我们还没有从惊悸中恢复过来之前，两位穿着典型土耳其服饰的男人走上了大厅前的舞台。他们很显然是在表演相声，因为厅中的客人们不时地爆发出笑声。我想，三个半句话都听不懂的外国人也混在群众中观看表演的画面一定很可笑。有好几次，我都不晓得是不是该跟着捧腹大笑的客人们一起笑几声。接着，台上的人又拿了一把一弦琴开始演奏东方味十足的曲子。听到这音乐才使我想起我真的离家很远了。

现在该是我感觉到疲倦的时候了。我记得昨晚我只睡了两个小时，而今天又累了一天。我转过头看看我的两个伙伴——尼尔正在点头，乔的下巴也靠在胸口，鼻孔中还传出阵阵安详的呼吸声。

我站起来并告诉他们该回去了。这一点对他们来说是毫无疑问的事。

回到旅馆后，我把地窖中的便床铺好，立刻就倒了下去。本来我可以在三秒钟之内就进入梦乡的，可是楼上的某处隐约传出了刚才在婚礼中所听到的音乐声。我猜想旅馆里大概又有人在举行婚礼了。

楼上的吵闹声一直到午夜都还没平息下来，不过那时候我已经疲倦得再吵都睡得着了。

爱耍把戏的小狗

从昏暗的诊疗室看过去，那只狗脸上似乎挂了一个恐怖的肉瘤，可是等我走近后才发现那是一个炼乳罐。狗脸上出现空的炼乳罐似乎不太寻常，可是对“白兰地”来说，这是司空见惯的事。

“白兰地，你又去钻垃圾箱了？”我把它抱上手术台。

这只金黄色的大狗抱歉地跟我笑了一下，它本想用舌头舔我的，可是它的嘴巴塞在一个罐子里，因此只好改用摇尾巴来代替。

“哈利先生，真抱歉又来打扰你。”它那年轻美丽的女主人魏太太说，“它就是爱钻垃圾箱。有时候我和孩子们可以把空罐子拔出来，可是这回嵌得太紧了，我恐怕罐边会刮伤它。它的舌头还压在下面呢。”

“嗯……嗯……”我摸摸空罐子，“是很紧，咱们不能硬来，否则它会受伤。”

当我拿起钳子的时候，我不禁想起白兰地已是累犯了。它是只高大又有气质的好狗，只可惜始终改不掉把鼻子塞进垃圾桶闻东西的习惯。

它喜欢把空罐子叼出来用舌头舔里面的食物渣，可是常常因为过度兴奋而把嘴巴塞到罐子里。尽管被困过无数次，它对此道仍旧非常热衷。

我把钳子从罐子的空隙里插进去，沿罐缘轻轻剪开，然后轻而易举地就把罐子拿了出来。我还没把罐子放好，白兰地的舌头就开始洗劫我的脸孔。我知道这是它向我表达谢意最热情的方式。

“下来，大笨狗！”魏太太抱住白兰地的腰，对它叱喝道，“这样多不礼貌！”

白兰地就是这么热情，它的心意没有半点是假的。

我见过魏太太的子女——她有三个女孩一个男孩——把白兰地压在地上玩弄，也看过他们骑在它背上或给它穿衣服、鞋子，可是它从没有表现出不高兴的样子。它的嘴角时时都挂着幽默的微笑，使人看了就忍不住想玩弄它。

除了喜欢钻垃圾桶之外，白兰地还有其他的怪癖。

有一回到魏家替一只猫看病的时候，我注意到白兰地的举止非常怪异。当时魏太太正坐在炉火边的摇椅上织毛衣，我和魏家的大女儿在屋角替猫看病。

当我回过头找寻温度计的时候，白兰地悄悄地走进客厅。它的步态非常鬼祟，脚步也很轻柔。它假装无心地走到女主人的脚边，然后悄悄地坐下来。休息了一两分钟，它以为没有人再注意他了，于是他开始把后膀搭在椅子边上慢慢将屁股抬高。它上升的节奏非常平均，大致说来每隔两三秒约升高一英寸左右。这时，我发现它的眼神非常自然，好像什么事都没有发生的样子。

我停下寻找温度计,决心弄明白它到底在玩什么把戏。由于魏太太正专心致志地织手上的图案,因此完全没有注意到白兰地的屁股已经停靠在她的膝盖上了。这时,那只狗停了下来,好像知道第一阶段已经顺利成功了。

它歇了一会儿,继续第二阶段的行动。先以屁股为基点,调整前脚的位置并悄悄地沿着椅子边往上撑。我从没有听说过狗能倒着上椅子的,不过白兰地却能倒立。

眼看它就可以成功地倒爬上女主人的膝盖时,魏太太织完了图案。

“噢,笨狗!快下去!”她一把将白兰地的屁股推开,使得整个神秘行动功亏一篑。

“这是怎么回事?”我问魏太太。

她笑着说:“都是为了我身上的这条牛仔裤。当它还是乳狗的时候,我常常穿着这件裤子将它放在膝盖上。因此它长大以后每次看到我再穿这条裤子时,就想爬上我的膝盖。”

“它为什么不干脆跳上去?”

“它试过,可是都摔了下来。”她说,“它知道自己体积太大,不可能完美地降落在我膝盖上。”

“所以它就偷偷来?”

她咯咯笑了几声,说:“是啊,尤其是在我专心看书或织毛衣的时候。有几次它沾了满身的泥之后居然也来这一套,结果弄得我下半身全是泥。当然,它是免不了要挨一顿骂的。”

像白兰地这样的患者实在使我的工作增添了不少趣味。每次我带山姆出去散步，我都喜欢牵它到河边。一个闷热的下午，许多狗都到河边来避暑。它们有些在河旁的树下打盹儿，有些在水里冷静地游泳，可是白兰地就不同了。

它大摇大摆地走过来，然后朝河岸加速冲过去。一般狗下水游泳都是含羞带怯的，可是白兰地在众目睽睽之下一跃而起，以优美的飞燕姿势潜入水中。这是我平生第一次看见狗跳水。

第二天，我在同一地点看到了更惊人的表演。河边有一处儿童游乐场，里面有秋千、滑梯和旋转木马。而白兰地就在那儿滑起滑梯来。

我看见它冷静地跟在儿童的队伍后面，脸上露出稳重而略带急切的表情。轮到它的时候，它以从容不迫的脚步登上阶梯，然后沿着金属滑板一溜而下。落地后，它会挂起带着自尊的笑容再重新回去排队。

那些与它一起玩乐的孩子们似乎视这件事为理所当然。我看了半天，迟迟不肯离去。相信这幅画面任何人都会百看不厌。

每当我想起白兰地那些古怪的动作时，我都忍不住想大笑一场。可是两个月后的一天魏太太带着它出现在诊疗室门口的当儿，我可是一点也笑不出来。

以往，白兰地都是跳着来到诊所的，可是这一天，它愁眉苦脸地拖着步子走进来。

我把它抱上手术台，并发觉它轻了好几磅。

“什么毛病，魏太太？”我问。

“这一阵子它的气色一直不好，食欲也很糟。今早我发现它开始咳嗽和喘气。”她担心地看我一眼。

“嗯……嗯……”我把温度计插进它肛门里的时候，注意到它的胸部很剧烈地收缩着；此外，它的舌头上还垂了一丝丝的唾液。

“它好像真的很不舒服。”我说。

白兰地的体温是40度。我拿起听诊器检查它的肺部，发现里面有气泡的声音。

“它得的是肺炎。”我把听诊器放回口袋里。

“噢！”魏太太伸出手摸摸白兰地隆起的胸部，“这种病很糟，对不对？”

“嗯……恐怕是的。”

“可是……”她祈求地看我一眼，“现代医药这么进步，区区肺炎还不至于会致命吧？”

“对人类来说，这的确是区区小病，可是对动物而言，它还是很难对付的。”我踌躇了半晌。

三十年后的今天，情形还是一样。虽然更新的抗生素接连问世，可是狗类的肺炎却一直使兽医们感到棘手。

“你认为它已经没救了？”魏太太问我。

“不……不……我一点也不这么想。我只是想告诉你同样的药物对狗类也许效用较小。可是白兰地还年轻，它一定可以康复的。对了，它到底是怎么得的肺炎的？”

“哦，我想我知道，哈利先生。一个礼拜以前，它在河里游了一次泳。起初，我不让它在这么冷的天里下水的，可是它看到水面有一根浮木，坚持要游过去看看。结果你也知道……它一跃跳进水里。”

“我知道。上岸后它有没有发抖？”

“有。于是我赶紧把它抱回家。可是那天实在很冷，它等毛干了以后都还在发抖。”

我点点头：“这就是它得病的原因了。现在，我先给它打一针青霉素，明天我再去一趟。它病得不轻，不适合到诊所来。”

“我有没有该注意的事呢？”

“有。魏太太，我要你给它做一件背心。把旧毯子剪四个洞，让它把脚伸进去，再把毯子裹起来。你一定要保持它胸部的温暖。还有，非必要的时候，不要放它到屋外。”

我继续去看了几次，可是情况并没有什么改变。最令我沮丧的是它完全没有食欲，因此身子愈来愈轻。

日子一天天地过去，白兰地的咳嗽和气喘日渐加深，胸部的肋骨也日趋明显。现在，我不得不想到这只活泼快乐的大狗可能脱离不了死神的魔掌了。

可是白兰地并没有死。它的体温渐渐开始下降，胃口也慢慢恢复，只是它已经成了一只衰老的狗了。

几个礼拜以后我又去魏家的时候，魏太太哭着说：“它的病是好了，然而它已不是昔日的白兰地了。”

“我知道，你有没有继续给它吃鱼肝油？”我摇摇头。

“有，每天都有。可是它还是有气无力的。哈利先生，为什么会这样？”

“它的肺炎虽然康复，却留下了慢性肋膜炎。这种病不会致命，可是某一部分的肺功能却终生损坏了。”

魏太太擦擦眼泪:“看到它这样我真是难过死了。你知道,它才五岁,应该是活蹦乱跳的。可是现在看来却像只十来岁的老狗。”

“它再也没有像过去那样蹦跳过?”我把手插进口袋里。

“没有。它只是成天窝在屋子里,甚至连路都不愿走。”

我看见白兰地从墙角站起来,摇晃晃地走到炉火边,然后又趴了下去。它抬着头看看我,尾巴客套地摇了两下就立刻垂下去了。

魏太太说的没错,它已经是只老狗了。

“你想它会一直如此吗?”她问我。

“我们只能祈祷了。”我耸耸肩。

可是我开车离去的时候,心里根本没有抱一丝希望。我见过很多肺炎后遗症的例子,也见过太多的终身残废患者。

又过去了几个月,我只是偶尔看见魏太太牵着白兰地出来做强迫性的散步。我看得出白兰地是很不情愿地跟着它的主人。每当看到它那羸弱的身影时,我都会感到怜悯和难过。不过我也会不断地提醒自己,它能活下来已经是万幸的事了。现在我不能再为它做什么了,我相信最好的方法是把它忘掉。

事实上,我很容易就把白兰地忘了。可是二月的一天下午,我又碰到了它。在那前一天的夜里,我被迫从温暖的被窝中爬出来为一头难产的小母牛接生,因此一夜几乎都没有睡好。第二天早上,我又出了一上午的诊,到了中午回到诊所吃午饭的时候,我已经筋疲力尽了。我坐在餐桌上等着海伦上菜时,头一点一点地打起了瞌睡。

下午两点左右,候诊室中先后来了几位狗患者。我眯着眼机械式地问了些话,然后立刻开药。

看到最后一位时，我几乎陷入神游之态。事实上，我根本认为自己已经躺在床上了。

“下一位请进来！”我打开诊疗室的门对候诊室叫道。我所期望的景象是某人牵着一只狗走进来，可是眼前的画面却让我瞪大了双眼，因为我看到一只狮子狗像人一样竖立着走进来。

我怀疑自己是否在做梦，因此再定神看了一眼，可是局面并未改变。那小家伙像名士兵似的抬头挺胸走进来。

“请进。”我对跟在它后面的主人说。我在转身走回桌子那儿的时候还回头瞥了一眼，为的是想再确定一下自己并不是在做梦，结果依然相同——那只狮子狗的的确确像人一样走进来。

它的主人显然看出了我的疑惑，因为我听到背后传来了粗哑的笑声。

“别担心，哈利先生，它没发神经。这只狮子狗在马戏团里受过训练。”他说，“我喜欢看它耍些小把戏逗得人们一愣一愣的。”

“不错，”我说，“我还以为自己在做梦呢。”

那只狮子狗并没有病，它只是来剪指甲的。我笑着把它抱上桌子。

“我想我可以不必剪它后腿的指甲了，因为它们早就给磨平了。”我很高兴自己成功地开了一个小玩笑。

剪完的时候，小狗的主人把它抱回去放在地上，然后跟着它一摇一晃地走出去。

我一直目送他们到街上才把门关起来。这种古怪的画面使我想起白兰地。过去它也是只爱耍宝的狗。

我靠着窗口闭上眼睛回想从前的白兰地。当我睁开眼睛的时候，我看见魏太太牵着白兰地走到街角,它的鼻子上顶了一个大番茄罐。

有好一阵子,我相信自己是产生了幻觉,可是就在我决定回房睡个觉的时候,白兰地已经蹦到窗口了。我打开门,它立刻扑上来用塞在罐子里的鼻子顶我。

“它……它……”我惊讶地看看魏太太。

魏太太笑着说:“你瞧,哈利先生!它又变好了。”

“你……你是要我帮它取下罐子?”我发觉我清醒多了。

“哦,对,对,当然!”

我费了很大的劲才把它抱上桌子。显然,它又重了很多。我边用钳子剪罐缘边对魏太太说,“看来,它又开始钻垃圾桶了!”

“是啊。”魏太太笑得嘴都合不拢。

我把听诊器掏出来放在白兰地的胸口。我听得很清楚,里面有一阵阵呼呼声,可是原先刺耳的摩擦声已经没有了。

我感激地看看这只大狗。它又恢复了昔日的活泼——这实在是令人无法置信的奇迹。

“可是哈利先生,”魏太太睁大了眼睛。“这到底怎么回事?它为什么又恢复了?”

“我猜想这是所谓的自然痊愈。当这种力量发生的时候,任何医药都显得相形见绌。”

“我懂了。这种力量不知道什么时候会出现,而且也不是一定会出现,对吗?”

“对极了。”

接着,我们俩抚摸着白兰地,让寂静填塞在我们之间。

"哦,对了,"我说,"它对你那条牛仔裤是不是还那么有兴趣?"

"是啊。我的裤子现在还在洗衣机里呢。上午白兰地又把我弄得一身是泥。"

土耳其游记 2

1963年8月10日

我好像才睡了几分钟就醒过来了。不过我睁开眼的时候，阳光已经从天窗照进了屋里。

漱洗过之后，我立刻赶到餐厅去。尼尔和乔昨夜大概是被楼上的舞会吵了一晚，所以今早面容都憔悴不堪。机长和其他机员们因为睡在后面的房间，所以受到的干扰较少。这点对他们来说很重要，因为他们今天要面对一生中最险恶的日子。

早餐后，那辆迷你巴士又载着我们穿过博斯普鲁斯和伊斯坦布尔市区。这回我把昨天遗漏的街景又扫描了一遍，可是还是未能了解伊斯坦布尔的真貌。我真正想看的是伟大的蓝庙和圣索菲亚。

到机场的时候，正是早班机密集起飞的时刻，我看见飞机一架接着一架飞进碧蓝的长空中。大卫、卡尔和艾德似乎对咱们那架老爷飞机一点也不担心，他们双手插着口袋，边吹口哨边朝停机坪走过去。

我找到英航的柜台并很兴奋地看到了真正的英国人和熟稔亲切的英式制服。

“我能为您效劳吗,先生?”柜台的职员问。

我拿出支票簿说:“我想要三张到伦敦的机票,如果可能的话最好是今天的头班机。”

“您是要用支票买?”

“对。”

“很抱歉,我们不接受支票购票。”

“什么?!”

“先生,这是公司的规定。”那位职员咧出笑容。

“可是……我们被困在这儿。”我把我们的困境向他简述了一遍。

“我很希望我能帮得上忙,可是我一定得遵从公司的规定啊。”他失望地摇摇头。

我足足看了他一分钟,才提醒自己这样做并没有好处。我犹豫了片刻,决心找另一位英航的职员试试,可是结果仍旧相同。

当我回到机场大厅与两位农夫碰头的时候,他们正在和机长谈话。我觉得自己总是个带来坏消息的人,因此我简直不知该如何开口。而事实上他们竟然已经知道了消息。

我们一同茫然地看着机长。

“如果我是你,”他说,“我就去英国领事馆。”

我回过头对两位农夫说:“你们上过领事馆吗?”

他们俩同时钝钝地摇摇头。

“没有。我不晓得他们会如何处理这种事。他们会把我们送回去吗？”

“会的。”机长对我说，“我保证你们可以顺利回到家的。”

“你们几时起飞？”

“大约半小时以后。”

我忽然想到一幅可怜的画面：我们三个人绝望地从大使馆走出来，身上只有几文钱，而原来的飞机又起飞了……

“机长，”我说，“我觉得你的飞机是我们回家惟一的保障。如果我们搭你的飞机到哥本哈根，你是否可以安排我们回伦敦？”

“当然，哥本哈根是我的老家，安排你们回去应当不成问题。”他看了我漫长的一眼。

“那我愿意跟你一道走。你们二位呢？”我又回过头问两位农夫。

他们同时点点头。

“我只想早日回家。”乔说。

机长看看他说：“可是搭我的飞机是很危险的。”

乔回答道：“机长，我相信你一定会把我们平安送到哥本哈根的。”

乔的话激起了我的同感。机长是一位值得信赖的人。

“好吧。如果你们这么决定，我也不好拒绝你们。”机长说，“不过我恐怕你们先得签一份文件留给伊斯坦布尔机场。我这就过去拿，”他停了一会儿。“因为这架飞机的危险性很高，所以你们登机是不符合公司规定的。签这份合约的目的是声明万一发生意外的话你们愿意放弃一切赔偿。”他用严肃的眼光左右扫了我们一遍，“我的意思是如果你们遇难了，你们的家属将拿不到一毛钱。”

我猜想那两位农夫一定同时和我咽了咽口水。经过一段漫长的沉默之后，尼尔首先开腔："机长，我们还是跟你走！"

文件拿来后，我们都在上面签了字。顿时，我只觉得我们像一群待宰的羔羊，因为机长所说的危险不是无中生有的。说得严重一点，这很可能就是我们的末日。

机长的劝告是对的——我们应该去领事馆求援。这些年来，我常在报上看到喝醉酒或遗失机票的观光客被领事馆平安送回国的消息。想想当时我们的决定，至今我还觉得疯狂和草率。

我想当时我们大概是太疲倦了所以才丧失了理智。

总之，我们糊里糊涂地签了文件就顶着烈日走向停机坪。我想全伊斯坦布尔机场的工作人员大概都知道我们的飞机出了毛病，因为我们登上飞机的当儿，他们全都围上来看热闹。这时，我颇有"壮士一去兮不复还"的心态。

进了机舱后，我和尼尔径直走向机尾，选两张靠边的椅子坐下来，而乔则坐在前面的驾驶舱里。

我不晓得是否引擎有问题才会这么大声，总之引擎开始转动的时候，我和尼尔都得捂着耳朵才能保全耳膜。

稍后，我感到机身开始摇晃，过了好一会儿，它又静止下来。我知道我们已经滑到跑道尽头准备掉头冲刺了。死亡之旅展开的时候，引擎的咆哮声已经超过了人类忍耐的极限。我觉得那噪音就像一根针毫不犹豫地穿过我的手指直奔中耳，然后猛然刺进大脑里。尼尔用嘴唇说出了"起飞了吗"的口形。我点点头，因为我很清楚地感觉到机身又开始晃动。

我们像呆子一样坐着任凭噪音宰割。有一阵子，我相信我们已经飞腾在天空中了，可是机身还在摇晃，一副仍在跑道上奔驰的样子。

我贴着舱壁走到前面的小窗口向外打量了一眼，发现灰白的跑道还在脚下几英尺的地方。

我回到座位上，向尼尔摇摇头。到底怎么回事？是飞机冲不起来，还是机长想多冲一段距离才起飞？

突然，我觉得机头轻微地扬起，引擎的怒吼也上扬至疯狂的地步。在机身勤奋地震动了一两分钟之后，引擎声渐渐转弱。这回我们是真的升空了。我把手指从耳孔中拔出来，全身瘫痪地躺在椅子里。尼尔大概是受了我的影响，也松开双手把脑袋靠在舱壁上，过了一会儿，我听到他鼻孔中传出震人心弦的鼾声。

我耐不住寂寞，拿了相机走到前面的窗口。我不喜欢坐新式的喷气式飞机，因为在高空之中除了白云之外什么也看不见。可是这种低空的老爷飞机就不同了，你可以清楚地看到地面上的山川、河流、公路与一幢幢白色的小房子。我看见洁白的海岸之外就是耀眼的万顷碧波，忍不住连拍了好几张照片。

中午的时候，机长递给我们每人一个饭盒，那是他在伊斯坦布尔准备好的，里面有一片看不出是属于何种动物的肉，一些类似杂草的蔬菜和几个夹了乳酪片的面包。

饭后，我走到靠近翅膀的窗边，照了几张引擎的照片。我相信一具静静垂挂在机翼上不肯旋转的引擎是个相当好的摄影题材。

稍后，雄峙的阿尔卑斯山脉出现在机翼下。我知道危险关头已经来临了。我感觉到飞机在渐渐爬高，可是一个个愈来愈高的峰头看来仍在脚下几尺之处。我可以清楚地看见山顶上满布着光秃的巨石和灰褐色的岩块。不过我像其他两位农友一样深信机长能把我们平安地送到哥本哈根。

当我们盘旋在哥本哈根上空的时候，天色已经昏暗下来了。不过我在天黑之前还来得及瞥了一眼这座闻名的大城市。

到哥本哈根后没什么新鲜事。我们在机场等到凌晨两点才搭上飞往伦敦的班机。第二天早上七点左右，我已经坐在火车上看《泰晤士邮报》了。在最后这一趟返家的旅途中，我并没有显得非常兴奋，因为我的眼皮已撑不住它的重量而合得紧紧的。我依稀记得邻座有位老先生屡次想和我交谈，不过在到达约克郡站之前我是一直都不省人事的。

终于，我又回到诊所开始为我的兽医业奔忙。我不晓得乔和尼尔对这次伊斯坦布尔之旅感觉如何，我个人回想起来倒是觉得挺令人难忘的。每当我舒服地坐在自己的车子里时，我都会觉得冒险搭乘那架老爷飞机回来实在是疯狂之举。

回乡两个月之后，我听到了一件难以置信的消息——那架老爷飞机带着它的机员一起冲进了地中海。由于这个消息是间接传到我这儿的，因此我费尽了心神去打听它的真实性，可是至今这件事仍是个谜。我所确定的是那架飞机在另一次飞往伊斯坦布尔的途中失踪了。

我永远记得机上那一张张可爱亲切的脸孔：机长、卡尔及那两位四海为家的美国人。我会永远怀念他们，也会永远祈祷他们仍奇迹般地在世界的某处活着。

铁汉柔情

当巴尼先生叫我去看看他的猫时,我着实吃了一惊。自从上次西格替他阉割一匹小马而索价十镑之后,他就再也不请我们了。当然,我吃惊的另一个原因是像他这样的人居然也会关心起小动物来了。

很多人都说巴尼先生是德禄镇上最有钱的人——巴尼先生是位杂货商,他经手的货品有二手汽车和家具。他在城郊买了一栋大房子并养了几头牲口。钱是巴尼先生的第二生命,可是我相信养猫是绝对图不到利的。

养小宠物意味着一个人的性情之温和,然而巴尼先生绝不是属于这种个性的人。

我把车停在大门外,顺着小泥巴路走进巴尼先生家的院子里。进了屋后,我看见他坐在一张便宜的书桌后。巴尼先生的样子一点也没变——他还是穿着那套艳丽的蓝西装,头上戴了顶破破烂烂的旧帽子,嘴角叼了根永远都不会熄灭的香烟。当然,他那巨大得可以遮天蔽日的体型和高傲的态度也是一点都没变。

“在这儿！”他指指趴在书桌上的一只花猫说。

这就是他打招呼的方式。说真的，我压根儿就没期望他会说“早安”或“你好”。

那是只长毛大公猫，四只爪子都是白色的。我一看见它就相信它是只善良的小动物。

“这是只好猫。”我说，“是什么毛病？”

“它的腿，好像有点不大对劲。”

我顺着猫的背摸下去，当我触碰到它的后腿与臀部相交的部位时，它猛烈地颤抖了一下。我拿出剪刀将它受伤部位的毛剪去——不错，那儿有一道又深又长的伤口。“嗯……这儿有道伤口……不过伤得有点怪。我搞不懂它是怎么受伤的。它时常到外面去吗？”

“嗯，时常到外面溜达。”巴尼先生点点头。

“它可能给很锋利的东西割到了腿，我得给它打一针青霉素。另外，我留给你一瓶软膏，你每天早晚替它抹一次。”

有些猫对皮下注射的反应相当激烈，而它们的爪、牙都是很厉害的武器，因此为猫注射是很危险的差事。

“它的脾气相当好。”我说，“它叫什么名字？”

“老费。”巴尼先生面无表情地看看我。其实这个名字并不很怪异，只是巴尼先生的表情会逼得你不敢做任何评论。

我把软膏从皮包里拿出来放在桌上：“如果病情没有改善，请尽早通知我。”

他没有回答我，也没有向我道别，因此我转身离去的时候只觉得浑身不自在。

走出院子的途中，我突然想起了那道伤口。那是很特别的伤，我总觉得那不是意外。说得更确切一点，它像是给人捅了一刀。

“你刚见过老板？”一只手臂从背后拉住我的肩，打断我的沉思。那是一位在院子里工作的长工。他眼神中带满了阴谋般地打量了我一下。

“嗯。”

“真可笑，那家伙什么时候会为了一只猫请医生了？”

“是啊，我也正在纳闷儿。他养猫养了多久了？”

“大概总有个两年了吧。说来才怪呢，这只猫从外面跳到他的书桌上就赖着不肯走。起初我猜想他一定会一巴掌把它打出去，可是他没有。老天，他居然还决定收养它。就这样，从那天起，那只猫每天都趴在他桌上。”

“他一定很喜欢那只猫！”我说。

“笑话！他什么都不会喜欢，他是个……”

屋里传出了吼叫声，把窗户都震得咔咔作响。

“嘿！快工作，别偷懒！”巴尼先生站在门口挥舞着拳头，并用令人生畏的眼光向那位长工瞄了老半天才转身回到屋里。

钻进车里的时候，我深深体会到巴尼先生的生活中充满了恨和恐惧。他的无情是他致富的财宝。不过，对这种个人谋生的方式，我并不羡慕。

两天后，我在电话里听到他的声音：“快过来看看那只猫！”

“它的伤没好吗？”

“很糟，所以快过来！”

老费还是趴在他的书桌上，看来它的痛苦又加深了。不过令我困惑的是它那道伤口变得更大了。

我拿出一根外科探针，轻轻地插入伤口里，当针头碰到伤口底部的时候，我感觉到里面有个坚硬的东西。我又拿了根细钳子将里面的怪东西慢慢拉出来。顿时，我完全懂了。

“它的腿里面有根弹簧片。”说完，我把那块黄褐的小铁片放在桌上，“这就是了。我想它很快就会康复的。”

“弹簧片，你头一次来的时候为什么没有发现？”巴尼先生从椅子上跳起来。

是啊，为什么上次没发现？我的视力很好，所以这绝不是理由。

“抱歉，巴尼先生。”我说，“弹簧片深嵌在肉里面很不容易发现。”其实我一点也没骗人，不过这种借口是绝对不光荣的。

“那它是怎么刺进去的？”他吐了口烟。

“毫无疑问，是有人故意刺进去的。”

“故意……为什么？”

“有些人就是喜欢这样虐待猫。我听到很多这种例子，只是从来没有见过。这个镇上有一群专门虐待小动物的家伙。”

“我打赌一定是我的工人干的。”

“那也不一定。老费时常到街上去玩吧？”

“是啊。”

“那就很难说是谁干的了。”

巴尼先生沉默了半天，两只眼睛眯着，好像在想什么。我怀疑他是不是要把仇家的名单都报出来给我听。

"幸好，"我说，"毛病已经找出来了，它很快就会复原的。"

巴尼先生用他香肠般的食指来回地在猫背上抚摸。上次来的时候，我也看到他做同样的动作。这固然是很怪异的抚摸法，不过对巴尼先生来说，这已经是最大方的方式了。

回诊所的途中，我沉坐在驾驶座上，心想要是我没有发现那根弹簧片后果将会如何，毫无疑问，它会失去那条腿，甚至失去它的生命。想到这里，我不禁打了一个寒战。

一两个礼拜后我又和巴尼先生在电话中见面了。我猜想老费的事一定还没了结。

"它的腿还没好？"我问。

"腿是好了，只是头又出了毛病。"

"头？"

"嗯，它一直左右摆头……快过来看看它！"

我赶到巴尼家时，老费蹲坐在桌子上不停地摇着头。我察看了一下它的耳朵，可是里面什么也没有。

接着，我又检查它的眼睛、口腔、牙齿、鼻孔……结果一无所获。然而，一定有某一样东西使它痛苦难忍。

我顺着脖子摸上去，当我碰到后颈与后脑相交的部位时，它猛然痉挛了一下。

"这儿有问题。"我喃喃地说。我拿出剪刀，把颈背的毛剪掉，结果我大吃了一惊——又是一条跟先前一样的伤口。

老天，这回是在脖子上，这不是开玩笑的。我立刻拿出钳子，把熟悉的黄褐色铁片拉出来。

“又是弹簧片！”我迟钝地说。

“在脖子上？”

“嗯。有人真的是在报复。”

“谁，谁干的？”他竖起那根香肠状的食指，开始抚摸老费。

“我不晓得。警察局也时常为这个问题困扰。”我耸耸肩。

我知道他在担心下一次会什么时候发生——事实上我也在这么担心。可是老费再也没有受过伤了。它的颈伤很快就复原，而几乎整整有一年我都没有再看到它。有天早晨我正要出门的时候，海伦走过来对我说：“吉米，巴尼先生打电话来了，他要你立刻去一趟，因为他的猫给人下毒了。”

过了一年，想不到那人还不死心。这件事太没道理……

这回情形跟以往都不太一样，老费不是趴在桌上而是窝在地板上的报纸堆里。它没有抬头看我，只是在我走近的时候吐了一滩黄色的液体。

巴尼先生叼着香烟说：“它中毒了，对不对？有人想害死它！”

“有可能……”我看看老费那空洞的眼神，心想，也许是比毒药还糟的东西。

“是不是有人想害死它？”巴尼先生接着说。

“我不敢确定。”我为它量体温的时候，它几乎完全没有反应。

体温是40.5度，我又摸摸它的肚子，并没有感觉出剧烈的蠕动。

“如果不是有人下毒，那会是什么？”

“我想可能是肠炎。”

他茫然地看着我。

“最近在德禄镇很流行。”我说，“这些日子，我见过不少这种病，老费的症状相当典型。”

巴尼先生用食指摸过老费的背脊，有气无力地说：“好吧，就算是肠炎好了。你能治好它吗？”

“巴尼先生，我会尽力而为。可是肠炎的死亡率相当高。”

“你是说得了肠炎差不多都会死？”

“恐怕是的。”

“怎么可能呢？我以为你们这些干兽医的什么病都能医好。”

“可是这是过滤性病毒，抗生素没有什么用的。”

“好吧！”他无奈地说，“你打算怎么办？”

“我立刻就开始治疗。”我给老费注射了一些电解质溶液和镇静剂。这些都只能暂时缓和它的痛苦而不能治好它的病痛。

从那天起，我每天早上都去看老费，可是它的情况却一天天使我更担忧。它只是窝在墙角，对周围的事物一点兴趣也没有。

我为它打针的时候，它一动也不动，因此我总感觉它就像团死肉。三天以后，我发现它瘦了好多。

“我明天再来。”我说。巴尼先生无言地点点头。自始至终，他始终表现得面无表情。

第二天我过去时，情形完全一样——巴尼先生那巨大的身躯沉坐在低廉的书桌之后，嘴角的香烟冒出了很平稳均匀的青烟；而老费依旧静悄悄地趴在墙角。

我悄悄地走过去时，赫然发现老费并没有在呼吸。我用听诊器听了几秒钟，然后抬起头看看巴尼先生。

“巴尼先生，我恐怕它已经死了。”

那大块头的表情丝毫没有改变。他站起来走过去，并用食指轻轻地摸摸老费的背。然后，我看见他用双手捂着脸。

我不知自己该说些什么。我只能无助地看着他抽搐。亮晶晶的眼泪从他肥厚的指缝间渗出来时，我听到他捂着脸说：“老费是我的朋友。”

我还是不知道该说些什么。这屋里除了他的哭声之外只是一片寂静。

稍后，他把头抬起来，用略带敌视的眼光瞪着我说：“我知道你在想些什么。大老粗巴尼竟然为了一只猫流泪，多可笑！我打赌你会记一辈子，永远拿这件事当笑柄。”

不错，我永远记得这件事。但有一点他错了，从那天起我对他的想法完全改变了。

欢乐的日子

那是个六月的早晨,我正在柯家的厨房里洗手。耀眼的阳光照在窗外的草原上,初夏的和风将晴空中的浮云慢慢吹向天的一边,而青葱的草原上也不时掠过乌云的阴影。

我回过头看了柯老太太一眼,她正在低头织毛衣。碗橱上的收音机里正播送着晨间布道会。每当收音机传出较重要的句子时,她就会停下来仔细聆听,然后又埋头于手中的工作。

霎时之间,我看到一张真正虔诚的脸孔。说来也怪,每当我听到别人谈到宗教问题时,柯老太太那对诚挚而坚决的眼光就会浮现在我脑海里。

柯老太太今年将近九十岁,每天都穿着一身黑衣服。她度过了艰苦的一生,现在该是享受平安舒畅的晚年的时候。

我伸手拿毛巾时,庄上的人牵着罗丝回到厨房里。

“爸,柯先生带我去看小鸡。”她说。

“这是你的小女儿,哈利先生?”老祖母又抬起头来。

“是啊,柯老太太。”我回答,“她叫罗丝。”

“哈,我想起来了,我见过她好几次。”老太太放下毛衣,平稳地从椅子里站起来。她走到橱子边拿出一罐巧克力。

“你几岁啦,罗丝?”她边说边把巧克力盒递过去。

“谢谢。我六岁。”我女儿回答。

“嗯……你真是个乖小孩。”柯老太太将她皱缩的手搁在罗丝的脸蛋上,然后才慢吞吞地坐回椅子里。

“对了,你不是还有个叫小吉米的儿子吗?”柯老太太拿起未织完的毛衣时说。

“是啊,他今年十岁。”

“十岁?另一个六岁……十岁,六岁……”她好像神游了一段时间,然后又突然盯着我。“哈利先生,也许你自己不觉得,我认为这是你一生中最幸福的时刻。”

“真的?”

“毫无疑问的!看着自己的子女由儿童渐渐长大成人是最快乐的事。很多人在失去了这段时光后才认识到这些,可是一切都太迟了。哈利先生,现在是你一生中最幸福的时刻啊!”

“柯老太太,我也一直这么想。我一直认为自己是很幸福的人。”

驾车离去时,柯老太太的话一直盘绕在我脑海里。一直到我和海伦要庆祝结婚四十周年的今天我都还在回味这句话。虽然我始终过着幸福的日子,但是柯老太太的话是完全正确的——看着子女由儿童变成少年时是人生最快乐的一段时光。

话说那个初夏的早晨我回到诊所时,西格正在补充他医药箱里的药品,他的孩子亚兰和珍妮也在一旁帮忙。像我一样,他也时常会带着子女一道出诊。

他看到我时笑着说:“吉米,待会没什么事吧?咱们一起散个步如何?”

我们漫步在花园中,孩子们则在前头奔跑,风和阳光均匀地散布于院中的每一个角落。

西格在草地上趴了下来,我也跟着坐在他旁边。

他折断了一根小草,若有所思地放进嘴里咀嚼起来。

“那棵洋槐树真可惜……”他喃喃地自言自语。

我很惊讶地看着他。那棵漂亮的洋槐树早在多年前就给暴风吹倒了,而西格竟还记得它。

“是啊,”我说,“它长得真好。”我停顿了几秒,又说:“记得头一天来这儿应征你的助手时,我还在它的树阴下睡了一觉呢。我们俩头一次见面也是在这片草地上。”

西格笑了。“当然,我永远记得这些。”他回头看了正在远处玩耍的孩子们一眼,“吉米,这一切都恍如昨天的事。你有没有想过,这儿的景物依旧,而时光却不知溜过了多少?”

我们俩都沉默了片刻。我的思绪又回到那些充满辛劳与欢笑的日子。不知不觉,我已躺在草地上闭着眼睛了。温暖的阳光把我的脸颊烤得发烫,蜜蜂的嗡嗡声和老石墙旁的榆树梢所传出的飕飕声轻轻地飘进我的耳孔里。

我的伙伴的声音像是来自远方——“嘿,你不会又玩老把戏——

在我面前睡着了吧？”

“老天，真抱歉，西格，我真的差点又睡着了。你知道今早我五点就起床出诊了。”我坐起来眨眨眼。

“好。”他笑笑说，“那今晚你不需要你的书了？”

“不，当然不需要了。”我也笑了。

我和西格都不是轻易失眠的人，可是偶尔睡不着的时候，我们也会看看书来刺激睡眠神经。我看的是一本苏联小说，那是一本巨著，可是书中冗长的人名是使我疲倦的安眠药。“阿历克赛·费多罗维奇·卡拉马佐夫是费陀尔·巴甫洛维奇·卡拉马佐夫的三子……”看了这些名字我能不想睡觉吗？

西格的催眠书是关于眼睛生理学的。其中有一段最有效的句子是这样写的：“第一眼睫肌嵌于眼睫体之中而后者之收缩扩张可以带动悬垂肌韧带之运动而使眼睫肌产生相关之收缩扩张，第二眼睫肌嵌于……”他不必再看下去就一定已经进入梦乡了。

“是啊，”我揉揉眼睛，“今晚我可不需要任何催眠物了。对了，今早我到柯老太太家去了一趟，”接着，我把柯老太太的话告诉了西格。

“我想她说得没错。不过将来咱们俩都不会后悔的，因为我们把握住了每一寸欢乐的时光。”

我又觉得昏昏欲睡时，我的伙伴又开腔了。

“你知道吗，吉米？”他说，“我觉得我们的工作也是一样。我们正在经历最珍贵的一段时光。”

“你真的这么想吗？”

“是啊。想想看，自从战后，兽医界发明了多少种的新药，几年前被视为绝症的病而今也许一两针就可以治愈。医药的进步促使我们在农夫之中建立了权威和信心，吉米，这些都是工作所带给我们的。”

“我同意你的说法。”

“什么事都在突飞猛进，吉米，这几年是你我事业如日中天的阶段，我们的机运好，碰上了知识爆炸的时代。”

“你说的固然不错，可是如果我们现在是如日中天，那不正意味着明天我们就要走下坡路了吗？”我冥思了片刻。

“不，不，这种顶点是没有下坡的。我时常觉得我们才刚沾上了许多事物的边儿，比方说研究小宠物就是个很好的例子。”西格又摘了一根草放进嘴里。

“我跟你说，吉米，咱们前面还有的是伟大的时刻呢！”

他远离密集的人群和荣耀的中心
安静地站在尘土之上仰望星空

作者轶事

这是个有趣的英国男人。

他曾获得大英帝国勋章，受到英国女王共进午餐的邀请。当他儿子目瞪口呆地看着女王的邀请函时，吉米·哈利却只是淡定地说：“我想这个邀请我不好拒绝吧，你说呢？”

当他回来之后，家人问他是否坐在女王身边。

“不，”他回答，“我和女王之间还坐了一些不重要的人。”

“谁呀？”

他微笑着说：“英国银行的总裁。”

哈利从小就热爱田园生活。

虽然是都市小孩，哈利却常常在日记中记录他对田园景色的欣赏。“今天一整天都和吉米及恰克在山里度过，真是棒极了，我不知道该用什么话语来描述。”这些童年远足的经验使得哈利培养出对野外生活的热爱。

当财富和荣誉接踵而至，事业达到巅峰时，他却在报纸上发表如下心声：

“我觉得我真的要逃离这一切。我已快65岁了，我要的只不过是能够休息片刻而已。我从来都不是属于镁光灯的人，现在，我只想成为一个平凡的人。我想多陪陪孙儿孙女，享受那些我钟爱的事物，像是园艺和散步等等。我想要再度投入那些我最擅长的事，那就是当一名兽医。”